MINGUO TONGSU XIAOSHUO
DIANCANG WENKU

民国通俗小说典藏文库·冯玉奇卷

花月争艳·情奔

冯玉奇◎著

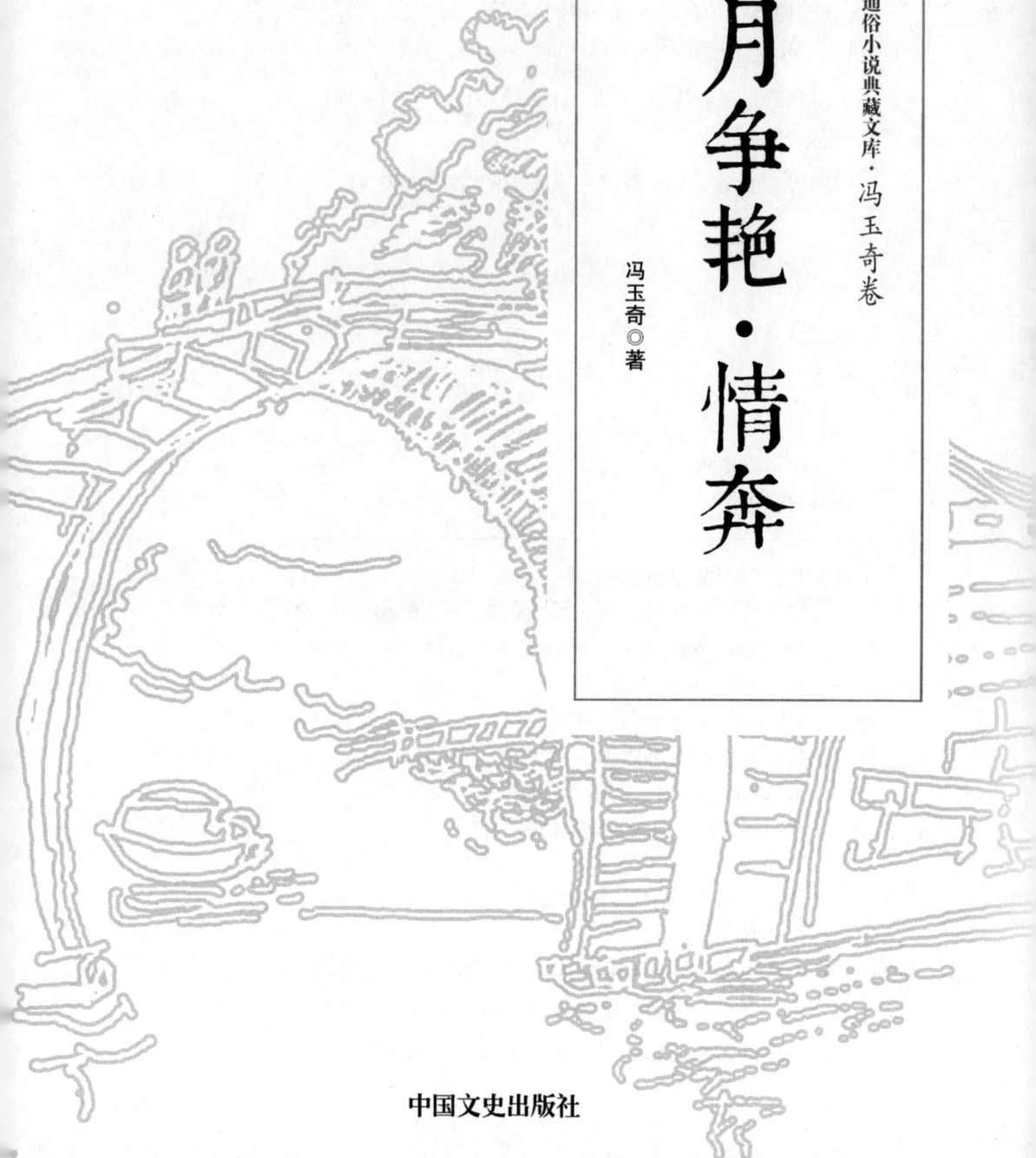

中国文史出版社

图书在版编目（CIP）数据

花月争艳·情奔／冯玉奇著. — 北京：中国文史
出版社，2018.3

（民国通俗小说典藏文库·冯玉奇卷）

ISBN 978 - 7 - 5205 - 0037 - 1

Ⅰ. ①花… Ⅱ. ①冯… Ⅲ. ①长篇小说 - 中国 - 现代
Ⅳ. ①I246.5

中国版本图书馆 CIP 数据核字（2018）第 009893 号

点　　校：冯英梅　彭　飞
责任编辑：蔡晓欧

出版发行：中国文史出版社
社　　址：北京市西城区太平桥大街 23 号　　邮编：100811
电　　话：010 - 66173572　66168268　66192736（发行部）
传　　真：010 - 66192703
印　　装：廊坊市海涛印刷有限公司
经　　销：全国新华书店
开　　本：720×1020　1/16
印　　张：15.75　　　字数：191 千字
版　　次：2018 年 8 月第 1 版
印　　次：2018 年 8 月第 1 次印刷
定　　价：48.00 元

目 录

花月争艳

情 奔

花月争艳

一　春闺嫌寂寞　今宵风流情切切

是一个红了樱桃，绿了芭蕉的四月里的天气，虽然已经是到了初夏的季节，不过气候倒还是并不觉得怎么的闷热，至少还留了一点春天的气息。在这一个时期里，上海的每一个公园内可说是最令人感到可爱而又平等的地方。因为别的娱乐场所，灯红酒绿，香槟酒气，无非是只供给一般资产阶级消遣而已。穷苦的人们，无论如何也没有福分去享受。因为这种场所数小时勾留的代价，也许是穷人几天的生活费。只有那大众化的公园，门票是那么低廉，花了一张大饼钱，就可以到里面游览几个钟点，不论有钱的富翁，贫苦的穷人，公园对他们都一视同仁，并没有一点势利之心的分别。所以公园在人们的脑海里，是个最可亲的园地。

在一丛树篷的下面，有一张亮眼的长椅子。椅子上这时坐着男女两个人，男的三十一二岁，身穿淡灰笔直的单长衫，脚上一双黄色的皮鞋，擦得十分光亮。太阳照在他的鞋尖儿上，会反射出丝丝的金星来。他头上虽然是留蓄着西发，不过并不是高耸耸、最流行的菲律宾式样。他的是对分在两边，平坦坦的，这大半还是因为他头发稀少的缘故。在这头发的下面，是个椭圆的脸儿，配着端正的五官，倒还生得不大叫人讨厌，但是为了他年龄的关系，当然，是已经没有少年英俊的气概了。

这个女的年纪，也在三十岁左右，看起来似乎比那男的小一两

3

岁光景。她穿着一件粉红夹绿色的横条子花纹底薄呢旗袍，脚下一双奶油色的香槟皮鞋，配着那双极薄的玻璃丝袜，看上去就和裸腿儿差不多。她的头发是烫成最新式 B 字廿九型的飞机式，而后脑做着的更像美国流线型的火车尾巴。在这样考究的装饰之下，那张白嫩而丰腴的面庞更显出一种诱人的姿容。她旗袍的袖子是齐肩的，说句笑话，就好像是件马甲。不过她露着两条臂膀，确实是肉感动人，好像是榨得出水儿来的嫩藕一般。两条眉毛弯弯的经过一番人工的修饰，覆着下面两道莹莹秋波，使每个男子都感到一种心荡的妩媚。像她这样的女子，确实是令人可爱的，尤其从她手指上那枚又大又亮晶晶的钻戒上看来，可见她还是一个贵族人家的女人。不过，她是已经失了姑娘娇憨的意态，而有的也不过是花样年华的风韵。

两个人这时默默地坐着，那女的把手攀着从上面垂下来的枝叶儿，毫无意识地弄着玩儿。微风一阵阵地吹送，掠着他们的脸，好像感到软绵无力使人十分倦怠的样子。忽然，那女的轻轻叹了一口气，微蹙了眉间，若有无限的心事的样儿。那男的向她望了一眼，有些奇怪，低低地问道：

"锦花，你好好儿的为什么又叹气了？"

"你总也知道，这次志万到南京去开大会，回来的时候却带了一个十八岁的小姑娘来。你想，他是存着什么心眼儿呢？这小姑娘生得那么的讨人喜欢，不要说这短命老头子色眯眯地想爱她，就是你，那一天见了她，不是也失魂落魄呆住了吗？唉！我老了，我落伍了，我怎么还能够和她争艳呢？"

那个锦花听他这样问，遂低低地告诉。说到后面的时候，她把俏眼儿向他斜乜了一下，这几句话是包括了讽刺的成分。不过她觉得有些悲哀，因为一个三十岁的女子，她的色彩，是已经成了暮春

4

的花朵儿了。那男子明白她话中有了骨子，遂慌忙用很正经的态度，急急地辩白道：

"锦花，你不要这样灰心，老实说，在我眼睛里看起来，你就比这叫什么……月……"

"叫月娟……"

"嗳！比这个月娟美丽一万倍哩！第一，她还是个小孩子的脾气，根本不知道男女间的爱情……"

"哼！这是你把她估计得太呆笨了，一个十八岁的姑娘，正在情窦初开的时期。别的事情或许不懂，谈情说爱，保险她知道，你要给她弄个男子，还不会很快地连儿子也生养出来了吗？"

锦花把小嘴儿一噘，表示不以为然的样子，很流利地说出了这几句话。听在她旁边那个男子的耳朵里，倒忍不住嘻嘻笑出来，遂又说道：

"即使她懂得男女间的情爱，老实说，她也坚决没有像你那么柔情绵绵的令人感到可爱。"

"哼！你不要一味地奉承我吧！我知道你一见她之后，也很有些想入非非的意思哩！否则，你的两眼为什么老是盯住她，好像苍蝇见了血的样子。"

"这是你误会我的意思了，我并不是见了她而呆住了，我是因为想到志万到南京去开大会，万万料不到会带一个女孩子回来，这难道是开大会后的一种成绩吗？所以我情不自禁地发呆了。"

"所以啰！我觉得志万这个人就是太使我失望，不但是我，是使大众都感到失望的。学海，你有什么办法把这个月娟弄走吗？"

锦花听学海这样说，自然表示感慨的样子，但是她狭窄的心田，由妒忌而又转出这一个念头来问他。学海沉吟了一会儿，似乎有所考虑。一会儿方说道：

"我以为把她弄走，那也不必，好在你已经把她认作养女了。那么在志万和月娟之间当然也有了一层父女关系，难道做父亲的可以去爱上一个做女儿的姑娘吗？况且月娟也不是一个傻孩子，爱美是人之天性，我就不相信她会甘心情愿去爱上一个年龄大上一半还多长满胡须的老头子？"

"话虽这样说，但小姑娘知道些什么，只要稍微拿些物质去引诱她，恐怕也会上老头子的钩。常言道，近水楼台先得月，让月娟住在我们这个公馆里，我心里总觉得有些不安。"

学海听了她这样放心不下的神气回答，一时倒忍不住笑起来。锦花对他的笑，似乎有些不解其意，凝眸含矇地望了他一眼，怔怔地问道：

"你笑什么？"

"在官僚家里出来的太太，多少总沾着点官僚的作风。这叫作只准州官放火，不许百姓点灯。锦花，我的意思，你对志万不该管束过严，最好使他对别人有些野心，那么他对你自然也不会全神贯注地注意，他对你少缠绕，你的行动方面要自由得多多了。所以俗谓：与人方便，即与自己方便，那句话不是很有道理吗？"

锦花听学海这样说，她那颗芳心好像被什么东西刺了一下，立刻把粉脸涨得绯红起来，低垂了头，默默了一会儿，方才用秋波含了哀怨的目光，斜掠了他一眼，低低地说道：

"你不知道，一个男子的心是决不能分开的，一有了分心之后，必定是见了新人而忘了旧人的。假使志万把月娟得到手，那我的势力在无形之中会逐步消灭的。这是双方相对的，我的势力消灭，她的势力必定膨胀。到那时候，我不但不能去管束他们的行动，恐怕他们还要来束缚我的自由呢！"

"锦花，你不愧是个政客太太，对于这一点言论，我表示敬佩。"

6

"既然你觉得我言之有理，那么你应该给我想个办法，拔去这一枚眼中钉才好。事关我俩的幸福问题，所以你不要认为这是专门为我而想的啊！"

"那我很明白，为你……就是为我，这是没有什么分别的。"

学海点了点头，说到这里的时候，他把锦花的手握了过来，揉摸了几下。忽然他有个主意似的，哦了一声，笑道：

"无论什么事情，都要干得圆滑，最好当然是四面八方不结怨……"

"你这句话说得对，月娟这姑娘要把她弄走，也得圆滑一点不可，使老头子有话不好说，使月娟情情愿愿地离开这里，你有没有两全其美的办法呢？"

"我的意思，你可以拿出做母亲的身份，把月娟配给一个婆家，不过对方的孩子，当然也要拣好一点。这样子不但志万没有话可以阻止，就是月娟心里，恐怕对你还表示十二分的感激哩！"

锦花情不自禁地把纤掌轻轻地拍了两下，脸上浮现出得意的笑容。学海见她高兴，一时也喜形于色，偎近了一点身子，笑道：

"你想这法子不是很好吗？两全其美，月娟是只有表示感激。就说志万心中怨恨你，但是他也不能显露到表面上来啊！"

"嗯！我有你这么一个足智多谋的人在身旁，那还怕什么？再困难一点的问题，也可以迎刃而解了。学海，我听志万说，你最近倒好像要结婚了，不知道你真的有这个意思吗？"

锦花问他这两句话的时候，她的娇躯整个地靠在学海的怀内。她微仰着娇躯，用手去摸学海的下巴，这是多么具有魅惑力的一个动作啊！学海低了头，只觉一股子香气，从她樱口里喷吹出来，令人心醉神迷，几乎有些昏陶陶的感觉。这就连连摇头，说道：

"锦花，你不要误会，这不是我的意思，在我最好是一辈子也不要结婚了。"

"你这话叫人奇怪，那么是谁的意思呢？因为我知道你是没有父母的，一个人除了父母之外，难道还有什么人可以来命令你结婚吗？"

"可是在我的环境里，除了父母之外，却还有志万可以命令我结婚呀！"

锦花听他这样说，芳心不免突突地一跳。她坐正了身子，微蹙了两条细长的柳眉，暗暗地沉吟了一会儿，方才怀疑地问道：

"照你这样说来，这完全是志万的意思，可是志万对我说，是你自己想要结婚，所以才叫我有些弄不明白了。"

"不过我当然不会骗你，你假使不信，我可以把那天的情形告诉你的。志万在书房里，他把我叫进去，很温和地说道：'学海，你爸爸和我是好朋友，他死的时候，你还只有十八岁。他把你托付给我，我受人之托，应忠人之事，所以把你栽培到大学毕业，又把你介绍到杭州财政厅去做事。其后，中日战事爆发，我是随了政府西移，你也不知道哪儿去了，一直音讯杳然。好容易经过了八年的抗战，终于达到了最后的胜利目的，我的妻子在重庆死了，虽然娶了一个填房，却没有生育，仅仅留下了一个前妻生下的十二岁儿子小龙。现在到了上海，我和你总算又相逢了，可是你的年纪已经三十有零了，谁知在这八年抗战的时日内，你却没有结婚。这虽然说是你的一点爱国之心，所谓匈奴未灭，何以家为？不过我这个人爱说老实话，推其原因而说，也可见你在这近十年的穷途潦倒了。如今我介绍你在市政府办事，这个年头儿公务人员虽谈不到舒服，不过也看情形而说，像你这个位置，不是我的面子，老实说，谁也坐不着。那么我为你着想，你近来的生活，应该是有些积蓄了，一个人在社会上就该成家立业，所以依我的意思，你不能再迟迟不讨女人了。

虽然我不是你的家长，但我为你已死的父亲，我就不得不对你稍尽管教的责任。学海，你说我的意思可对吗？'以上这些话就是志万跟我说的，他说的时候脸上还显出一副严肃的神气……"

学海还学着志万的语气，滔滔地说出了这一大篇的话。锦花听了，有些迫不及待的样子，待平静了脸色，问道：

"那么你怎么回答他呢？"

"我说……战事虽已胜利，照理应该结婚，努力生产，以强祖国。然而战后的景象，太过凄惨。工商业不振，而外货则畅销全国，弄得黄金又向上升，薪水阶级，大都望尘莫及，等于龟兔赛跑。所以成家两字，实在有些害怕。要我结婚，第一金融稳定，物价不要上涨，五千一万的钞票，顶好不要再发出来，能够十元再买一担米，我就是结婚后养了三男四女，也不会忧愁了。否则，我觉得还是一个人比较不受痛苦。"

"你这话倒也说得道理十足，那么志万听了，又对你如何回答呢？"

"志万听了，深长地叹了一口气，只是说中国政局实在难弄，不容易讨好，要没有委座的话，嘿，恐怕更糟得一塌糊涂，说不定会成为犹太第二。因为人民的国家思想实在太单薄甚至没有，无论什么都追求唯利是图。你虽然不敢结婚，可是同样的年头儿，却有人照样汽车洋房，三妻四妾，难道他们过的时代就和你不同吗？"

"那么你又是怎么回答他的呢？"

"我说别人有别人的福分，人比人，就要气死人。所以要我结婚，还得让我好好儿考虑一下再说。"

学海见她追根究底地问着，遂很认真地告诉，表示并没有给他一个肯定的回答。锦花微微一笑，秋波向他逗了一瞥勾人灵魂似的目光，低低地道：

9

"我想过几天，志万一定还要问你考虑周到了没有。他这个人的脾气就是这个样子，既然对你管了闲账之后，便会管到底不可。你若一味地回答是短少金钱的缘故，说不定他会给你拍肩胛的。到那时候，你答应他还是不答应他呢？"

"这个……我倒要向你那儿请个示，不知你的意思怎么样？"

学海是个聪明的人，他对于锦花这几句话，当然也知道她的用意何在。遂沉吟了一会儿之后，方才又望着她的脸，俏皮地问。锦花的粉脸，被问得堆上几朵桃花的色彩。因为学海说话，也近乎有些刁恶的成分，所以锦花的芳心里也难免有些生气。于是冷冷地一笑，恨恨地说道：

"这是你的终身大事，如何问起我来了呢？那岂不是笑话？"

"锦花，你何必要生气，难道认为我这句话问错了吗？"

"为你终身幸福着想，那我觉得你当然快点儿结婚的好。"

"锦花，你……讨厌我了吗？"

"我没有讨厌你，不过我不能太自私，为了自己，而叫你永远不结婚……"

锦花见他这一份焦急的样子，一时也不知道从哪里逼出来的眼泪，却扑簌簌地滚落下来。她说话的声音，包含了一点哽咽的成分。在学海的眼睛里看着，她此刻盈盈泪下的芳容，更令人感到无限的娇媚可爱。这就拿了手帕，给她温情蜜意地拭去了眼泪，低低地说道：

"锦花，你不要哭呀！我不是早对你说过吗？我情愿一辈子不要结婚，有了你这么一个多情的人，我的终身不是已经够幸福了吗？"

"你这几句话，我是不会完全相信的。我已经是个三十岁的人了，况且我又是一个有夫之妇，而且和你名义上还有尊长的分别。纵然我能够给你一点安慰，不过这也是暂时的，有限的，我知道你一定不会满足。譬如说，你娶个十八九岁的姑娘做妻子，那么你早出晚归的就有了家庭之乐，闺房之中，每夜芙蓉帐暖，旖旎风光，这种温柔乡的甜蜜滋味，岂是三言两语所能形容的呢！所以你若为我而一辈子不结婚，这在我想起来，实在是太委屈了你。"

"不过，我纵然为你受了一万分的委屈，我心里也心甘情愿呀！"

学海把脸转过去，移近到她的脖子旁，在她雪白的颈项下深深地闻着香味。锦花略一回头，见到他那种狗儿的神态，倒忍不住破涕嫣然，含嗔说道：

"瞧你，这像个什么样子呢？"

"锦花，你实在太可爱了，你浑身都是香气，我觉得你真像我的生命之火一样。我一天没有见到你，就会吃不下饭。我三天不见你，老实说，我马上要病倒在床上了。锦花，只要你不讨厌我，我愿意永远伴着你。"

"那么你就决意不结婚了？明儿志万问你，你怎么回答？"

"我说已经过了三十多年孤独的生活，我似乎对于清净发生了好感。反之，我见了女性，简直有些害怕。志万听我这么回答，说不定他会不再管我闲账的。锦花，你说我跟他这么回答好不好？"

"学海，你……真……好……"

锦花听了他这几句甜言蜜语的话，她那颗畸形思想的芳心，是感到无限的欢喜。她把富于弹性的胸部偎了过去，白嫩的臂膀，挽住了学海的脖子。她殷红的小嘴儿，已凑在学海的嘴旁。学海见她一双花眼，眯成了一条线，好像有磁性吸力，把自己那颗心剧烈地震荡起来。他知道这是锦花感激自己的表示，他于是略微把嘴一凑，四片嘴唇皮遂合成一个吕字形了。

斜阳淡淡地减少了正午的威热，像久病的人似的，奄奄一息地快向西山脚下沉沦下去了。四周笼上了一层薄暮，天际也添了几片彩色的云霞。学海挽着锦花白嫩的手臂，慢慢地踱出了公园的大门。学海突然站住了脚步，很小心地问道：

"锦花，怎么？我送你回家，还是伴你再去哪儿去玩一会儿？"

"当然啰！虽然我不愿你此刻就回家，但我也得为你着想，你在公园内已跟我消磨了一下午，假使此刻不回去，家里会成问题吗？"

"唔。你对我真有这一份真心的爱护，不过，我觉得即使今夜不回去，那也绝对不成问题的。"

锦花点点头，一手握紧学海的手。她说这两句话，多半还是因为被情感激动得过分的缘故。学海听了，心里不免荡漾了一下，立刻有种甜蜜的滋味。两眼望着她那张充溢了春情的粉脸，笑了一笑，说道：

"话虽这么说，但是只怕引起志万的猜疑。所以我的意思，你在晚上九十点钟之前回家去，那是绝对没有关系的。此刻我们一同到外面吃饭去，饭后……请你吩咐好了，只要你有命令，纵然是赴汤蹈火，万死不辞。"

"好，你肯这么地听从我的命令，我总算也得着一个知己了。"

锦花秋波水盈盈地逗给他一个媚笑，露着雪白的牙齿，很兴奋地回答。两人遂跳上三轮车，驶到静安寺路起士林西餐馆吃晚饭。其实那时候还只有五点多一点，吃好西餐，也不过六时左右。四月里的天气，日长如年，此刻天空还未完全黑暗。学海的意思，再到百乐门舞厅里跳会儿舞。但锦花心中却有另一个打算，她眉毛一皱，便低低地说道：

"你倒还是有兴趣跳舞去，现在到底是初夏的天气了，我身子觉得怪腌臜的，不洗一个浴，实在不太舒服了。"

"那么我们到沧州饭店去开个房间吧！那边差不多已经冷气开放了，倒是一个很好的避暑胜地。锦花，你看怎么样？"

学海听她这样说，一时觉得锦花对自己已经有明显的表示了，我若再木然无知地不开口上去，那我岂不是成个大傻瓜了吗？这就连忙笑嘻嘻地回答。锦花当然是点头答应，于是他们的身子由起士林移到沧州饭店来了。

　　在沧州饭店四百五十号的一个大房间里，两个人坐在桌子旁，先喝了一瓶鲜橘水。学海在那盏七十五支光仗亮的电灯光芒之下，见到锦花的脸颊红得十分好看，红粉细白，好像出水芙蓉一般。一时他的心，也像一头森林中的小鹿似的，不管东西南北地乱撞起来。锦花俏眼斜乜了他一眼，微微地一笑。说道：

　　"学海，你为什么老是望着我出神呢？"

　　"我此刻见你的脸实在越看越美丽，假使我们洞房花烛的夜里，我情愿一夜不合眼地看着你。"

　　"就是因为我们是不容易常常在一处互相对看的缘故，所以你觉得是格外的好看了。假使我们做了永久的夫妻，恐怕你心中也不会把我当作珍宝那么看待了……"

　　"不，这是绝对不会的，难道你把我当成一个见花折花，对爱情不专一的人吗？"

　　"我觉得十个男子，倒有十一个是这样的。"

　　"怎么多一个出来，又从哪里来的？"

　　"我不过形容爱情专一的男子不容易找到罢了。"

　　锦花见他笑嘻嘻的样子，遂很感叹地回答。学海沉吟了一会儿，忽然想到了什么似的，也笑着说道：

　　"男子得新忘旧的固然多，不过痴心的也不少。反转来说，女子若变起心来，一会儿爱他，一会儿爱你，有了新的，忘了旧的，这也很多啊！所以社会上的事情，形形色色，是不能一概而论的。"

　　"嗯……"

说者无心，听者有意。锦花对于他这两句话，不免是刺痛了她的芳心，这就嗯了一声，神情很不悦。学海仔细一想，也不免急了起来，涨红了脸，要想解释，一时又说不出什么来，因此他额角上的汗点大颗冒了出来。锦花偶然回眸瞥见了他，遂微微笑道：

　　"你觉得很热吧？"

　　"还好，倒不觉得怎么炎热。"

　　"不见得，你一定感到很闷热，要不然，你额角上的汗干吗淌得这么多？"

　　"这……这……因为……"

　　"因为什么？"

　　"因为……因为……我说话不太顾前后，时常无意之中得罪人，我心中一急，所以急得满头大汗了。"

　　学海支支吾吾的，因为被她问得紧了，没有办法，只好很害怕的样子回答。他拿了一方手帕，还连连拭着额角上的汗。锦花见了，虽然心中软下来，不过表面上还表现出怒气未平的模样，毫不放松地问道：

　　"你这话也显得矛盾了，既然是无意之中得罪了人，可是你现在怎么自己也会明白了？可见你是有意骂人。"

　　"我如要有意骂人，今天夜里马上发时疫病死。锦花，你……千万不要多心，因为我到底还是有一点小聪明的人，说虽说了出来，但仔细一想，又见你那种不高兴的神情，我怎么还不再想过来吗？其实我所说的，决不是指点你，因为你的情形和普通不同，第一我先同情你。志万是个五十多岁的人了，而且身体又那么衰弱，我想……无论谁都会同情你、可怜你吧！"

　　"同情我、可怜我？唉！不过我良心上确实很对不起志万，因为志万待我没有错。虽然他这次从南京带来一个月娟，不过他说自己并没有什么野心，完全是因为她家庭可怜、遭遇悲惨的缘故。本意是收她做个婢女，现在认作了养女，倒反而给她遇了造化了。唉，我这样地不忠于丈夫，说不定我将来会得到报应的。"

锦花这时的良心，不知怎么的，好像受了正义的谴责，她有些慢慢地悔恨过来。她说完了这几句话之后，只觉得一阵子疼痛，眼泪便沾了她整个面目。学海见这个样子，一时也十分懊悔，自己不该多说废话。常言道：语多必失，一点儿也不错。学海正欲向她安慰，锦花抬起泪眼，向学海望了一眼，低低地说道：

"学海，我觉得我们这个样子下去，那总不是一个根本解决的办法，所以从今夜起，我们两人的关系，就告一个段落吧！志万要给你娶妻子，你也只管去答应他。我觉得这样子分手，时候还来得及，至少，对你的前途是不会受到一点儿损失。"

"锦花，你为什么要这样子说呢？难道你因为我说错了一句话，你就把我恨得这个样子了吗？"

学海听她这样说，可见她又改变了心中的主意。一时急得不得了，他慢慢地站起身子，两眼显出可怜的神情，几乎要哭出来了。锦花低垂了粉脸，却没有回答。学海这时脑里心里只有一个锦花，好像除了锦花之外，别的女人都没有使他可爱的地方。他很快地走到锦花身旁，也不管地上有没有尘埃，就扑通跪了下来。他把两手伏在锦花膝上，好像小孩子在慈母面前求饶的样子，边泣边说道：

"锦花，我求求你，我拜托你，你就可怜可怜我，我无论如何少不了你。你要我从此和你分手，那你简直是要我死。我没有你，我像失了一颗心，我没有你，我像掉了灵魂。锦花，我情愿死。可是我不愿意你把我抛到一旁去啊！"

"学海，你不要误会呀！我所以这么说，完全是为了你我幸福着想。因为你若一辈子迷着一个有夫之妇，恐怕将来的结局，你也只会感到痛苦而已。"

"痛苦算得了什么呢？你没听见我说过吗？我就是为你死了也情愿哪！锦花，你要不可怜我，我今夜就跪死在你面前。"

学海一面说，一面仍赖在地上不起来。锦花想不到学海在女人家身上还有这一下子功夫，一时呆呆地说不出话来。学海见她不作声，知道事情当还有一点挽回的余地。他把半个身子伏在锦花膝上，锦花的感觉，好像他的两手还在扰动。自己的全身好像有一股电流似的气灌注进来，使她每个细胞都起了异样的变化。于是她的脸红得更发烧，连她呼吸都有些气喘的成分，嗔恨地说道：

"你这小鬼真是我命中的魔星！好吧！快点起来，我还得洗浴哩！"

"谢谢你救了我的狗命，我真是生生世世都报答不了你。"

锦花逗给他一个白眼，扭着腰肢到浴间里去了。浴后，锦花披了一件浴衣出来。学海见她的粉脸更红得像朵映日的海棠，娇艳无比。她轻移着脚步，走到沙发上坐下。从浴衣的缝隙处，露出她白胖的大腿，这是多么诱惑人的一幕，看得学海心头乱跳，几乎呆若木鸡。锦花嫣然一笑，说道：

"你不去洗个身吗？待在这儿做什么？"

"是，是，我马上去洗……"

学海耸了两耸肩膀，乐得骨头没有四两重的样子，便跳跃着向浴室里奔进去了。等学海洗身完毕出来，不料房内却已熄灭了灯光。这时窗外早已漆黑，因为没有月光，所以房内几乎伸手不见五指。学海知道她的意思，遂把浴室内电灯也熄了。然后摸索着到床边，伸手下去。那五指的触觉，最为灵敏，似乎摸着了软绵绵高耸耸的一堆。他心里的甜蜜，已经不是笔墨所能形容的了。就在这时，忽然有双纤手，在黑暗之中，把学海拖到床上去了。

锦花这夜回到家里，已经子夜十二点了。宓志万睡在床上还没有入梦，他在那盏小床灯的下面，看着小说解闷。锦花见他没有睡熟，心中倒有些吃惊，但表面上还是竭力掩饰慌张的神情，很温和地说道：

"志万，怎么？你还没有睡熟？"

"哦，锦花，你回来了？我等你啊！"

志万听了锦花的声音，便把书本丢下，从床栏旁靠起身子来，好像得到了珍宝一样的欢喜，笑眯眯地回答。但锦花相反地显出不悦的神色，把皮包放下，逗给他一个娇嗔，恨恨地说道：

"我要一夜不回来，那么你难道也等我一夜不成？"

"我知道你不会在外面过夜，就算你一夜不回来，我当然也等你一夜。不过，等到我眼睛闭上为止，那我就没有办法了。"

"这又是何苦呢？你已经这么衰弱的身体了，应该早些睡眠才好。你所以等我，到底是因为爱我呢，还是怕我逃走不回来呢？"

锦花听他这样说，心头有些可怜他，遂把身子倒向床上，偎在他的怀内，伸手去摸他人中上的胡须，用了温和的语气，低低地问。志万见她这样的神态，明明是很疼爱自己的意思，遂很欢喜地低下头去，在她额角上吻了一下，笑道：

"锦花，你别说傻话了，我当然是因为爱你的缘故，怎么会怕你逃走呢？你在什么地方游玩，兴趣这么好，玩到这样晚回来？"

"我从前一个同学，她也嫁了人，昨天打电话给我，叫我今天到她家去吃饭，我去了，原来还是她生日，亲友们来得不少，她们要打牌，叫我凑上一脚，因此玩了牌，也忘记时间了。对不起，志万，累你等久了。"

"没有关系，我们是夫妻，你这么客气干吗？时候不早了，你快点睡吧！"

志万听她温情蜜意地对自己说好话，一时十分得意，遂笑嘻嘻地回答。一面还伸手把她的大腿抬到床上，俯身给她脱皮鞋。锦花知道志万宠爱自己，好像把自己视作宝贝一般。想到自己对他的不忠实，难免有些羞愧。于是柔顺得像一头驯服的绵羊似的，宽衣解带，和志万一同睡下。志万见她默然无语，心中又起了误会，遂低低问道：

　　"为什么有些不快乐似的？"

　　"没有什么，你又瞎猜了。"

　　"我看得出的，你的面色有些不喜悦的神色。而且我也知道你所以心中不快乐的缘故。"

　　"你知道？你给我说出来听听。"

　　锦花倒吃了一惊，凝眸含矑地望了他一眼，向他奇怪地问。志万微微一笑，用手指在她身上画着，说道：

　　"你一定输了钱，是不是？"

　　"志万，你真是我的心一样，你怎么看得出来呢？"

　　经志万这么一说，锦花方才惊魂安定下来，她故作喜不自胜的意态，伸手去抱住志万的人，笑盈盈回答。志万趁势向她温存着，笑道：

　　"我和你也做了五六年的夫妻，难道你的脾气，我还会不知道吗？锦花，你告诉我，输了多少？"

　　"输倒输得并不多，只有五十几万，就是因为一副不和，刚等了张子，人家便先和了，所以心中很气闷。"

　　"五十几万小数目，没有关系，我宓志万为官清正，虽然穷苦，但对于太太这些输赢上落的雀战，到底还不用放在心上。锦花，不要难过，明天我赔你一百万，你心里总可以欢喜了。"

　　"志万，你真是我的好夫君，我输了钱，你不但不责骂，反而赔还我，安慰我，那叫我心中不是太感激你了吗？"

锦花捧着他的脸，一面说，一面喷喷地吻了他两下。志万被她弄得真有些神魂颠倒的，两手却情不自禁地忙碌起来。锦花见他有些按捺不住的样子，方才把他身子轻轻推了开去，很正经地说道：

"志万，你是上了年纪的人，应该保重自己的身子才好。"

"我的年纪虽老，但精神却还很好。你不见最近报上登的这位政界前辈吕先生吗？他七十多岁了，还跟人家结婚呢！难道谁敢笑他不会养儿子吗？"

"我并不是说你精神不好，因为今夜太晚了，你明天不是还有许多公事要办吗？你是一个长官，假使在办公厅里弄得精神萎顿，被下属见了，岂不是有失尊严吗？"

"太太这话说得有道理，那么我们明天早点吃夜饭，早点睡觉吧！"

志万点了点头表示回答。锦花白了他一眼，这是妩媚的娇嗔，但却又嫣然地笑起来。因为自己在外面已经有过一度的疲劳，所以此刻真的觉得十分倦怠，遂伸手熄灯，转身自顾自地睡去。忽然听志万又低低地说道：

"锦花，我想着了，还有一件事情，忘记告诉了你。"

"是什么事情？"

"我给小龙又另请了一个教师，今天下午已经到家里了。"

"为什么要请两个教师教他？小孩子年纪轻，功课太多，把他头脑子都弄昏了。"

"这个赵博文的国学虽然很好，但是对于英语，却一窍不通。我想如今时代不同，要小孩子将来做个要人，非学贯中西不可。所以我又给他请了个英文教授，他刚从大学毕业的，名叫胡宗林，倒是个品学兼优的人才。"

"嗯……"

"他是广东人，在上海只有一个人，所以我叫他住在我们的家里。"

"嗯！"

"这是王处长介绍给我的，说起来他们还有一点亲戚关系。否则，我对于陌陌生生的人，也不敢就此叫他住到家里来。"

"锦花……锦花……"

志万起初听锦花嗯嗯地应着，还以为她是静静地听自己说着。后来听她连应的声音都没有，这就叫了两声名字，果然不听见她答应自己，可见锦花已入梦乡去了。志万一时暗暗好笑，年轻的人，到底好睡，一面和我说话，一面竟然睡着了，无怪她身体只会发胖起来呢！其实锦花实在是倦极的缘故，她起初还问两句，待志万告诉这教授姓名的时候，她已经有些听而不闻了。至于后面几句，她是完全没有注意，闭上眼睛，呼呼地熟睡了。

锦花比志万先睡去，但第二天早晨，她却又比志万迟醒来。等她睁眼睡醒时，已快十一点了。太阳已经悬在当空，锦花伸手按在小嘴儿上，还连连地打着哈欠，想起昨晚在沧州饭店的一幕，她全身感到一阵舒服，这舒服在志万那儿是从来没有尝到过的。她红红的嘴角旁，露了一丝笑意，忽然在枕边发现一张字条，写着几行铅笔字，遂念道：

> 锦花，你真好睡，还没有醒来，我要上办公厅去了。
>
> 今天晚上早点吃夜饭，早点……哈哈！

锦花看毕，把纸条捏成一团，抛到痰盂里去，暗暗骂声真有老兴的。她匆匆披衣起床，按了一下电铃。小丫头阿秀端了面盆水进房，叫声太太起来了。锦花嗯了一声，遂到面汤台旁，细细地梳洗。经过一小时的化妆，方才完毕。阿秀把脸水端出去倒了，进来问太太吃点心还是开饭吃饭，因为此刻已是正午十二点。锦花点头说就吃饭吧。阿秀便到厨房里吩咐去了。

锦花踱出卧房，穿过志万的书房，匆匆到了楼下。先步进会客室里去一张望，里面空无一人，想来月娟、小龙等都在小餐厅里等自己吃饭。正欲跨出小院子的时候，忽然院子外匆匆走进一个人来，正和自己撞了一个满怀。锦花要想喝骂，但定眼一看，却是一个身穿西服的陌生青年。那青年猛见了锦花，两颊顿时涨得绯红，倒退了两步，弯了腰肢，大有赔不是的意思。锦花见他眉清目秀，方面大耳，一头菲律宾美发，真像好莱坞的风流电影明星一样令人可爱。因此她望着那青年，却是木然无知地呆住了。

二 池旁诉衷曲 同病相怜意绵绵

这一个青年究竟是什么人呢？原来就是志万对锦花说的那个新聘的英文教授胡宗林。宗林还是一个二十二岁的青年，他刚从大学里毕业出来。虽然他是一个思想前进、抱负伟大的人才，然而在上海，有真正学问的人，还不及有真正靠山的人来得有出路。宗林在上海既然孤零零的只有一个人，那么他的环境自然并不十分好。毕业之后，第一要紧就是找职业。他和王处长有些远亲关系，在不得已的情形之下，只好向他恳托。不料王处长这人却铁面无私，宗旨就是不愿用自己人，所以来转托志万。志万当时得了王处长的名片，就把宗林接见。细细问了他的履历，然后对他说道：

"胡先生是个大学毕业生，果然是一个好人才，照理很可以给你介绍一个重要的职位。不过现在所有的位置，都有老人马工作，而这些人不是王亲国戚，就是从重庆回来，对于国家有过功劳的，所以一时难以安排。我的意思，你能不能暂时受点委屈，到舍间去做一个家庭教师？等往后有机会的话，我再给你介绍出去，不知你的意思如何？"

"宓老先生肯这么抬爱，晚生自然感激不尽，但不知教授府上什么人？"

"是我的小犬，他不过是个十二岁的孩子。本来已经有个老先生在教国文，不过我觉得这个年头儿，英文比国文更重要，所以我的

22

目的，是请胡先生担任英文教授。对于酬劳问题，按月五十万，不知胡先生嫌太微薄吗？"

"对于酬劳问题，晚生绝不计较。只有一个问题，还得请宓老先生帮忙。"

"是个什么问题呢？"

"就是晚生在上海并无家庭，以前是住在学校的宿舍里。现在我要恳求您，最好能够供给膳宿。至于薪水，随便给我一点零用就够了。"

"我道是什么重大的问题，原来是为了这一点，那绝对没有关系。我公馆里地方虽小，但多住几个人，算不得一回事。对于这个问题，我完全可以答应你，那么你几时开始来上课？"

"我马上就可以搬进来的，只听你老先生吩咐好了。"

"很好，我回头就要回家去了，你此刻先回去整理被铺，然后坐车到静安寺路四百六十七号的一座洋房，那边就是舍间，我一定恭候着你。"

两人谈话已有了一个圆满的结束，宗林遂起身告别，匆匆地走了。回到寄宿处，把被铺整理舒齐，坐车到静安寺路宓公馆，时候已经黄昏。志万早已等在会客室里，宗林见室内除了志万之外，尚有一个头戴瓜皮帽的先生，还有一个半老徐娘的中年妇人。经志万的介绍，该妇人今年已经三十八岁了，但没有嫁过丈夫，是个十足道地的老处女。当时宗林向大家点头招呼，寒暄了一番。志万叫车夫根发把胡先生的行李拿到西厢房里去。另有仆人端上香茗，志万递上一支烟卷给他，宗林连忙摇头说不会吸。大家谈了几句，志万说道：

"小龙呢？这孩子又在花园里东跑西跑了，可卿，你给我去找寻找寻，叫他快来拜见胡老师。"

"小龙刚才做了一篇作文，是我叫他去散散步的。小孩儿家，用了脑后是应该给他休息休息的，太用功了，我倒认为会妨碍身体的健康。"

赵博文听志万有埋怨小龙的意思，遂慌忙庇护着回答。可卿已站起身子，向会客室门口走去，跨出院子，她就向老远的地方招手，说道：

"小龙，你爸在叫你啦，快来呀！你的新教师来了。"

"小龙在顽皮吗？"

"没有，人家姐弟手搀手斯斯文文走来的。"

可卿听志万这么问，遂一面回身，一面笑嘻嘻地说。就在这个时候，传来一阵步履的声音，院子外跨入两个人来。一个是十二三岁的小孩子，还有一个却是十八九岁的姑娘模样。她虽然是那么淡妆轻抹，朴素幽静，不过那股子秀丽脱俗之气，真令人有些心醉神往。宗林见了那姑娘，不知怎么的，心头便忐忑地跳动了一下。就在这时，志万已叫着道：

"小龙，你快过来，这是教你英文的胡宗林先生，你给我上前鞠躬。"

"是，胡先生。"

小龙听了父亲的话，很有礼貌地走上去，恭恭敬敬地鞠了一躬，而且还招呼了一声胡先生。宗林含笑点头，一面又向那少女望了一眼，不料那少女的秋波也正向自己盈盈瞟来，四目相接，大家都感到有些难为情。那少女的粉脸，立时浮现了一朵桃花的色彩，赧赧然地垂下头来。志万这时又介绍道：

"月娟，你也可以时常向胡先生讨教讨教英文，这样多少可以有些进步。胡先生，这是小女月娟，你也得像对待小龙一般教导她才好。"

"客气，客气，那可叫我有些不敢吧！"

"胡先生，你不用谦虚的。月娟，你怎么还怕难为情？不是该招呼一声吗？"

可卿在旁边见月娟垂下了粉脸，不胜羞涩的样子，遂也含笑插嘴着说。月娟被姑妈这么一说也只好抬起头来，向宗林叫了一声胡先生。宗林因为想不出什么表示来回应她，反而有些发窘的模样。幸而志万忽又说道：

"锦花到什么地方去了？怎么直到此刻还不见回来呢？"

"嫂子下午一点就出去，说有个同学请她吃饭，恐怕夜饭不回来吃了。"

"嗯，那么厨房里今天你得去照顾照顾，吩咐他们弄几样好小菜。赵先生今天晚饭在这儿吃，陪我们这位胡先生，从此以后，你们两人便是小龙的恩师。小龙将来的前途，可都依靠你们两位努力教导了。"

"东翁真是太客气了，这是老朽应尽之责，应尽之责。"

博文在宓家做西席，他是早晨九时到来，下午四时回去，只吃一顿中饭。今天志万特地把他留下来，原是叫他和宗林认识认识的意思。此刻他听志万这样说，便迂腐钝钝地回答。这时可卿站起身子，到厨房里去了。博文这个人今年已经四十八岁了，他看起来是个道貌岸然的道学先生，但内心却也十分色眯眯。他家里负担很重，除了太太之外，还有儿女共六人，最大的偏偏是个女孩子，还只有十五岁，以下都是十二三岁、十一二岁、八九岁、六七岁，甚至还有一个刚刚出世不到五个月的小儿子。你想，在这个一家八口的情形之下，凭他一个人以教书所收入的薪水来维持家庭，这生活的艰苦，当然是不想可知的了。所以他在宓公馆做西席，真仿佛一步登天，似入仙境。当时他见了可卿，便想入非非地要追求她，可卿是个处女，她所以迟迟未嫁，直到现在三十七岁，也是为了好的找不到，坏的不愿意。像博文这么寿头寿脑的人，她如何会放在眼里？所以把他只当作有些神经病看待，一笑置之。博文在女人身上固然是色眯眯，但对待年轻的小伙子，却是老气横秋的，尤其是对目下这般大学生更觉得看不入眼。所以他见了胡宗林之后，无形之中会起了妒忌之心，便存心要坍坍大学生的台，故意和宗林互相讨论文学，咬文嚼字，引用古典，预备难倒宗林，在志万的面前，可以卖弄自己的才学。不料宗林这个青年，因为从小是苦出身，对于读书，向来十分认真。平日在学校里，同学们花天酒地，约女朋友上咖啡馆，到跳舞厅，沉迷于歌台舞榭，他却是埋头苦学，悉心研究。所以他不但英语好，对于国学也着实有些根底。所以博文和他讨论文学，他是对答如流，素有心得。这么一来，志万反而敬爱他万分，连连点头，称赞不绝地说道：

"胡先生真不愧少年老成，学贯中西，将来鹏程万里，真不可限量，使人敬佩得很。小龙有此良师，我是一百二十分放心了。"

"哪里哪里，承蒙老伯褒奖，实使小侄惭愧之至。"

志万一听宗林忽然改口叫自己老伯了，心中这就更加欢喜，脸上的笑容久久没有平复。只是把个博文气得半死，心中暗想，我竟弄巧成拙，反而给他造成了一个被东翁得宠的机会了。但是在气愤之中，却又感到十分的担忧。因为宗林既然学贯中西，东翁自然要节省开销，万一把我辞退的话，这叫我不是马上要失业了吗？想到这里，他悔恨极了，不该存心害人，现在害人害己，这叫自己怎么是好……他在一急之下，神情不觉木热，额角上的汗点也像落雨一般滚下来。幸而这时天色渐黑，人家没有发觉。志万命月娟亮灯的时候，他才慌忙拭去了汗点。

吃过了晚饭之后，宗林由志万陪伴来到西厅厢房。只见里面布置优雅，收拾得窗明几净，十分清洁。志万说这儿给胡先生住下，小龙上英文课的时候，也到这里来作为教室好了。宗林也是一个灵活的人，当下口口声声地呼着老伯，说承蒙如此厚待，叫小侄感铭在心。常言道，千穿万穿，只有马屁不穿。志万听他横一句老伯，竖一句老伯，被他叫得拉开了嘴笑得合不拢来。其实宗林如何会改口呢？原来他也有他的目的。因为他见到了月娟之后，一颗心灵，便有了爱慕之意。既然月娟是志万的女儿，那么自己应该快点改口，对于将来事实的发展，当然可以占到许多的便利。不过志万如何料得到这一点呢？他以为宗林改口完全是看重自己，所以才有这样的尊称。当时志万和宗林略谈片刻，便道晚安退出。这儿宗林把自己的皮箱取出，把所有书籍都陈列在写字台上。正在一个人忙碌的时候，忽然见博文悄悄地进来，这就连忙让座，招呼道：

"赵先生，你还没有回府吗？快请坐吧！"

"嗯，我一见胡先生之后，就觉得你非常好，不但和蔼可亲，而且年少英俊，若和老朽相较，诚使老朽望尘莫及，甘拜下风。"

博文忽然用佩服得五体投地的神情来对待宗林，这叫宗林心中真是感到意料之外的惊奇。暗想，这位老先生倒有些奇怪，刚才那种老气横秋、轻视自己的态度，好像目中无人，唯我独尊，谁知现在却前倨后恭起来，那可不是叫人笑话？一时连忙谦虚地说道：

"赵先生，你何必这么客气呀？你是我们的老前辈，满腹才学，博古通今。我们年轻小伙子，真所谓血毛未干懂得些什么呢？所以一切之事，还得你老先生多多指教才好。"

"哪里哪里，老朽不学无术，比不得胡先生学贯中西，诚所谓后生可畏。老朽刚才有眼不识，多有冒渎之处，还希特别原谅是幸。"

宗林听他之乎者也，咬文嚼字，大有负荆请罪之意，一时倒忍不住暗暗好笑。遂连连摇手，越显得毫不介意的样子，说道：

27

"刚才你也并没有冒渎我呀，赵先生，请你不用太认真，我是一点儿也没觉得有什么呀！想我们同是寄人篱下，为人作嫁，彼此彼此，大家只有互相同情，互相帮忙。只要老先生心中不存芥蒂，晚辈决不记在心里。"

"啊，胡先生真是显明过人，叫老朽顿开茅塞，敬佩敬佩。"

"岂敢，岂敢。"

宗林也学着他那种迂腐钝钝的态度，一本正经地回答。博文呆呆地站立了一会儿，忽然向宗林跪了下来。这把宗林倒猛吃一惊，慌忙伸手去扶他，说道：

"胡先生，我有一事相求，千万请您答应我。"

"是什么事情？你快站起来说吧，你若行这么大礼，岂不是要活活地折死我吗？"

"不，你先答应了我，我方才敢站起来，否则我就跪死在你的面前。"

"啊呀！这……这……到底是怎么一回事情呢？莫名其妙地叫我答应，我如何可以答应你呢？难道你叫我去死，我也能答应你吗？"

博文这样说，宗林听了，当然也急了起来。他向博文急急地辩白，表示事情也有一个大小，自己决不能盲目地答应。博文听他这么怀疑，遂呀了一声，说道：

"胡先生，我是一个吃饭的人，岂有这样不合情理的请求吗？我要你答应的事情，是希望你能够救八个人，使这八个人不会受到饥寒的苦楚，那岂不是一件功德无量的好事情吗？"

"哦，原来是救人性命，但我答应你原不妨事，有没有这个能力实在还是一个问题呀。假使我能力及得到的话，我对于救人性命，当然也是应尽的义务呀！"

"只要你肯答应，事情绝对没有问题。凭你一句话，就可以救了八个人的性命。胡先生，你是一个大慈大悲的慈爱之神，你一定会可怜我吧！"

"我真弄不懂这到底是怎么一回事情，好，我就答应了你，那么你快点站起来，把这事情详详细细地告诉我吧！"

胡宗林被他缠得没有了办法，因此也只好先答应了他，然后叫他站起来说一个明白。博文方才如得皇恩大赦叩头不已，一面站起身子，一面用了惭愧的表情，低低地说道：

"胡先生，你是一个新时代的人物，你懂得外国话，而且你又知道中国的古文，那么你的才学，比老朽就好上了十倍。既然你学贯中西，那么凭你一个人就可以担任小龙的教师，何必要中西两科，请两个教师呢？一个人的脾气都是这样，好节省的地方总要节省起来。东翁不是一个呆笨的人，他有了胡先生之后，便用不到老朽了。所以照我的猜测，将来国文一科，恐怕也会由你而兼教的。假使果然这样，那么老朽便得滚蛋。我不瞒胡先生说，舍间除了一个黄脸婆之外，还有男女小犬共六个，万一被东翁辞退，试问这一家八口将何以度日呢？呜呼，岂不是都要束紧裤带束手待毙了吗？所以我此刻来向你恳求，假使东翁要你兼教国文，你千万要抱好生之德，而向他坚决地拒绝。你若不教国文，我的饭碗也决不会因此而打碎，那么我这八口之家的生命也不会做街头之饿殍。胡先生，你……听了我这一番话，心里总可以有个恍然大悟了吧！"

"哦，哦，哦。原来是为了这一个缘故，那你可以尽管放心，我不是早对你说过吗，我们同是寄人篱下，我为什么要抢你的饭碗呢？就是宓老伯要我兼教国文，我也决不答应。"

胡宗林听了一番滔滔不绝夹屎夹尿的话，心中这才完全明白。一时想想，真觉得又好气又好笑，遂用了认真的口吻，向他安慰。博文感激涕零的样子，猛地又向他跪了下来，宗林急忙扶住，连连

说道：

"怎么？怎么？难道还有什么别的要求吗？"

"没有没有，别的没有什么了。我因为胡先生这么够朋友交情，所以叫老朽不得不长跪而谢之。"

"这又何必，这又何必，赵先生，你起来，我们坐下来谈谈吧！"

"不，不，时候不早，我该走了，胡先生，承蒙金诺，此恩此德，没齿难忘。"

"言重，言重了。"

博文连说了两声不字，便把手一拱，长揖作别，跨步而出。宗林也索性客串平剧的模样，拱着手，送出房门，郑重其事地回答。直待博文不见了影子，他才深深地透了一口气。暗自想着，觉得博文这个人真也有些可怜，那么他当初向我责难，显然是完全妒忌的缘故了。一面想，一面不由自主地走到院子外面来。初夏的晚上，天气当然十分凉爽。天空中浮云密密，来往不停，所可惜的，是今夜没有明月。宗林是个天涯游子，对此漂泊无从的浮云，心头自然颇为感慨。他一步一步地踱出小院子，走到外面的花园来。这一座洋房是很宽大的，洋房的四周是一个花园，点缀着亭台楼阁，虽没有天然的景致来得雅致清幽，但也玲珑剔透，独具匠心。宗林沿着那几棵高大的梧桐树，慢步地踱到那边一个小小的池塘旁。只见池面上芰荷张盖，绿油油的莲蓬衬着粉红的花蕾，十分鲜丽。他站住了脚，对那微微动荡的池水正在出神的当儿，忽听有人在叹气的声音，随风吹送到耳鼓。宗林心中奇怪，遂回眸四望，果然见一个少女，慢步地由那边假山旁走了过来。因为没有月色的缘故，一时看不清楚她是个怎样的脸，正在用目细瞧，忽听那个少女呀的一声叫起来，连连问道：

"是谁？是谁？"

"哦，是我，是胡宗林，宓小姐，你不要害怕呀。"

宗林灵敏的听觉已经知道了那个少女就是志万的女儿月娟小姐了，这就连忙迎了上去，一面向她招呼，一面低低地报告姓名。月娟一听是宗林，她那颗芳心虽然是不害怕了，不过还是跳跃得很快。直待宗林走到她的面前，方才镇静了态度，很不好意思地斜乜了他一眼，低低地说道：

"今夜没有月色，我见你一个黑影子，不知道是什么东西，所以我害怕得喝叫起来。谁知道是胡先生，你倒被我吓了一跳吧？"

"没有没有，我的胆子是很大的。宓小姐，你一个人在院子里纳凉吗？"

"嗯，时候还早，睡不着，散一会儿步。胡先生，你……"

"我也睡不着，四月里天气，到底很闷热的。"

宗林不待她问下去，便忙微笑着回答。一面望着她的粉脸，因为是站立很近的缘故，自不免细细地打量起来。月娟身穿一件麻纱旗袍，袖子很短，露着两条玉臂，雪白的肌肤上除了三颗小小的牛痘疤之外，可说像洗过了的一般洁净。粉搓玉琢，真令人可爱。她的胸部并不十分的高，但因为麻纱旗袍薄的缘故，在两个像奶油面包上的中心点凸起了紫葡萄似的一颗，望过去显得十分的结实，十足表现出处女的健美来。她的头发细长，不过并不做着最新的式样，只是卷曲地拢在脑后，脸庞是鹅蛋形的，白白胖胖的，十分丰腴，鼻子很直，鼻梁很高，衬着一双深凹的亮晶晶明眸，和那张小小的樱唇，完全有中西合璧之美。再下衬她那双脚，此刻却拖着一双月白绣花的拖鞋，赤足，没有穿袜子，那扁薄薄的俏脚，叫人看了实在可爱。宗林几乎有些神魂颠倒，不免想入非非起来。月娟被他这一阵子呆呆地打量，自然十分的难为情，红了娇面，逗给他一个媚眼，低低地笑道：

"胡先生，你干吗呆住了？"

"不，我……我在想……"

"你在想什么？"

"我在想宓小姐做人真是太幸福了。"

宗林被月娟问住了，一时无话可答，心中十分不好意思，脸上也立刻红了起来。不过他是个转机灵敏的人，立刻拿话来这么搭讪着回答。这似乎出于意料之外的事情，月娟听了，却并无喜悦的神色，相反的还微微地叹了一口气。宗林自然十分奇怪，遂望了她一眼，继续问道：

"怎么？难道像宓小姐这样的环境，还不能算是一个幸福的人吗？"

"胡先生，你瞧我幸福在哪儿呢？"

"嘿，这还用问吗？你有这么一个地位高的好爸爸，他老人家又这样地疼爱你们。你们不愁吃不愁穿，只要用功努力自己的学业，而且你的本身，又长得那么的美丽动人，我觉得你什么地方都显得是个幸福之人呀！"

月娟听他很认真地说，一时芳心也不知是酸是甜，对他微微地苦笑了一下。因为和宗林到底是刚刚才认识，当然，有许多的话不方便说出来。宗林却得意地笑起来，一转眼珠，说道：

"可不是？我没有说错吧？"

"……"

"宓小姐，你为什么不回答我呢？"

"我也在想……"

"你想什么呢？"

"我想你中西才学既然是这么的好，那你应该为国家去干一点有意义的工作，怎么倒愿意在这里教授一个小孩子的书本？我认为这未免是大材小用，所以我倒替你很感觉有些可惜。"

宗林想不到月娟会说出这几句话来，一时满面显出羞愧的颜色，也轻轻地叹了一声，若有无限隐痛的样子。月娟见他不作答，遂把秋波向他逗了一瞥怀疑的目光，追问道：

"胡先生，你为什么也不回答我呢？"

"你代我可惜，我很感激你。不过世界上真不知有多少的人，因不得其时，不得其所，郁郁闷闷地埋没一生。何止我一个呢？英雄末路，也有甚至于卖报度日，擦皮鞋为生。我今日在这公馆里执教为西席，我已经认为是很满足的了。"

宗林觉得月娟真可说是自己的知音，她竟然对我这样的关心，所以明眸里充满了热情的光芒，望着她低低地回答。月娟知道他的环境并不好，是个穷途落魄的人，所以不得已而出此下策的，遂用了同情的语气，说道：

"是的，昔日韩信受胯下之辱，也是英雄落魄，无可奈何。不过只要有坚定的忍耐性，有努力奋斗的精神，那么胡先生总也不会是池中之物。"

"惭愧得很！我是个普通的青年，哪里有资格和这般英雄相提并论呢？宓小姐，你这么说，倒反而叫我觉得很不好意思。"

"这又有什么不好意思呢？我以为一个人谁都可以做英雄，只要自己有精神，表现出伟大的力量，这就是英雄呀！难道英雄生下来就是个英雄吗？"

"宓小姐，你这话很对，我觉得你真是一个不平凡的女性。你现在在哪儿求学呢？"

宗林敬佩得跟什么似的，连连点头，趁此又向她轻轻地问。月娟却微微一笑，回答出人意料之外。她摇头说道：

"不，我没有读书，我闲在家里。"

"什么？你闲在家里？那你为什么不上学校去读书呀？"

"因为……因为……"

"因为什么呀？我真觉得有些奇怪，你这么轻的年纪，而且你有这么好的环境，你不上学校读书，难道却喜欢在家里蹉跎光阴吗？"

"……"

"你干吗老是不回答我呢？你为我可惜，我也为你可惜呀！宓小姐，咦，你好好儿的怎么落下眼泪来？"

宗林见她哭了，心里就觉得其中必定有蹊跷，遂缓和了口吻，用了同情她的语气，又低声问她。但月娟却背过身子去，似乎羞愧地在拭眼泪。宗林挨近了两步，站在月娟背后。这时一阵微风吹来，有股子细细的幽香，从月娟颈项内散发出来，触入宗林的鼻子管里，那颗心倒由不得一阵子荡漾，竟然呆呆地愕住了。月娟因为听不见他有什么动静，心中也感到有些奇怪，遂回过身子来。猛地见到宗林站在她背后发呆，一时倒惊退了两步。宗林慌忙说道：

"宓小姐，我想你心中一定有什么难以告人之隐吧，假使你不当我是外人看待，那么请你告诉一点我知道，好吗？"

"胡先生既然已到我家来做教授了，那我总也瞒不了你。因为……因为……我不是父亲亲生的女儿。"

宗林见月娟绯红了两颊，支支吾吾地终于说出了这几句话，一时哦哦了两声，方才恍然大悟。望着她抑郁的神色，心中更激起了一阵楚楚可怜，这就说道：

"虽然你不是他们亲生的女儿，但既然承认你是女儿，我以为他们应该对你有疼爱之心呀！宓小姐，我很想知道你一点身世，但是，你愿不愿意跟我谈谈呢？"

"和你谈谈原不妨，只不过你听了之后，不要轻视我，因为我是一个贫困人家的女孩子，到这里还不上三个月的日子呢！"

"不，我绝对不会轻视你，况且……人家不轻视我，我也已经很欢喜了。我怎么还有资格去轻视别人呢？穷苦算得了什么呢？我也是一个穷苦的人呀！"

"这样说来，我们是同病相怜。天下唯有可怜的人会同情可怜人，胡先生，那么我们就在这里坐下来谈谈吧。"

月娟久站似乎有些吃力，遂在池塘旁的石栏上预备坐下去。宗林慌忙取了一方手帕，先给她铺好了，说不会受凉。月娟很感激地望了他一眼，含了一丝欣慰的微笑，低低地说道：

"胡先生，你站着不觉得吃力吗？要不我们一同坐下来？"

"我能坐在你的身旁吗？"

"这……有什么关系？比方说，我们不认识的，在电车上碰着了，坐在同一排座椅上，难道也得避什么嫌疑不成？"

"这话不错，我也许是过分小心的缘故。"

两人说着，便在石栏杆上坐了下来。月娟的粉脸低垂着，她两眼望着自己并在一处的脚，坐得毕恭毕正的样子，似乎正在回想着她过去悲惨的一幕。宗林的心中另有一番神迷似的，又向她温和地问道：

"宓小姐，你既然不是老伯亲生的，那么你一定是别人家的女儿了。你本姓什么呢？"

"我本姓蒋，名叫月娟，是南京人，爸爸蒋显廷，是个杂货店里的小伙计。在我下面还有弟弟两个，妹妹两个，我算是老大了。去年我母亲得了病，病十分沉重，拖延到今年春天里，便一病身亡。我爸爸没办法，连入殓的费用都没有处去借。我在这种情形之下，只好卖身葬母。现在这个爸爸就是把我买了回来的。刚才胡先生说我是个最幸福的人，你叫我听了，怎么不感到心痛如割呢？虽然我这里是过着好日子，但我想起了我家中的爸爸和弟弟妹妹，恐怕就要日日夜夜痛哭呢！"

月娟哽咽了喉咙，絮絮地向他诉说到这里，一时又勾起无限的伤心，她的眼泪便忍不住扑簌簌地滚落下来了。宗林听了，不免也激起了同情的悲哀，忍不住微微地叹了一口气，说道：

"我真没有想到你的身世竟是可怜到这种程度，唉，的确，你的遭遇是太悲惨了……"

"悲惨？简直是世界上最可怜的人了。"

"不过，你现在做宓家的女儿了，以后的生活，不是可以舒服一点了吗？况且宓老伯待你也不算坏，我想慢慢地你可以向他要求去读书呀！"

"读书？我也这么想过，可是我的年纪不小了，这么老大个子，再去丢脸，真是有些不好意思。"

月娟说到这里，粉脸一阵绯红，她似乎十分感触的样子，深深地叹了一口气。宗林听她这样说，不免有些奇怪起来，遂急急地问道：

"我不懂你这话是什么意思？哦，你难道从小就没有读过书吗？"

"八岁上学，读到十二岁，小学刚肄业，就辍学在家里，帮着母亲料理家务，照顾弟妹，这整整六个年头儿来，已把书本荒废完了。难道我到十八岁的年纪，还在高小五年级里读书吗？那不是丢我的脸？"

"不过你是一个聪明的姑娘，在家里可以先自修，等下学期你不是可以去考中学吗？假使你有这个志愿的话，我在这学期之内，一定负起教导你的责任，你以为怎样呢？"

"胡先生，你这话可是真的吗？"

"当然真的，我对任何人不说假话，尤其是在你的面前，那我更应该表示忠实一点。就只怕我才疏学浅，不够资格做你的教导员。"

宗林见她脸上的表情，显然是惊喜的样子，遂也十二分认真地回答，不过他说到后面的时候，还故意这么客气着说。月娟呀了一声，秋波逗给他一个白眼，有些娇嗔的神态，说道：

"胡先生，你这话不是在挖苦我？我是一个比小学生还知识浅薄的女子，你是一个学贯中西的大学生，就只怕我没有资格做你的学生吧？"

"哪里哪里！这是……哎，我称呼你宓小姐好呢，还是称呼你蒋小姐好？"

月娟听他忽然把话转变到另一个问题上去了，这就凝眸含蹙地沉思了一会儿，方才红晕了玫瑰花朵似的粉脸，赧赧然地笑道：

"其实这两个称呼都不很妥当，因为我现在不是已认你做老师了吗？你想，哪个老师称呼学生为小姐呢？所以我的意思，你就叫我一声月娟，比较切实一点，你说对不？"

"你这些话虽然很对，但我也长不了你多少年纪，假使一本正经地做你老师，那我实在也有些不敢当。"

"这倒并不是这么说的，子曰，三人行，必有吾师，难道老师和学生的分别，就是以年龄为标准吗？这到底是错了，胡先生，你不要再闹客气，否则，你就是不情愿有我这一个学生了。"

宗林听她很会说话，一时倒弄得无话可答，笑了一笑，似乎在想什么的样子。月娟倒误会了他，鼓着小嘴，大有生气的样子，说道：

"怎么啦？胡先生，你难道真不愿意……"

"不，不，我并不是这个意思。"

"那么你……"

"我想，你是孤零零的一个可怜人，我也是孤单单的一个凄凉的人，在我们真可以说同是天涯沦落人，相逢何必曾相识。所以我的意思，我们不妨结为一对……"

"啊！一对什么？"

"一对异姓的兄妹，那么以后大家可以真心地互相帮助。怎么啦？你干吗要有这样惊骇的表情呢？"

宗林知道月娟误会了自己的话，这就连忙接下去回答。他说到后面，又故意对她问了一句说。月娟心中这一羞涩，两颊好像喝过了酒似的热辣辣起来。不过她也不得不镇静了态度，微微地一笑，很欣慰地说道：

"因为我想不到一个大学生会需要和一个没有知识的姑娘结拜兄妹，那叫我不是感到无限惊奇吗？"

"何必这么客气呢！你到底赞成不赞成？"

"只要你喜欢，我没有不赞成的理由。那么我该呼你为大哥？"

"不错，我也该叫你一声娟妹。娟妹，我有你这么一个美丽的妹妹，那在我的生命之中好像有着暖意的安慰了。"

宗林乐得跟什么似的，拉开了嘴，忍不住嘻嘻笑起来。月娟又喜又羞，俏眼斜乜了他一眼，多少包含了一点娇嗔的成分。但她的粉脸上浮现着笑容，那个酒窝深深地陷进去，久久没有平复。过了一会儿，月娟方才又低低地问道：

"大哥，我们既然成了兄妹，那么你的身世是不是也应该告诉我一点呢？"

"这是当然啰，我是生长在广东中山县翠亨村的。"

"嗯，和孙总理还是同乡人，那么你在故乡还有什么人吗？"

"我从小就死了父母，是由叔父养成人的。后来叔父不喜欢我了，他就狠心地把我赶出去了。"

"他为什么会不喜欢你呢？"

"因为……因为……"

"因为什么？也许是做了不端正的行为，所以惹你叔父生了气。"

月娟见宗林红了脸，支支吾吾地好像回答不出的样子，一时便引起了无限的猜疑，她故意向宗林这么激动着问。宗林听她这样说，心中一急，便说道：

"不，不，你不要冤枉我，我怎么会做了不端的行为？"

"那么你快点告诉我一个原因呀！无缘无故的，你叔父总不见得就会把你赶了。"

"因为……我不肯结婚的缘故。"

"不肯结婚？这……你不成个大傻瓜了吗？"

宗林说出的这一个原因，倒是出乎月娟意料之外的，一时忍不住笑嘻嘻地向他打趣着说。宗林的两颊，也微微地红起来，说道：

"娟妹，你不要跟我开玩笑，那时候我还在大学二年级读书，叔父就要叫我结婚，对方是个汉奸的女儿。你想，我怎么能够做汉奸的女婿？这不是污辱了我清白的名声吗？所以我向叔父竭力反对，不料叔父便大怒起来，说不听他的话，便叫我马上滚蛋！我觉得头可断血可流，而志不可辱。所以我只好有负叔父老人家养育之恩，从此流浪到上海来了。果然，没有多久，抗战胜利，从前威风凛凛做汉奸的人，现在都打入监狱里去。假使当初我没有坚强的意志来拒绝这一桩婚姻，你想，我是不是还有出头的日子呢？所以我被叔父赶出，这是我奋斗精神的表现。"

"哦，我刚才错怪了你，真是以小人之心度君子之腹，我想起来真觉得有些惭愧。大哥，你真不愧是个有血性有勇气的好男儿！"

"岂敢，岂敢，在这个年头儿做人，最要紧就是认清目标，我虽然不能称为一个有作为的青年，但我也不肯随俗浮沉醉生梦死罢了。"

月娟听了他这么回答，便颦锁翠眉点点头，一寸芳心，也就深深地印上了宗林一个影子。她的明眸充满了热情的目光，很温柔地逗在宗林的脸上，好像有说不出爱慕的样子。

夜深沉了，四周更显得静悄悄的，直觉万籁俱寂。宗林在这四下无人的环境之下，虽然觉得这是一个绝好的机会，几次三番要想跟月娟有个亲热的举动，但他天性浑厚的心境，却始终鼓不起这个勇气。直到临别的时候，两人方才握了握手，各道晚安回房去了。

宗林这晚睡在床上，他手的感觉，好像留下温柔的余味，情不自禁地，把手按放在鼻子的上面，闻了细细一股子幽香，很欣慰地入梦乡去了。

第二天早晨，宗林开始教小龙上英文课。钟点分配，上午宗林教两小时，博文教一小时。下午宗林教一小时，博文教两小时。宗林在空余时间，就向月娟教授两本书。在工作时间内，那光阴过得特别快，一会儿之间，已经中午了。宗林由西厢房走到会客室来，不料在门口却和一个花样年华的妇人撞了一个满怀。他慌得倒退了两步，因此不免愕住了。

三　心猿意马　落花多情空有意

胡宗林突然和锦花撞了一个满怀，因为见是一个陌生的妇女，他不免窘得倒退了两步，涨红了脸，不知说些什么才好。锦花对于家里多了一个年轻貌美的男子，也感到相当的惊奇。遂一撩眼皮，显出很老练的态度，向他猜疑地问道：

"请问贵姓？你是哪里来的？"

"哦，我叫胡宗林，是这里的宓老伯请我教授小龙英文的。你……这位太太，莫非就是小龙的妈妈？"

宗林是个聪明的男子，他听锦花这样问，凭她这一种语气，当然知道她是个主人身份，于是很小心的样子，一面告诉，一面又低低地反问。锦花听了，这才想到昨夜临睡的时候，模模糊糊的好像听志万对自己这么说过。当时因为急于要睡觉，所以没有理会，此刻被他一提，当然有些记起来了。遂点点头，笑道：

"对了，我昨天因为不在家，晚上又回来得迟一点，所以没有见到你。胡先生，听说你刚从大学里毕业吗？"

"是的。"

宗林点头回答，他有些像女孩怕羞的意态，连望锦花一眼的勇气都没有的样子。锦花觉得这个青年老实得可爱，和学海相较，学海的外形，似乎不及他的漂亮和风流。因此盈盈秋波，更加在他脸上多逗了几瞥，低低地搭讪笑道：

"胡先生，昨天我没有远迎你，更没有替你接风，真对不起，请你不要怪我怠慢了你。"

"宓太太，你真会客气，叫我听了，很不好意思。"

宗林益发通红了脸，有些局促不安起来。他说话的声音很低沉，身子也有些忸怩的模样。锦花见他越是羞涩的模样，心里也越加感到他的可爱。因此她的脑海里便想入非非地起了一个神秘的幻想，假使宗林能够投入自己的怀抱，那我不是比得了学海更觉得幸福和安慰了吗？锦花心中呆呆地痴想，粉脸上只管微微地娇笑。宗林正感到走开不好站着也不好的当儿，阿秀匆匆奔来了。她见了锦花，便笑道：

"呀！太太和胡先生都在这里吗？姑太太、小少爷都等着太太去用饭哩！胡先生，赵先生在书房等你，你们也可以用饭去了。"

"胡先生，那么你请到书房用饭去吧！"

锦花听阿秀这样说，遂向宗林点点头叮嘱，好像有些命令式的样子。宗林似乎巴不得她有这一句吩咐，很快地走向书房里去了。一面心里却暗暗奇怪，志万五十左右的年纪了，他的太太怎么还是这样年轻呢？看她长得固然肉感而美艳，而且眉宇之间，十足地还显出无限风流的情意。看起来肯定不是原配，一定是填房或者姨太太之流了。不过假设是姨太太的话，丫头不可能称呼"太太"两字，况且这屋子里也只有一位太太。那么她一定是个填房无疑，我回头问了月娟，就可以完全明白了。宗林想着，已跨进书房。只见博文坐在桌子边，望着桌子上的饭菜，好像垂涎欲滴的样子，手里还拿了一双筷子，叮叮当当地敲着桌沿，口里念念有词地说道：

"肚子肚子不要叫，英文教授就快到。你何必要搭洋架子，老夫快要饿死了。"

"啊，赵老先生，对不起，对不起，我并不是搭架子，是宓太太

42

把我叫住了在问话呀！其实你可以不必等我，自己独个吃起来的。"

博文想不到自己感慨了几句，却齐巧被宗林听见了，一时真有些难为情，两颊涨得像猪肝的颜色，把他老花眼镜向鼻梁上抬了抬，笑道：

"胡先生，我是说着玩玩的，你可千万不要生气。"

"不，不，我绝对不会生你的气。赵先生，你这个人很有趣，我倒觉得你真令人可爱。"

"可爱？哈哈，胡先生，你在和老朽开玩笑吧。像我这么又老又丑的人，会令人可爱吗？不，你在讥笑我了。喏，像你这一副小白脸儿，才叫任何一个人见了都欢喜呢！看小龙才和你认识了一天，他在我面前就说胡先生人好，你想，这个年头儿做人，老而不死，恐怕被人真的要呼为贼了。"

"赵老先生，你何必大发牢骚呢？一个人谁都有过黄金时代、青年时代，像赵老先生从前，也有我们现在的青年时代，同时，我们的将来，也会有像赵老先生如今这样的老年时代，其实这是无论谁都要经过的旅程。假使年轻的人要讨厌老年人，那么他自己除非短命而死，否则，到将来岂不是也要被年轻人讨厌了吗？况且像世界上的伟人，大都在五十岁的年纪干伟大的事业。所以赵先生事业的成就，正得其时，谁要骂你老而不死是为贼者，此人一定是个短命鬼。"

"胡先生这篇宏论，实在令人敬佩得很。你真不愧是个有道德有智勇的好青年。好了，我们吃饭要紧，我们吃饭要紧。"

宗林听他这样说，好像是怪别人在说他老而无用的意思，一时便向他十分认真地申明，表示自己对他绝无妒忌的意思。博文听了，自觉十分满意，遂一面向他竭力奉承，一面把饭碗握着，拿了筷子，便迫不及待地去应付他这怪叫如雷的肚子了。

饭后，大家休息了一会儿。一点钟敲过，小龙到宗林那儿来上英语课。以下这两个钟点的课程，该是挨到博文教授了。宗林趁空便教授月娟英文。月娟是个上进的姑娘，所以十分用心，把宗林教她的都牢牢记在心里。这时太阳的光线十分强烈，虽然窗外挂了湘帘，但无济于事，坐在室内还是炎热难耐。月娟见宗林的额角上冒着点点的汗珠，忽然有种很怜惜他的意思，低低地说道：

"胡先生，天气太热了，你休息一会儿再教我吧。"

"月娟，你怎么又叫我先生了呢?"

"那么我难道真的叫你哥哥吗?"

"你不情愿?"

"嗯，我太情愿了，可是我不够资格……"

月娟撒娇似的逗了他一瞥媚眼，但又难为情地垂下了粉脸。宗林拿手帕拭了拭自己的额角，笑嘻嘻的，似乎十分得意的样子，说道：

"要么我没有资格做你的哥哥。"

"这样吧，我叫你一声大哥。"

"大哥也好，月娟，我问你，你这妈还很年轻呀，是你爸爸的原配妻子吗?"

宗林想起了这一个疑问，遂又低低地问。月娟摇了摇头，乌圆眸珠在长睫毛里滴溜地一转，低低地说道：

"是姑妈告诉我的，我这个妈是爸爸在重庆娶的填房。爸爸原配的妻子在重庆死了。"

"哦，我当初也这么猜想，你说的姑妈是谁呀?"

"就是这个叫可卿的，她今年三十多岁，还是一个处女哩。"

"她为什么不嫁人呢?"

"这个……我倒不知道，其实是她想得明白，一个女子嫁了人，多麻烦呀。"

月娟见他追根究底地问下去，心里有些不好意思，忍不住红了粉脸，微笑着回答。宗林听了她后面这两句话，心中倒不免奇怪起来，遂问道：

"你看世界上抱独身主义的女子到底能有几个呢？你说一个女子嫁人多麻烦，我却要问你，这又有什么麻烦可说呢？"

"你一定要问我什么理由，我可说不出来。不过嫁了人之后，一个女子就会失了自由，一举一动，好像都会受了拘束似的。"

"其实你说的，不但女子如此，就是一个男子结婚后也是这个样子。比方说，你晚上迟回来几个钟点，做妻子的必定也有一番疑问。"

"可不是？为了这样，我才说姑妈想得明白。"

宗林听她灵活的回答，而且还微微地憨笑，一时觉得她虽然只是一个十八岁的姑娘，可是那颗心倒也不算小了。因为自己是个年轻的男子，和一个姑娘谈着婚嫁的问题，这在彼此心中都会觉得难为情。于是他转变话锋，说道：

"月娟，你在这儿做了干女儿之后你妈待你还好吗？"

"因为我是一个初来乍到的女孩子，我觉得这里的人都待我很好，凭良心而说，我是应该感到满足的了。"

月娟平静了脸色，一本正经地回答。宗林觉得她是一个纯厚的姑娘，即使她受了什么委屈，恐怕也不肯从嘴里说出来。一时对她有些可怜的意思，脉脉地望着她出了一会子神。不料正在这个当儿，阿秀匆匆地进来，说太太请胡先生去一次，有几句话谈谈。宗林听了，只好向月娟说等他一会儿。他抱了一颗怀疑的心，跟着阿秀去见锦花了。

阿秀陪着宗林，不是向会客室走，也不是向书房里走，而是带领宗林向花园的假山旁走去。那边有一丛修竹，高可参天，竹林里有一个园地，里面种着绿绿的蔬菜、红红的花卉，远远望去，绿的碧绿，红的血红，十分好看。园地旁有石凳一双，这时却坐了一个妇人，那就是宓太太了。只见她手里拿了一柄小小的檀香扇，旁边放着一盆红红果绿绿梗子的樱桃，正在一颗一颗很安闲地放进嘴里吃着。阿秀老远地就叫了一声"太太，胡先生来了"。锦花闻声，便笑盈盈地站起身子来相迎。不料阿秀在锦花站起身子之后，她便不再陪宗林过去，而是转身就走。宗林因为在一个年龄比自己大的女子面前，尤其是这位露着十分风流之情意态的宓太太面前，这叫宗林的心中感到一种莫名的不安，像小鹿似的乱撞起来。此刻见阿秀一走，那么在这清静环境之下，便只留下了自己和宓太太两个人。她叫自己到来，究竟有什么事情呢？这还是一个疑问。万一有什么意外事情发生，叫我用什么话来回答才好？宗林在这样考虑之下，简直有些停步不敢向前的样子。但锦花却招手笑道：

"胡先生，你教小龙的功课不是已经完毕了吗？大热的天气，不要老是闷在屋子里。你瞧，这里的境地多清幽凉爽，快来休息一会儿吧！"

"是，宓太太。"

宗林听她这样说，好像显出无限多情的样子，一时觉得一个主妇，对待一个家里的西席，何必要这么关心？那似乎总有些近乎范围之外的事情。不过人家已经这么招呼，难道能叫自己不理不睬吗？因此也只好慢慢地走了过去，很恭敬地鞠了一躬，还叫了一声"宓太太"。他低下头去，发觉她的脚上并没有穿袜子。其实在夏季，一般太太小姐们大都是裸腿赤脚的，所以这也不足为奇。不过锦花的那双脚是多么白嫩，比昨夜在月娟身上看见的那双脚还要丰腴肉感，配上了那双绣花的拖鞋，实在令人可爱。宗林低了头，木然了一会儿，他那颗年轻的心儿更加忐忑不定起来。锦花见他神情有些呆住的样子，遂又笑道：

"胡先生，我们在这里石凳上坐一会儿，我还没有跟你详细地谈过话，好像并不太熟。现在我想跟你谈谈，你愿意吗?"

"我……"

"你现在很怕陌生，我知道。但是，我这个人很开通，没有什么主人的架子，在我家不管做教授做佣人我都希望大家像一家人的样子。胡先生，你再过些日子，一定也会把这儿当作你家里一样随便了。"

锦花见他还没有开口说话，那张脸庞儿就红晕得好看，好像是涂过了胭脂的模样。想不到一个男人家，也会这样怕羞。一时芳心里也觉得他更可爱起来。笑了一笑，不等他说下去，便先低低地告诉他关于自己的个性。宗林听她话中明明是说自己有些娘儿态，因此也只好竭力表现出洒脱的态度，说道：

"我倒并非怕生，只是我这个人的口齿不大伶俐，所以总觉得说不出什么话来。"

"那没有关系，我也不大会说话的。不大会说话的人和不大会说话的人谈谈，我觉得程度就很相等了。胡先生，这儿坐吧。"

锦花含了微笑，一面说，一面又叫他坐。宗林听她第二次叫自己坐了，一时没有再延迟的勇气，遂在石凳上的一端坐了下来。不过他听了锦花这两句话，却忍不住噗的一声笑了。锦花见他这一笑，好像有什么神秘作用的样子，遂忙问道：

"胡先生，你笑什么呀?"

"我觉得宓太太是很会说话的。"

"何以知道呢?"

"凭刚才这两句话，我就听出来了。"

"真的吗？那你倒是一个怪聪明的孩子。"

锦花似乎十分喜悦，她嫣然一笑，在石凳的另一端坐了下来，在他们两个人的中间，放着一盆红红的樱桃。宗林见她也在石凳上坐下了，心中已经感到极度的局促，此刻又听她说自己是一个孩子，因此他的两颊更加红晕起来了，遂忸怩地说道：

"宓太太，你取笑我了。"

"不，我并没有取笑你，你不是才从学校里出来吗？一个刚毕业的学生还不是只好算为小孩子吗？胡先生，你今年几岁了？"

锦花摇了摇头，这会子她却又显出十分认真的态度，向他加以否认着回答。宗林觉得这位太太是个很难弄的角色，于是他就抱着一贯很恭敬而小心的作风，低低地回答道：

"我今年二十二岁。"

"哦，还这么年轻吗？想不到就大学毕业了，我想你一定是很用功的。"

"不见得，我们年轻人读书，就像还债一样。"

"胡先生，你也很会说话呀，要不就不会这么客气了。"

锦花秋波斜乜了他一眼说，似乎含了俏皮的样子。宗林把目光在她笑盈盈的脸上掠过一瞥之后，却又回过头儿去，微笑着不作声。两人静默了一会儿，四周很幽静，只有微风吹着竹叶，发出一阵婆娑的响声，倒颇含有些音乐的成分。锦花似乎竭力地在寻找话题，她把樱桃拣了一颗，放在自己的嘴里。忽然她想到了什么似的，又拣了几颗大的，亲自交到宗林手里，说道：

"胡先生，这樱桃你爱吃吗？"

"我爱吃的。"

"那么你试试看，滋味还甜吗？"

"嗯，很甜，大的还没有小的甜。"

"嚇，那么我给你多吃几颗小樱桃吧。"

锦花说了这两句话，却忍不住"扑哧"一声笑起来了。宗林倒被她笑得有些莫名其妙了，望着她呆呆地愣住了，低低地说道：

"宓太太，你干吗这样好笑呢？难道……"

"没有什么，我觉得你这人也很不老实，你爱吃小樱桃，又说小的比大的甜，这些话在我们女人耳朵里听起来，嗳，也可想象你在过去的生活中是多么的爱风流贪女色了。"

"啊呀！宓太太，你这话是打从哪儿说起的？岂不是叫我太冤枉了吗？我……我……"

宗林想不到锦花会说出这几句话来，一时心中窘极了，而且也急了。他啊呀一声，两颊便像樱桃似的通红起来。他说话的声音是那么急促，几乎要哭出来的样子，但锦花却还笑嘻嘻地说道：

"胡先生，你不要叫冤枉呀。我可以解释理由给你听的。樱桃这个东西在文人笔墨中，是形容女人的小嘴儿，你总可以看见小说里说的，什么樱桃小嘴呀，什么柳眉杏眼呀，现在你自己亲口这么说，爱吃小樱桃，小的比大的甜，这……这……还不是把你的个性和生活都不打自招出来了吗？"

"不，不，我刚才说的完全是无意的，因为宓太太问我爱吃吗，我就是不爱吃，也应该说爱吃呀。至于小的比大的甜，刚才我吃的一颗小一颗大，在事实上也真的是小的甜。万不料宓太太误会了，又跟我大开玩笑起来，这叫我心中未免受到一点儿委屈了。"

经锦花这么一解释，宗林方才恍然大悟。原来自己说的无心，她却听了有意，一时连连说了两声不字，用了十二分认真的口吻，表示自己并没有这个意思。锦花秋波逗了他一个媚眼，神秘地一笑，说道：

"我问你爱吃吗？你就是不爱吃，也应该说爱吃。你这几句话是什么意思？那叫我倒有些儿懂不起来了。"

"因为你是一番待人的高兴，我怎么能不接受，来扫你的高兴呢？"

"你这话仔细地想起来，我又要说你未免太不诚实了。因为我既然真心地对待你，你当然也得真心地对待我。你说即使不爱吃的，也回答说爱吃的，那你不是明明在敷衍我吗？"

锦花说着，鼓起了粉腮，大有生气的表情。宗林听了她话中好像含有骨子，心头不免暗暗吃惊，低了头，愁眉苦脸地担忧起来。但锦花又等不及地说道：

"为什么？胡先生，你不回答我？"

"宓太太，对不起，我并不是敷衍你的意思，还得请你原谅。"

"那么你是什么意思呢？请你说给我听听。"

"因为……因为……你是主人，我是站在客人的地位，所以我无非表示一点尊敬的意思。"

宗林被她问得没有办法，遂只好急中生智地想出这两句话来回答。锦花的脸上，忽然显现了一种痛苦的样子，低低地说道：

"我觉得你这是一种强辩而已，事实上，你也许还是为了有些怕我的意思。不过我早就跟你说过，我虽然是个主人的地位，但我不希望你存了怕我的心理。因为我不是什么毒蛇猛兽，我为什么要别人怕我呢？"

"宓太太，你不要误会，我绝对没有怕你的意思。不是我捧你的话，我觉得你是一位和蔼可亲的太太。"

"胡先生，你这话可是从心眼儿里说出来的？"

锦花听宗林这么说，粉脸上退去方才痛苦的表情而浮现出一点喜悦的神色。她情不自禁地猛地伸过手去，把宗林的手儿紧紧地握住了，用了急促的口吻，向他笑盈盈地问。宗林对于她这一举动，真是出乎意料之外的，一时倒不免呆住了。他在想锦花的手儿，比昨夜握的月娟的手还要软绵一点，这大概是因为锦花比月娟肥胖的缘故。锦花见宗林望着自己出神，方才理会到自己对待一个年轻男子举动不免有些过分热情，因此两颊浮现出一层玫瑰的色彩，很快地把手缩了回来。但她口里还继续说道：

"胡先生，你为什么不回答我？"

"哦，宓太太，我说的并没有半句虚伪的话，完全是真实的感觉上体会出来的。"

"哦，我和你才不过今天见面，想不到你就把我这个人认识得这么清楚了，那你不是我的知音了吗？"

"不敢，不敢，宓太太，我……"

"嘿，这又有什么不敢呢？我心里就有这么一个感觉，胡先生真像我的知心人一样。"

锦花见他这么老实的态度，内心的热情再也压制不住地流出来了，眉花眼笑似的向他逗了一瞥勾人灵魂的媚眼，好像需要宗林有所慰藉的样子，真挚地说。宗林是个聪明的人，他对锦花的热情已经有个很清楚的认识了。虽然这是意外的艳遇，然而宗林有正义的理智、纯洁的思想，他并没有感到丝毫的欢喜，而只有感到无限的恐怖。因为一个青年在前途上最大的危机，失足的遗恨，都可能在这一刹那之间造成。于是他搓着两手，眼睛呆呆地望着西头那个池塘，却故作没有听到锦花说话的样子，大有木然无知像一根呆木头的神情。锦花知道他是故意装腔，而所以装腔的原因，也许正是他胆小害怕的缘故。她想用一种明显的表示去鼓励他，但到底不能失了一个官家太太的身份。好在宗林住在自己家里了，凭自己那股子动人的美色，要一个年轻小伙子投入到自己怀抱，也无非是时间的迟早问题而已。所以锦花又不敢过分急躁，立刻转变了话锋，用一本正经的口吻，来调和这四周发窘的空气。她低低地说道：

"胡先生，你府上是……"

"哦，原籍广东。"

"不错，昨天晚上志万和我说过，我记性真坏，过了一夜就忘了。那么你的家庭都在广东，还是在上海呀？"

"我可说没有家，因为上海就只有我这么一个孤零零的人。"

"啊，真是一个身世怪可怜的孩子，你没有兄弟姊妹吗？"

锦花见宗林的神情好像有些黯然，便用十分同情他的口吻，感叹地说。宗林这回并不说话，他只把头摇了两摇。锦花知道是触痛了他的心，遂又用温和的语气低低地说道："胡先生，你在上海就只有这么一个孤零零的人，不觉得太凄凉吗？"

"我已经成了一个天涯游子，那也没有办法呀！唉！人生本来是空虚的。"

宗林这才抬起头来，望了她一眼，颓伤地说，同时还深深地吐了一口气。锦花摇摇头，不以为然地说道："胡先生，你不要太消极，一个青年不能无春夏之气的。只要有抱负，有思想，将来总有得意的日子。何况你是一个大学毕业生。"

"宓太太，我很感激你，你这么鼓励我，使我的心头滋长了不少的勇气。"

"是吗？那很好，你在上海虽然没有家，不过你既然住在这里了，你就只管把这里当作家一样。要什么用，要什么吃，你跟我说，我都可以弄给你。因为我生平就没有一个弟妹，见了比我年轻的人，我都想收来做一个弟妹。尤其是见了你，因为你身世太可怜了，我深表同情，所以我很愿意认你做一个弟弟，不知道你心中也愿意有我这么一个姐姐吗？"

锦花见他很感激自己的话，就趁此机会，用了极温和多情的语气，向他低低地问。宗林听了，心头倒是很感激，方欲向她道谢。忽然想起自己和月娟已经认了兄妹，那我怎么还能够和宓太太再认姊弟呢？这叫她们母女两人不是变成姊妹了吗？在这么一想之下，他就不免显出为难的样子，说道：

"承蒙宓太太看得起我，我当然十分感激。不过……您是金枝玉叶那般的尊贵，我却是一个穷苦的子弟，实在难以高攀，故而不敢有此妄想。"

"呀，胡先生，亏你还是一个新时代的大学生，那你的思想未免太陈旧落伍了。同是大地上的人类，富人是人，穷人也是人，我最不要听什么贫富不同的分出这些阶级的话来。假使你不肯答应我做你的姐姐，我觉得你完全是看不起我。"

"这个……宓太太，我觉得……"

宗林听她说到后面，瘪了瘪小嘴，大有娇嗔的表情。一时倒弄得为难极了，他支支吾吾地，似乎还想再解释的意思。不料锦花却拦阻着又说：

"请你不必再有所辩白，你到底看得起我吗？"

"这……我不但看得起，而且还十分敬仰。"

"看得起我就好弄了，那么你答应给我做弟弟了，我就叫你一声弟弟。从今以后，我们便是姊弟的关系。小龙不仅是你的学生，而且还是你的外甥，所以我希望你千万要加倍爱护他才好。"

锦花这些话完全是自说自话，自作主意，听在宗林的耳鼓内，真不免弄得有些啼笑皆非起来。他想对锦花再加以否认，然而话在喉咙口，他却再也没有勇气说出来，只好含糊地答道：

"小龙是个好孩子，他不但聪明，而且还十分用功。"

"真的吗？你教了他还只有几个钟点的书，你怎么都知道了呢？"

"聪明的孩子，一看就看得出来的。"

"不过还得靠你做娘舅的尽力教导他，我希望他将来成为一个能干的人，可是我不知道我这个希望能否达得到？我以为一个人幼年的教育是非常重要的，所以特别又请了弟弟来教小龙的功课，我对于目前这个学校教育实在不能满意，学费贵得不得了，好像和学子们也成了一个买卖的商品市场。但结果还叫苦连天，大热的天气，学校里不上课，一般教师反而利用学生到大街小巷去奔波募款，名之为尊师运动，学生们跑了一身臭汗，出了教育费，却在马路上晒太阳'逼热'。这般市侩式的教育家却坐在家里坐享其成，说不定跷起脚儿，还在悠闲地打风扇，喝汽水呢！所以这种情形，要给两千年前的孔老夫子知道了，真要气得暴跳如雷，大骂败类了。"

"你这些话虽亦有理，不过也稍有错误。我并非庇护他们，做教员实在是非常清苦的。中国的教育界最穷苦，这是的确的情形。不过开学校的身为校长者，却比开银行还要赚钱。就是目前之尊师运动，所募之款，也都给校长揩油捞足，至于分到教员们手里的，恐怕是只有吃一个大饼的钱而已。所以这般市侩式的校长，可以说完全是教育界中的败类。"

"你说的，比我分得清楚一点，其实我的意思，也就是说这些校长实在太混账了。"

两人正在表示感叹的当儿，忽然见小龙急急地奔了过来，口里还叫着胡先生，好像十分亲热的样子。宗林趁此机会，很快地站起身子，笑着叫道：

"小龙，你下课了吗？叫我什么事情呀？"

"胡先生，你刚才不是说给我做风筝玩吗？我们快去搭竹竿子，糊纸儿，好吗？咦，妈也在这儿。"

小龙边说边奔，跑到宗林的面前，方才发现竹林下还有妈坐着，于是又向锦花叫了一声妈。宗林似乎巴不得小龙有这一个要求，好像遇到什么救星似的，连连点头说好。他拉了小龙的手，回头又向锦花说声宓太太再见，便和小龙匆匆地走了。锦花眼望着他的身子消失了后，忍不住微微地叹了一口气，心头至少有些哀怨的思绪。有气无力地站起身子，拿了樱桃盆子，向自己卧房里移步走去。不料这个时候，又见月娟从西厅小院子里奔出来，她口里却叫着大哥大哥，好像在找什么人的样子。她一见了锦花，脸上立刻浮现出慌张的神色，但她还是竭力镇静了态度，站住了步，向锦花叫了一声妈。锦花听她口里叫着大哥，因为不知道他叫的究竟是谁，所以望着她红晕的粉脸，倒是怔怔愕住了。

四　水性杨花　熊掌与鱼均所欲

月娟当时见了锦花之后，她的粉脸便红晕起来，好像有些羞涩的样子。她低低地叫了一声妈，便垂下蛛首，默不作声。这叫锦花看了，少不得引起了无限的猜疑。心中暗想，她口叫大哥，这大哥两字到底是指谁呢？于是故作奇怪的低低问道：

"月娟，你在叫谁是大哥呀？"

"妈，我……我……叫……"

"没有关系，妈又不是外人，你只管告诉我好了。"

锦花见她畏畏缩缩地不肯说出来，遂走上两步，把她拉到怀内，很慈爱的样子哄她。月娟似乎瞒不住了，也只好含羞地说道：

"我在叫胡先生呀，妈。"

"叫胡先生？你怎么称呼他是大哥呢？"

"因为……因为……胡先生教我读书，他很同情我，说我没有念过几年书，他要灌溉我知识。他又说，他没有一个姊妹兄弟，所以要认我做一个妹妹，我见他很诚恳的样子，不忍拂他的意思，所以只好向他呼大哥了。"

月娟见锦花虽没有声色俱厉地责问，但她那种语气，至少包含了一点不以为然的意思，这就更涨红了粉脸，向她絮絮地说了这一大篇的来龙去脉。锦花听了，点了点头，心中这才恍然大悟。暗想，原来宗林已经把月娟认作妹妹了，所以他不肯再认我做姊姊。照此看来，他显然已经爱上月娟了。哼，这小子倒挺可恶的！但转念一想，其实也怪不了宗林，因为我和月娟的身份大大不同，他们可以无拘无束地亲热，然而和我，宗林就不免显出稍有畏惧的样子了。那么他即使有爱我的心，表面上也不敢向我表示出来呀。想到这里，她心中的怨恨，又转移了目标，从宗林的身上转恨到月娟身上去了。起初的妒忌月娟，是怕志万爱上了她，不过现在她的思想又不同了，她希望志万能够把月娟收作小妾，使宗林心中感到失望。那么我再向宗林一步一步地诱惑，我想日久生情，宗林当然是逃不过我柔媚的手腕之中的。锦花在这样考虑之下，便转了转乌圆的眸珠，故作和颜悦色的神情，对月娟说道：

"月娟，你的年纪也不小了，为什么尊卑长幼都分不明白呢？胡先生是你弟弟的教师，虽然年纪还轻，但辈分是早已注定的。你若叫他大哥，那么我们不是成了他的长辈了吗？所以对于一个外客似乎太不恭敬了。况且胡先生又很热心地教你读书，那你自然更应该以师相待。月娟，你要听从娘的话，以后切不要再没有礼貌了。"

"妈，我知道了。我以后一定不再这的叫。"

锦花这一番话，在表面上看来，当然极有道理。月娟通红了两颊，也觉得自己未免越了阶级，所以低低地回答，表示认错了的意思。其实月娟到底还是一个十八岁的女孩子，她的心至少还有些天真的成分，所以对于男女间的事情，自然是不大透彻。她以为叫大哥和胡先生原没有什么关系，故而她是乐于接受锦花的劝告了。锦花见她柔顺得并不反对，芳心倒又暗暗欢喜，恨她的成分减少了许多。锦花抚摸着她的纤手，笑道：

"月娟，你肯听从妈的话，妈很疼你。"

"做女儿的不是应该要听妈的话吗？因为女儿以后有什么事，不也全都靠妈来照顾吗？"

"是的，妈总不会委屈你，月娟，你好好儿的回房去吧。"

锦花微微地点了一下头，脸上带着胜利的微笑。月娟自从到这里之后，听妈用这样温和的口吻对自己，那实在还只有第一次，所以心中也很欢喜，便一跳一跳地走远了。锦花望着她去远了的身影，不知有了个什么感觉，忍不住轻轻叹了一口气，也踱进屋子里去了。

锦花在浴室里兰汤浴罢，一个人静悄悄地坐在会客室里，似乎感到纳闷。遂在书橱里取了一本《红楼梦》，坐到沙发上去，翻阅着看。她手里夹了一支烟卷，凑在嘴边吸着。从她口内喷出来的烟圈子，丝丝袅袅地飞腾上去，散布在整个会客室的空气里。就在这个时候，忽然一阵步履之声传来，锦花抬头望去，原来是学海，不知为什么，今天见了学海，并不像以前那样觉得他可爱，站也不站起来，只问了一声，你下办公室了吗？她依然低头看书。学海见她这种态度，心中少不得有些奇怪。因为室内没第三个人，他便大了胆子在锦花身旁坐下来，微笑着问道：

"锦花，为什么闷闷不乐的样子？你今天有些心事吗？"

"不，我有什么心事？吃得好，穿得好，住得好，哪一个女人像我这样的舒服？"

"可不是？照理，像你决不会有什么心事，但我见你面色很不好看，也许是谁不听你的指挥，怄了你的气？"

"不，在这个家里，除了志万之外，谁敢不听我的话？就是志万吧，他也不敢违拗我的意思，你不要唠唠叨叨地瞎猜了，叫人听了头痛。"

锦花蹙了眉间，那种说话的语气，完全是包含着一点讨厌的成分的。这叫学海倒不禁为之愕然，暗想，照这情形看来，倒是我在怄她的气了。因此微微地叹了一口气，不觉漠然了。过了一会儿，才又低低地问道：

"锦花，你在看什么书呀？"

"《红楼梦》。"

"哦，原来是这部小说，'红楼梦'一名'石头记'，里面有金陵十二钗，都是倾国倾城美丽非凡的女子，这部小说我最熟悉。"

学海要引逗锦花高兴，遂故作很兴奋的样子，絮絮地回答。锦花听了，遂把书本合上，抬头向他瞟了一眼，说道：

"既然你很熟悉，那么我不用看了，还是你来讲给我听吧。这样可省却我许多的麻烦。"

"你看到什么地方呢？"

"我看到林黛玉刚进荣国府，贾母因她女儿死了，只剩了一个外甥女，一时心中十分悲伤，便抱着黛玉哭起来了。"

锦花把看到的故事情节，向他叙述了一遍。学海点点头，略加思索了一会儿，在袋内也摸出卷烟来，又给锦花换去了一支，方才说道：

"黛玉到了荣国府之后，宝玉就多了一个小朋友，那时候他们年纪还小，都跟在贾母的身旁，食则同桌，眠则同榻，两小无猜，贾母又爱之若珍宝，所以他们在一起，日久生情，再没有第二个男子了。"

"那时候他们也不过是十二三岁的小孩子，难道他们也懂得爱情吗？"

"男女之间，本来就是一件神秘的事情，他们虽然不懂什么叫作爱情，但是表兄妹之间，一个宝哥哥，一个林妹妹，就呼得十二分亲热了。"

"我听人家说，《红楼梦》这部小说是很淫的，其实我看看倒也没有什么大不了呀，还是《金瓶梅》，反倒浪漫得多。"

学海听锦花这么说，便微微一笑，把手指夹着香烟弹了一下，有些色眯眯的样子，望着她的粉脸，低低地说道：

"《红楼梦》是意淫，他写得并不十分露骨，但看下去，就知道和《金瓶梅》差不多。比方说，宝玉睡在秦可卿房中，虽然他们是叔叔和侄媳妇关系，不过一个才十二岁的小叔叔，原也不算稀奇，谁知宝玉竟做了一个梦……"

"梦见什么呢?"

"梦中和一个女子在寻欢，那女子酷肖秦可卿，经了这一次梦后，宝玉回到自己家里，小婢袭人，服侍宝玉再换衣裤的时候，发现他胯内有污物，因而宝玉和袭人便偷偷地初试云雨之情了。"

"该死，该死，一个十二岁的小孩子，怎么……可以……那个袭人多大年纪了?"

锦花听到这里，满颊像桃花儿似的娇红起来，芳心忐忑地乱跳，连说了两声"该死"，便笑着问。学海笑道：

"袭人年纪大了，已经十五六岁了。其实红楼梦里最淫的是王熙凤，她和贾琏竟然白昼宣淫，还有这些小兄弟们，无不偷偷摸摸。所以焦大在喝醉了酒后，就大骂荣国府除了门口两只石狮外，就没有一个清洁的了。"

"这些废话少说了，后来宝玉和黛玉又怎么样了?"

"后来，后来，又来了一个薛宝钗，宝钗的容貌，和黛玉相较，一个是闭月羞花，一个是沉鱼落雁，两人都是国色天香，美艳非凡。而且宝钗外表为人厚道，不如黛玉尖酸、气量狭窄，所以荣国府上上下下的人都喜欢宝钗。其实宝钗内心奸诈，做人圆滑，处处地方，无非是向人家讨好而已。"

"那么宝玉见了宝钗，难道就忘记黛玉了吗?"

"宝玉本身是没有忘记，但外界都说宝钗好，因此便造成了这一头金玉姻缘的话来，把一个多愁善感的林黛玉活活气死了。"

"嗳，嗳，你今天看见过志万没有？"

锦花口里衔着烟卷，她此刻脑海里好像在另转别的念头，所以对于学海后面说的几句话，却没有听进耳朵里去。忽然她打断了学海的话，又从中打岔着问。学海遂转了话锋，说道：

"我刚才在市府里碰见过他，他正在忙碌着，说要召集全体科员训话呢。他跑来跑去，真有精神，我说一个国家的官员人，要个个像他那么认真做事，政治才会上轨道呢。"

"他在外面做事起劲，可是，对于家里，却百事不管，完全推在我一个人身上。你想，叫我一个人怎么能够管得过来呢？"

"是的。"

"志万这人的脾气真古怪，他回家之后，总是说外面办事吃力，我要和他说话，他就阻止我，叫我无论什么事都自己做主，不用跟他商量。有时候，我有事情，总闷在肚子里，弄得十分痛苦。"

"是的。"

"其实夫妇之间，有什么事情是应该大家商量的，所以我说这便是他的毛病。"

"是的。"

"怎么老是回答是的是的，难道除了'是的'这两个字，就没有别的可以回答了吗？假使你把我也当作是你的上司在训话，你干脆还不如说'喳，喳'比较有意思。"

锦花因为他并不发表意见，而专门回答"是的"，所以不免有些生气的样子，秋波恨恨地逗给他一个白眼，大有责问的样子。因此他局促不安地苦笑了一下，很温和地说道：

"因为你说得很有道理，所以我当然只好说'是的'。难道你愿意我跟你吵嘴吗？"

"算了，你把《红楼梦》讲下去吧。"

学海这两句话把锦花问住了，遂只好平静了脸色回答。学海正欲继续讲下去，只见赵博文从外面走进来。学海难免有些心虚，遂挺直了胸脯，表示坐得很严肃的样子。锦花便向博文问道：

"赵先生，小龙呢？"

"哦，小龙跟胡先生玩去了。任先生什么时候来的？"

"我刚来了不多一会儿，你说的胡先生是谁呀？"

"啊，对了，我忘记告诉了你，昨天我们又请了一位新教员，是教小龙英文的，他就住在这儿。"

锦花不等博文告诉，遂也抢着回答，看她的样子，好像有些兴奋的样子。学海心中猜疑了一会儿，遂忍熬不住地问道：

"是个什么样的人？年纪跟赵先生差不多吗？"

"不，不，哪里和我一样的老悖，是个翩翩风流的美少年，生得真是漂亮极了。若和任先生相较，恐怕任先生也会感到望尘莫及哩。"

博文连连摇头，似乎有些感触地说。这番话听到学海的耳朵里，好像是一枚尖锐的利箭，刺疼了他的心。他暗自想道，这就无怪其然了。锦花今天对我冷淡，对我显出讨厌的神态，原来都是有缘故的。照此看来，她是转移目光，把我这个人抛弃到脑后去了。想到这里，吸进去的香烟，却往地板上吐了一口。锦花并不理会学海的闷闷不乐，还含了满面春风得意的微笑，说道：

"学海，你不是素来喜欢考察人的吗？那你不妨向他注意着看看，他到底是个怎样的人才？"

"我想你的眼光向来也很准确，你看他是个怎样的人才呢？"

学海要试探试探锦花到底有没有爱上了这个新教员，所以抬头望了她一眼，故意向她这么反问。锦花不知他的用意何在，遂很高兴地说道：

"胡先生这个人，生得很适中的身材，并不十分强壮，但精神却很饱满，他的皮肤很白，而且也很细腻，在英俊之中还包含一点女孩儿家的妩媚。他的外形已经是这样的美，而且他的才学也相当不错，刚从大学里毕业出来的。"

"凭你这么说，他已经是个十全十美的人了？"

学海心头不免有些酸意，暗自感到难受，他勉强地苦笑，低低地说。博文在旁边也插嘴说道：

"宓太太说的倒是实话，任先生，你回头见了他，一定也相信了。"

"你们既然这样说，我当然也相信。不过我怕他内心的美，未必和他外形一样美。因为这个年头的大学生，比不了从前，都是玩舞厅，瞧电影，对于书本置之脑后，所以我的意思，小龙的教育问题很要紧，非郑重地加以考虑不可。"

锦花不是一个糊涂的人，她听学海这样说，显然是已经包含了妒忌的成分，至少有些进谗的意思。一时淡淡地笑了笑，却并不作答。但博文却很老实地回答道：

"不，任先生，这位胡先生倒并不是一个荒唐的大学生。"

"你何以见得呢？"

"昨天我和他讨论旧文学，他对答如流，可见他在学校里的时候，对书本方面是相当用功，所以我觉得胡先生真不愧是个现代青年。"

学海被博文这么一捧，因此倒弄得哑口无言。锦花似乎相当得意，粉脸上浮现出喜悦的微笑，说道：

"赵先生也这么说的，那可见胡先生真是一个有为的青年了。学海，你真的可以注意他一下，而且你不妨和他交一个朋友。"

是的，我一定要和他交一个朋友。

学海这时的心中，把这个胡先生已经恨入了骨髓。虽然自己还没有见过他的脸儿，但在脑海里已经刻画了一个恶劣的印象。不过在锦花的面前，当然是不得不这么敷衍着说。正在这时，小龙拉了宗林，嘻嘻哈哈地笑着走进来。锦花遂站起身子，给学海介绍道：

"学海，我来给你介绍，这位就是胡宗林先生，这位是任学海先生，你们都是大学毕业的，倒很可以做个朋友。"

"任先生，久仰久仰。"

"岂敢，岂敢，胡先生果然是个英俊的青年。"

宗林听了锦花的介绍之后，便抢上一步。学海在锦花介绍的时候，也不得不站起身子来，当时两人握了一阵手，彼此都特别客气。锦花见他们说了两句话之后，却呆然站立着，于是笑道：

"胡先生，请坐吧。小龙真顽皮，尽缠着胡先生玩，不怪吃力的吗？"

"胡先生，我们不要坐了，姊姊不是等在花园里吗？我们拿了线，快放风筝去吧。今天风大，一定放得很高的。"

小龙在书橱抽屉里取了一团风筝线，然后又拉了宗林急急地说，似乎怕他坐下来跟他们谈话的意思。宗林的心中也很怕应酬，便含笑向大家点点头，就给小龙拖着又向花园里走了。这时锦花听了小龙说的姊姊等在花园里的一句话，她的心头不免有些儿刺激，暗想，月娟和宗林这么厮混在一起，终归不是一件好事情。因此她心中由喜悦而转为忧愁，懒洋洋地在沙发上又坐了下来，神情有些木然。学海不知道她心中什么意思，因此也不说什么话。博文觉得室内空气很沉闷，遂插嘴笑道：

"无论什么都是一个缘，比方说，小龙见了胡先生竟会这么亲热，一点都不怕陌生，那也可说是他们的缘分了。"

"不错，一个人的人缘最要紧，胡先生的一举一动，似乎令人感到和蔼可亲。最有趣是和他说话的时候，他好像还有些难为情，但是在小龙的面前，他又显出很老练，我说他真是一个大孩子。"

"我说这也许是因为陌生的缘故，其实当下大学里读书的青年，没有一个不结交女朋友的，尤其是像胡先生这么漂亮的青年，难道会没有女朋友吗？说不定他早已有对象了。"

学海听锦花说这几句话的表情，显然是把宗林爱到十二分的意思，所以故意用俏皮的话，使锦花感到心灰。但锦花微蹙了眉间，低低地说道：

"胡先生的女朋友倒不见得会有，因为他和月娟很亲热，我觉得年轻的男女在一起，彼此少不得总有一点儿情感作用的。"

"照你这么一说，我想胡先生也许有些爱上你们的月娟了？"

锦花这两句话听到学海的耳里，他心中方才有个恍然，暗想，莫非锦花也和我一样患着妒忌病吗？因为我怕宗林夺了我的爱，而锦花又怕月娟夺了她的爱，那么照这情形看来，锦花对宗林也无非是片面相思，也许宗林还莫名其妙。学海这样想着，觉得自己还有一点希望，遂一再地去刺激锦花，无非是叫锦花可以死了这条心的意思。锦花被他这么一点明，心头更有些难受，遂蹙着眉尖，并不作答。博文到底是个老悖的人，他一点也不鉴貌辨色，还笑嘻嘻地说道：

"要如月娟小姐和胡先生配成一对的话，那倒真可以说是郎才女貌，一对玉人，我们可以喝着一杯喜酒了。"

博文说完这两句话，还自以为十分得意，脸上嘻嘻地笑着。但锦花听了，就觉得这老头儿太令人讨厌了，遂并不睬他，还是低头沉思的样子。学海心里是十分的明白，但他并不敢说什么，为的是怕得罪了锦花。过了一会儿，锦花抬头望望院子外的天色，说道：

"此刻差不多已经五点了吧？"

"嗯，嗯，差不多了，宓太太，我该走了，明儿见。"

博文这回倒又聪明起来，觉得锦花这句话多少有些讨厌自己的成分，于是很识相地站起身子，点点头走了。锦花似乎有些不好意思，遂笑道：

"怎么？我问了一个钟点倒把赵先生赶跑了？"

"不，不，我原想回家了，因为我还有些事情哩。"

锦花眼看着博文走了，暗暗地念了一声"讨厌的老东西"。她伸了伸两手，打了一个哈欠，似乎很倦怠的样子，说道：

"四月里的天气最闷人，懒洋洋的叫人倦得很。"

"我想你也许有些不舒服吧？"

"怎么？你咒我生病？"

学海冲口说了这一句话，不料锦花却生气地瞟了他一眼，严肃地问。学海红了两颊，急得额角上冒出汗点来，说道：

"这……这是打哪里说起？锦花，你不要太冤枉了我，我为什么要咒你的？"

"你不咒念我，怎么好好儿的说我生了病？"

"我是猜想罢了，锦花，请你原谅我吧。我要如存心咒念你，那我一定没有好死的。"

"这又是何苦？我觉得你这人真有些儿变了。"

"我变了？唉……"

学海想不到她自己变了不说，反倒打一耙，一时觉得女子的得新忘旧，其心之残酷，实在有甚于男子。他茫然地问了三个字，接着又深长地叹了一口气。锦花却不解地问道：

"你为什么叹气？"

"我觉得自己太愚笨，太不善说话，所以老是叫你生气。比方说，昨天晚上，我们的热情是在沸点之上，那时候你曾经这么说，但愿我们永远不分开。可是隔不了一天，你就把我讨厌得这样，我心里觉得有些伤感罢了。"

锦花听她提起昨晚在沧州饭店的一幕，粉脸立刻红得像喝过了酒一般通红，芳心一阵子乱跳，不禁有些娇羞的样子。但她很快镇静了态度，摇头加以否认，说道：

"我并没有讨厌你，其实这是你自己的多心病。"

"这也许是我神经过敏的缘故，我总觉得你今天对待我的态度，和从前是大不相同了。"

"学海，你昨天跟我说过，志万不是要给你娶女人吗？"

"是的，我为了你，已经决心不再跟别人结婚了。"

"你这话是说错了。"

"怎么？我昨天跟你商量，你不是赞成我这么做吗？"

学海听她这样说，觉得他要抛弃自己的意思更明显了，这就面红耳赤地显出无限惊慌的样子，好像要哭出来了似的问她。锦花点点头，一副坦然的口吻说道：

"虽然我曾经赞成你这么做，不过我昨晚回家后，又替你细细地打算了一下，觉得你不能为了我而失去你终生的幸福，同时使你绝了任家的香烟。学海，你还年轻，不要再留恋我一个有夫之妇吧。"

"我知道你此刻会对我说这几句话，不过我希望你再三的想一想，旧的虽没有新的好，但新的到底没有旧的那么知心。"

"学海，你这话是什么意思？"

锦花忽然有些恼怒起来，猛地站起身子，显出官家太太的态度，冷冷地问。就在这当儿，忽见一个身穿中服的男子，他还罩了一件马褂，笑嘻嘻地走了进来。一面又叫着道：

"宓太太，你好啊，哦，任先生也在这儿。"

"我道是谁，原来是牛医生，你身体好吗？"

锦花回头一见是这儿常来走动的牛依仁医生，因为恐怕被他发觉自己和学海吵嘴的情形，所以慌忙显出自然的表情，也向他笑盈盈地搭讪。牛依仁拱着两手，连喊托福托福，接着又拍手笑道：

"好，好，宓太太你这句话问得有意思，可见我这个医生的身体向来桂花得很。宓太太，我老实告诉你，我每月小病三次，拒绝出诊，躲在家里陪伴小姐太太们打牌玩儿，那倒是真逍遥的。只有那些倒霉的医生，才一年到头像牛一般的强壮，连伤风咳嗽也没有。"

依仁一面说，一面又哈哈地笑了一阵。锦花把手摆了摆，说道：

"你请坐吧，牛医生。我今儿好像有些心绪不宁似的，也许真有了病，你倒给我诊治诊治。"

"给我按按脉息看。嗯，嗯，这也许是神经关系，其实一点儿也没有什么病情。瞧你红红的气色，比我这桂花身子的医生好得多。我说你不要老是闷在家里，也该到外面去散散心。古人说，每日大笑三次，就可以延年益寿。任先生，你说这话是不是？"

依仁说这话时，把锦花拉到桌旁一同坐下，给她按了脉息，然后笑着说到后面，又向学海望了一眼。学海这时心头好像有刀在割一样地疼痛，他毫不在意地点头，呆若木鸡地显然是心事重重的样子。锦花这时向依仁说道：

"牛医生，你是一个会说笑话的人，那么请你说几个给我听听。因为学海今天老是说些叫人丧气的话，我真有些头痛。"

"什么？任先生说不出讨人喜欢的话，那我就觉得更困难了，不过让我试试看，我先抽支烟。"

"看你好大的派头。"

锦花见他一面说，一面在茶几上的烟罐子里取出了一支烟卷，点了火柴，吸了一口，然后又一本正经地坐在椅子上。看他那种样子，就觉得惹气，遂秋波斜乜了他一眼，讽刺地说。依仁听了，便笑道：

"你不知道，说笑话就得这么正襟危坐，我记得大慈善家徐连雄，他每晚也要这样静坐两个钟点，两腿盘起，喏，就是这个样子的，哈哈，哈哈。"

"你讲笑话本领真大，听的人不笑，讲的人却大笑起来，那你真不愧是个笑话大王。"

牛依仁被锦花这么俏皮地讽刺着说，一时停止了笑，窘得脸像血喷猪头似的红，汗水也从额角上流下来，只好急急地说道：

"宓太太，别忙，别忙，我还有一个有趣的笑话。"

"请说吧，我一定洗耳恭听。"

"海上闻人李伯民，你们总该知道吧？他有一个女儿，是他独养的女儿，生得倾国倾城，美艳非凡。看她的年纪，一年一年大起来了，可是还没有人家。因为有人来做媒，都是高不成低不就。你不晓得这李老头子是个最固执的老学究，但是为了女儿的婚姻问题，没有办法，也只好学起文明派来。他叫女儿到外面去交际，说只要她自己拣中的，做父亲的绝对成全。于是那些油头粉面的小光棍，就都到她家中来走动了。最先，她跟一个大学生很要好，后来又遇见一个投机商，年纪也不大，家里很有钱，这位小姐觉得他很可爱。不多日子，忽然又有一个军官朋友，听说还是团长的职位，和小姐打得火热，十分恩爱。但没有几天，又有一位飞机师，也和这位小姐爱上了，大有相见恨晚之意。李老头见女儿朋友越弄越多，每天在家里进进出出，可说是门庭若市。他实在看不过去了，于是向女儿探问，到底拣中了哪个，预备可以订婚。不料这位小姐回答道：'爸爸，我还没有打定主意呢。因为我觉得这四个人都很可爱，实在舍不得放弃哪一个呀。'你想这位小姐的思想多有趣，可笑不可笑？哈哈，哈哈哈……"

牛依仁一口气地说着，说到这位小姐说话的时候，还逼尖了喉咙，装作女人的声音。这在他以为是很滑稽了，所以说完了笑话之后，自己又哈哈哈地大笑起来。可是回看锦花和学海，却仍然一点没有笑。依仁恐怕锦花再讽刺自己，他慌忙站起身子，急急地说道：

"哦，我忘记了，我忘记了，我还得给你们厨子师傅去看毛病哩。宓太太，回头见，回头见。"

牛依仁这回好像怕什么人拉住他一样，拔脚向外走，一溜烟似的跨出会客室去了。依仁走后，室内又显得分外静寂。锦花听了依仁这个故事之后，虽然觉得并不好笑，但无形之中好像给了自己一个启示。因为李老头子的女儿可以爱上四个男子，那么我若打一个对折，那也算不得什么呀。锦花这样一想之后，便回头向学海望了一眼，只见学海垂着脸，似乎怅然若失的样子。于是走了上去，拍拍他的肩胛，笑道：

"学海，你为什么显出这样没有精神的态度呀？"

"锦花，我心里空洞洞的，恐怕已失却了一件什么贵重的东西。锦花，请你可怜我吧。我假使没有了你，我的生命将像风前残烛那般消灭了。"

"嗳，可怜的孩子，你为什么要这样说呢？放心吧，我决不会抛了你的。"

锦花听他这样说，心中有些感动，就用手抚摸他的脸回答。学海想不到锦花忽然又爱怜起自己来，心里真有说不出的惊喜，立刻堆出笑容，两手抱住锦花的腿，说道：

"我的天呐，你……你真的不会抛弃我吗？"

"啊呀，你疯了！这像什么样子？把我捧了一跤，我可不依你。"

锦花被他抱住了两腿，身子有些摇摇欲倒，这就薄怒娇嗔地说着。学海慌忙放了手，站起身子，正欲和锦花有个亲热的举动，忽听牛医生又哈哈笑着进来了。

70

五　拆字兼看相　如此医生

两人这就立刻又分开在两旁，只见牛依仁一面跨进会客室，一面还嚷嚷着道：

"宓太太，这回是真的笑话来了。"

"是怎么一回事？你不要活见鬼了。"

"哈哈，我做医生到现在，病人也见得不少了，可是从来也没有见过像你们府上这位贵厨师傅的病儿。我到他房间里去看病，你猜这位病人在干些儿什么？原来却在吃大肉包子呢！他一见了我，慌忙又跳到床上哼起来，但是因为他嘴里有包子的缘故，哼的声音倒有些像流行小曲儿似的。你们想，这还不是一件新鲜的笑话吗？"

牛依仁这一个消息听到锦花和学海的耳朵里，两人才觉得好笑起来。不过学海所以发笑，还并不是为了厨子师傅生病吃肉包子的缘故，他是因为锦花对自己又发生爱怜的意思，所以他的心头才感到欢喜起来。但锦花笑了一笑之后，马上又显出愤怒的神情，恨恨地说道：

"该死，该死。想不到阿王还会装生病偷懒，这家伙太岂有此理了。"

"宓太太，你不要生气，我后面还有话呢。阿王的病倒是真的，因为我一测量他的热度，是一百度出关，可见热度也不轻，但是这家伙病中还贪嘴，你想，这种人不生病谁才生病呢？"

"大概阎罗王请客帖子到了，所以他不去有些不好意思，才这样自作自受。"

学海在旁边也插嘴着说，他脸上不像刚才那么抑郁，至少含了一丝春风得意的微笑。这时牛依仁忽然想到了什么似的，对锦花笑嘻嘻地说道：

"宓太太，我想着了，我还有一件事情，要跟你谈谈。"

"什么事情？什么事情？"

锦花见他神情有些神迷似的，遂很急促地追问。但依仁还不肯直说，支吾了一会儿，才微微地笑道：

"我想跟你单独谈谈，你有工夫吗？"

"瞧你这牛鼻子医生专喜欢卖野人头，你有什么了不起的事情要跟我这样秘密的样子呢？学海不是外人，你有事只管说吧。难道你还预备讲什么鬼话来吓吓我吗？"

锦花被他这么的一来，心头倒不免真的乱跳了几下，但她表面上还显出很自然的态度，向他含笑着娇嗔。学海也忍不住说道：

"牛医生，你要真有什么秘密的话，我可以暂时到外面去避一避的。"

"那可不必，那可不必，其实真没有什么大不了的事，任先生听了也没有关系的。"

"我这人的脾气，最怕啰哩啰嗦地缠不清，但你偏偏还要小题大做地一本正经，既然没有什么大不了的事情，你鬼鬼祟祟干吗？爽爽快快地说了不就行了吗？真叫人讨厌。"

牛依仁见锦花回过身子去，在那边沙发上坐下，鼓着脸儿，有些生气的样子。这就急得红了脸儿，颠着屁股，耸着肩膀走上去，打躬作揖，笑道：

"宓太太，对不起，我马上就说了，不过，我在未说话之前，先

72

向你道喜。”

道喜？道什么喜？

锦花不免又惊奇起来，她猛地站起身子，带着猜疑的目光，向他逗了那么一瞥，急急地问。牛依仁像小丑似的笑着说道：

“是这样的，我有一个朋友，他……请我来问问你，不知你们对月娟小姐做怎样的打算？”

“你这话是什么意思？请你能不能说得明白一点？”

“可以，可以，我这个朋友，他实实在在地爱上你们的月娟小姐。不过我可以完全地担保，他有钱，他有地位，他有……”

“好了，好了，我明白了，原来你牛医生改行了，现在是做媒来的，对不对？”

学海听锦花这么说，倒忍不住在旁边笑起来了。牛依仁被学海这么一笑，脸涨得像喷猪头那么红，急急地说道：

“不，不，我是受人之托，忠人之事。哪里是我改行了，常言道，成人之美，人皆同心，我……也就是这个意思呀！”

“可是，我真觉得有些奇怪，月娟在我这儿还不到一个月的日子，怎么连你的朋友都会知道了呢？”

“这……这……是因为我……偶然跟他说起，他一听月娟小姐长得美丽，所以……所以……他便深深地爱上了。宓太太，你……能不能答应我呢？”

锦花不由得暗暗沉吟了一会儿，觉得牛依仁来和月娟做媒，这不啻是拔去了自己一枚眼中钉，那真是求之不得的事情。因为月娟有了婆家，宗林当然不能再和她亲热了。我可以用柔媚的手腕去笼络他，宗林在孤单寂寞之余，一定会投入我的怀抱了。锦花心中虽然是这么想的，不过她恐怕被外界引起议论，说自己是因为讨厌月娟，才把她嫁出去的。她为避免这个嫌疑起见，表面上还故作不答应的样子，摇摇头，说道：

"牛医生，你不要来跟我开玩笑了。"

"宓太太，我可以发誓，我绝对不开玩笑，要不然，天打雷劈。"

"得了罢，开玩笑也罢，不开玩笑也罢，我们月娟还是一小孩子呢，她早哩!"

"宓太太，我瞧月娟小姐已经发育健全了，怎么还能说小孩子呢？今年嫁了人，明年保险她养一个白白胖胖的小宝宝。"

牛依仁虽然感到有些失望难过，但他还竭力用媒婆的口吻，向锦花一再地怂恿。学海在旁边又插嘴说道：

"牛医生，我说你这个人做媒还是不行，怎么说了半天，还没有把对方姓什么，在哪儿做事，家境怎样，这些情形告诉一个明白呢？"

"对，对，我这人就糊涂在这个上面，幸亏任先生提醒了我。宓太太，我详详细细地对你说。说起对方小官人，真是大名鼎鼎，恐怕你们都听见过他的名字，姓屠名叫许明，是现代为民喉舌的参议员，是……参议员。听了这个响亮亮的名字，你们也可以晓得他的地位和名望了。至于他的本身容貌和才学，真是貌如宋玉，才高子健，在整个上海，不，不，在整个的中国，可以说是个数一数二的人物。"

牛依仁说到参议员的时候，还提高了喉咙，重复地说了一遍。他唾沫横飞，显然兴奋。锦花似乎有些不耐烦的样子，自管抽烟，并不理睬。学海却有些不了解的样子，说道：

"我不相信，那个姓屠的难道没有娶过妻子吗？"

"妻子是娶过了，上个月刚死，他是讨填房。不过年纪还轻，只有三十出关，孩子也没有一个，这……还不是和头婚差不多吗？宓太太，你别老是不理我呀，你觉得这个亲事怎么样？可以说十全十

74

美吧?"

"好倒是一桩好姻缘，不过我没有权力做这个主意。"

锦花方才抬起粉脸，秋波斜乜了他一眼，低低地回答。牛依仁愣住了，呀了一声，笑起来说道：

"宓太太，你又说笑话了，你是月娟的母亲，女儿的婚姻，娘不做主，谁有权利才好做主呢？我想，只有你才可以做主，你肯点点头，事情绝对没有问题了。"

"牛医生，你真是太糊涂了，月娟可不是我的亲生女儿，假使她是我生养的，那我马上就可以答应你。不过，现在我就不便做主，因为她年纪还小，我若把她嫁了人，外界说起来，还以为是我嫌她多余。再说我答应了你，志万心中也不见得会肯，所以……这是一个问题。"

牛依仁听了她这一篇话，仔细地一想，觉得倒也未尝不是没有道理。这就皱了眉毛，搓着手儿，沉思了一会儿说道：

"宓太太，你这话虽然不错，但是，我认为还得看情形而论。比方说，你把月娟小姐嫁个贫苦的夫婿，那么说起来，好像你不免有些恶意。但现在你给她配一个堂堂的参议员，不但地位高，名望响，人品好，而且家里还有成千上万的钱财，这……不是千载难逢的一个好机会吗？所以你只管做主好了，就是月娟小姐本身，也一定十二分地感激你呢。"

"牛医生，你别急，让我跟志万商量商量，过几天再给你答复，好不好？"

"宓太太这话不错，志万老伯是一家之主，她总要问过他才是。牛医生，你做媒莫非有什么好处不成？否则，何以这么起劲呢？"

"哪里哪里！任先生，你又跟我开玩笑了，我还不是为了受人之托，忠人之事的缘故吗？"

75

学海一句开玩笑的话，想不到说在牛依仁的心眼儿里去，一时显出局促不安的态度，只好连声辩白。过了一会儿，觉得没有什么借口可以在这儿逗留下去，于是又向锦花叮嘱道：

"宓太太，我走了。"

"不在这儿吃了晚饭再回去吗？"

"因为……因为……我还要去出诊。"

"啊呀，你真是一个死人也不管的医生，既然还要出诊去看病人，如何还安安闲闲地逗留在这儿说白话呀？要知道病家等医生到来，心中是多么焦急呢！你快去吧，你快去吧。"

"牛医生，你做医生的也包副业，生意很会做，还带做媒，令人敬佩，敬佩！"

牛依仁听锦花这么说，已经感到十二分不好意思，再被学海这么一取笑，他的额角上也忍不住冒出汗点来了。遂苦笑着说道：

"任先生，你不要挖苦我，我今天到这儿来的目的，是给这里的厨子师傅看毛病。给月娟小姐做媒，无非是偶然提起而已。你怎么说我做媒是当副业，那未免是太侮辱我了。"

"不，牛医生，那你倒不要误会，我并不是侮辱你，我无非是赞美你有多方面的才能罢了。假使你要认为有侮辱你的意思，那你倒是真的太委屈我了。"

"牛医生，你有空闲工夫在这儿多争论，我觉得你还是早点到病家那里去诊治病人比较功德无量。"

"宓太太这几句话有道理，有道理，那么我们再见。"

锦花说的话，牛依仁是不敢说一句不是的，遂连连点头回答，一面已跨出会客室去了。但不知他突然又想到了什么，忽然又回过身子，一只脚在门槛外，一只脚又跨了回来，含笑问道：

"嗳，嗳，宓太太，我这一桩婚姻，你什么时候给我一个回

76

音呢？"

"说不定，反正我早晚总有一个回音给你。"

"明天好不好？"

"太性急，没有这么快的。"

"那么后天吧，我想后天总有个解决了。"

"再后一天，三天后给你回音。"

"好，好。准定大后天，我来听你回音。宓太太，可是你千万不要让我那个朋友失望。"

"不要啰唆了，喂，牛医生，你等会儿开药方的时候，别把明天后天写进里面去，知道吗？"

"哈哈，哈哈，宓太太，你又跟我开玩笑了。"

牛医生受不住也只好受下来地哈哈笑了一阵，便三脚两步地走出院子外去了。锦花微微叹了一口气，似乎有些感慨的样子，说道：

"一个在医院里做了三年看护的人，居然也挂牌做起医师来，那就无怪他丑态百出了。"

"不过，做医生的人就靠着是命运，运气来了，这种人也会成为名医。假使在报纸上宣传说是海外留学回来的医学博士，谁知道他们的秘密呢？"

学海微微一笑，也附和着回答。锦花却并不表示什么，她垂了粉脸，好像有所深思的样子。学海于是挨近她的身子，低低地点点头回答道：

"锦花，屋子里太闷，要不到花园里去散一会儿步？"

"也好，太阳完全落山了，院子里一定很凉爽。"

锦花点点头，遂和学海慢步地踱到花园里来。两人静静地并不说话，只有一步一步的脚步在地上擦过，激起了一点细碎的声响。这里有一丛月季花，绿绿的叶子中探着红喷喷的花朵，颇觉艳丽，但是泥地上也散了几瓣已经褪色的花瓣，那当然是显出十分憔悴的样子。锦花远远地望过去，见宗林、月娟、小龙三人正在那边的草地上放风筝游玩，看他们嘻嘻哈哈的情景，至少还带了一点天真的成分。锦花心中多少有些感触，遂情不自禁地脱口说道：

"他们年轻，他们还过着黄金时代，和这花朵一样，他们像这含苞待放的花蕾，我却已经成为将凋谢的花了，我和他们似乎不可同日而语了。"

"不过各人的目光不同，环境不同，我觉得你还年轻，你是一朵开得正茂盛的花朵，我觉得这怒放的花朵，和还未展开的花蕾相较，可爱得多多了。比方说胡先生，他比我们年轻，他见了我们会显出下一辈的样子。因此他和我们之间，也就永远刻画着一条辽阔的鸿沟。"

学海说这几句话时有深刻的含蓄，锦花听了，在芳心里好像有什么东西猛击了一下。她的粉脸沉默了，呆了一会儿后，忽然转身握着学海的手，明眸充满了热情的光芒，诚恳地说道：

"学海，我觉得我的心，只有你能了解，我的性情，也只有你能懂得，你真是太好了。"

"锦花，你……为什么要掉泪呢？"

"不，你不要打断我的话，你又谦恭，你又温和，你更有忍耐心。顶重要的，你会顺着我，我有时候对你发了脾气，你还会跟我说好话。我想，世界上比你好的人，恐怕是没有的了。"

"锦花，我做梦都想不到你会跟我说这两句话，我真的太高兴了，我不知道该怎么样来感激你一番知己之情才好呢？"

学海对于锦花这几句话，不免有些受宠若惊，他握着锦花的手，拭着锦花颊上的眼泪，他几乎向锦花要跪下来叩头的样子。就在这个时候，阿秀在远处呼太太的声音，触送到锦花的耳朵里。她慌忙收束了泪痕，说道：

"也许是志万回来了。"

"我不进去见他了，锦花，我走了。"

"你什么时候再来？"

"假使你需要我慰藉的话，明天晚上八点钟，我在米高美舞厅等你。"

"好，那么明儿再见。"

锦花点头回答，学海便匆匆地走了。果然不出锦花所料，阿秀到了面前，报告说老爷回来了。锦花于是回到房中，只见志万已宽了长衫，坐在沙发上吹风扇。他一见锦花，便笑嘻嘻地叫道：

"太太，是不是阿秀来叫你的？我关照阿秀，不用叫你，她这小丫头却不听我的话。因为我知道你怕热，洗好了浴，在花园里纳凉是很舒服的。"

"没有关系，我已经在花园里吹过一会儿风了。志万，你肚子饿了没有？"

锦花明白志万处处地方都显出爱惜自己的意思，而且至少还包含了一点畏惧的成分，一时显出十分温和体贴的样子，向他含笑回答。志万笑道：

"你给我弄好了什么点心吗？我就吃一点，回头吴局长要请我吃晚饭。"

"阴凉绿豆汤，你不是爱吃吗？怎么？你晚饭还到外面去吃？"

"是的，他有些事情跟我谈谈，为了公事，真没有办法。"

"你也太忙了。"

志万感叹地说，两眼望着锦花的脸儿，他在担心着太太会不高兴的意思。今听锦花果然生气地回答，他急了，微微一笑，说道：

"你觉得我太没有工夫陪伴你了吧？"

"不，我们老夫老妻了，倒不需要像年轻夫妻似的常伴在一起了。"

"那你为什么？"

"我说你才回家坐不了一会儿，又得到外面应酬去，你究竟不是身强力壮的小伙子，休养身子要紧呀。"

志万听她这样说，方才明白她是为了爱惜自己身子的意思。一时十分感激，频频点头，望着她的粉脸，好像有说不出可爱的模样，说道：

"我明白你是关怀我的身体，我很感谢你。"

"啊呀，你越发跟我闹客气了，自己夫妻，还说什么感谢两个字，那可不是笑话吗？"

"我觉得是应该相敬如宾的。"

志万见锦花笑了，他也笑起来。就在这时，阿秀盛了一碗阴凉的绿豆汤进来，放在沙发旁的茶几上，叫老爷吃。志万伸手拿了羹匙，在碗里搅了搅向锦花含笑道：

"太太，你不用一点吗？"

"我不要吃，你觉得还甜吗？要不够甜的话，我给你再加一点白糖。"

"嗯，已经很甜了。哦，太太，小龙跟月娟呢？"

"胡先生来了，做了小孩头脑，他们一块儿在花园里放风筝游玩呢。"

"胡先生这孩子很好，是一个有为的青年。"

"你怎么叫人家孩子呢？"

"啊呀，你以为我养他不出来吗？我的大儿子要在世的话，现在已经二十六岁了，那比胡先生不是更大了几年吗？唉，可是他在十五岁的时候竟死了。"

志万说到后面，深长地叹了一口气，大有感伤的意思。但锦花听了这话，芳心里也好像刺上了一枚利箭般地难过。她觉得自己的希望，也许慢慢地会成为泡影了。志万见她也低了粉脸，默默无语，一时倒又笑道：

"太太，怎么，你代我难过吗？"

"嗯，当然，你想起了儿子伤心，我总不见得相反地高兴呀。"

"不过，整整地已经死去了十一年的人了，我们还伤心他做什么？那不是太傻了吗？好太太，你不要伤心吧。好在我们小龙是很聪明可爱的。"

志万听锦花这样说，反而含了微笑，向她低低地安慰。锦花在志万身旁坐下，取了一支烟卷，微微地吸着。志万吃完绿豆汤，阿秀拧上手巾，然后把碗匙收拾出去。志万回身过来，觉得有阵细细的幽香，扑鼻芬芳，心里不免荡漾了一下。望着心爱的妻子，他心中真有说不出的得意，情不自禁的关系，似乎不好意思说出口来。锦花这时却低低地说道：

"我想起了一件事，回头你又要出去了，我就没有机会再跟你说了。"

"是件什么事情？"

"刚才牛医生来给我们做媒……"

"哦，他给谁做媒？"

"当然给月娟啰！总不见得给小龙来做媒的。"

锦花见志万似乎显出很惊异的样子，遂把秋波逗给他一个媚眼，俏皮地回答。志万听她的语气，大有醋意的成分，遂慌忙平静了脸色，低低地问道：

"是谁家的孩子呢？"

"姓屠名叫许明，还是参议员呢。这个名字听见过没有？"

"屠许明，哦，他是参议员，不知他今年几岁了？"

志万想了一会儿，点点头说。锦花被他这句话倒是愕住了，呀了一声，笑道：

"到底是你仔细，年纪倒没有问他。不过牛医生说，他是讨填房，看来年龄方面比较大一点，好在没有小孩子，这和头婚差不多。我当时对他说，这桩婚姻，我不敢做主，要和志万商量商量。现在我跟你提了这么一声，你的意思怎么样呢？"

"我的意思，最好还要征求月娟自己的同意，因为这个年头，儿女的婚姻，做父母的不过是一个顾问而已。何况月娟不是我们亲生养的，这当然更不能有所强迫，你说对不对？"

"你这话很有道理，那么我且问了月娟自己之后，再做道理吧。"

"嗯，对了，只要月娟自己喜欢，我绝对没有什么问题。因为姓屠的既然是参议员，我倒很欢喜，彼此有了一层亲戚关系之后，我们为官的就可以避免许多攻击。这是院长所说的，无论什么事情应该隐恶扬善才对。"

志万说到这里，他已站起身子来。锦花知道他要走的意思，遂把长衫取过，提了衣领，服侍他穿上，并低低地问道：

"什么时候回来？"

"大概九点钟回来，没有什么事情，我一定早点回家。"

志万后面这两句话，是包含了安慰她的意思。锦花点点头，遂送他出房。不多一会儿，阿秀已把晚饭开在饭厅了。待锦花到了饭厅，只见桌子旁已坐了可卿、月娟、小龙三个人。小龙见了锦花，便高声叫道：

"妈，快来吃饭，人家肚子饿了。"

"瞧这孩子，你肚子饿，你只管自己先吃好了，为什么要等我呢？你们洗了浴没有？"

锦花一面坐下，一面向月娟望了一眼，低低地问。月娟点点头，小龙却抢着说道：

"我浴早洗过了，是姑妈给我洗的。"

"还说哩，要不是我来叫你们，你们就玩得忘记了时间了。"

"阿秀，胡先生饭开去了没有？"

"开去了，怕他早吃完了。"

锦花听可卿这样说，便望着月娟微笑。月娟似乎有些怕羞，垂了粉脸，只管吃饭。锦花想到了宗林，又回头问阿秀，阿秀一面给他们盛饭，一面笑着回答。经过这一番谈话之后，大家便静静地吃饭了。

晚上，锦花独自坐在卧房里，手托香腮，胡思乱想地忖了一回。一个年轻的少妇，在这四月热情的天气里，一个人闷在这该死的沉沉的闺房内，她的心境是多么痛苦啊。她看了一会儿小说，但越看越烦恼，把小说狠狠地往桌上一丢，站起身子，又在室内踱了一会儿。她此刻脑海里，浮现了两个男子的脸庞，一个是学海，一个是宗林。学海虽然可爱，但宗林比学海更可爱。况且学海已经是成为自己怀抱中的情俘了，宗林还是自己在渴望之中的爱人。尤其在没有得到之前，那似乎觉得更可爱。她此刻呆呆地起了幻想，假使我和宗林能够接吻一次，这叫自己死也甘心了。想到这里，她伸张了两手，猛地扑了上床，当她扑了一空的时候，才意识到自己未免痴心得太过可怜，忍不住深长地叹了一口气。正在懒洋洋地感到十分颓伤的当儿，忽然在夜风中播送过来一阵雄壮的歌声，使锦花不免呆住了。立刻走到阳台外，扶了石栏杆向花园里一望，那不是宗林的声音吗？想不到他还会唱这样好听的歌，她那颗芳心好像被一块吸铁石所吸引了，于是在一阵情感冲动之下，她便急匆匆地向楼下直奔而去。

六 情花难自禁 这般艳妇

宗林吃完了晚饭，仆妇王妈端了面水进书房来，同时把饭菜的碗收拾出去。宗林洗过了脸，他把衬衫马夹脱去，索性揩身起来。就在这个时候，忽见月娟匆匆地进来，当她瞥眼到宗林赤着膊的时候，因为自己是个女孩儿家，宗林是个小伙子，那么多少总觉得有些难为情，不禁啊呀了一声，把一只跨进去的脚又缩了回来。宗林回眸见了月娟，便笑嘻嘻地说道：

"月娟，你干吗进来又出去呢？"

"我不知道你在揩身，对不起，我回头再来吧。"

"那没有关系，我可不是一个小姑娘，难道还害羞不成？况且我们不是认作兄妹了吗？娟妹，谢谢你，你能不能帮帮我的忙，给我擦个背？"

宗林拿了毛巾，望着月娟含了笑容，低低地央求。月娟是一个富于感情的姑娘，况且对宗林本有着十分的爱心，因此微红了脸，竟没有拒绝他的勇气。遂把手巾接过，秋波脉脉地逗了他一瞥媚眼，低低地笑道：

"好大的架子，你又不是小孩子，还要人家给你擦背，难道不怕难为情吗？"

"好妹妹，马马虎虎好了，我手臂短了一点，弯不到背脊上去，你给我擦两把就行了。"

月娟听他撒娇似的央求着，这神情有些嗲得令人可爱。其实事情是相对的，女子在男子面前发嗲，会使男子心神欲醉，但男子在女子面前发嗲，会使女子的芳心同样地感到甜蜜而舒服。当时月娟便拿了毛巾，给宗林轻轻地擦背。一面擦着，一面心中暗暗地想着：宗林不但容貌美，而且人体更美，皮肤是那么白皙，肌肉是那么强健，这样的男子，是多么令人可爱呢。宗林被擦得有些儿肉痒，把身子向左侧过去，而且忍不住哧哧地笑起来。月娟好笑问道：

"干吗这样好笑呢？"

"人家怪肉痒的，你擦得重一点吧。"

"瞧你，人家服侍你擦了背，你还尽管不称心，我不会擦了，你叫别人给你擦好了，那你就称心了。"

月娟听她这样说，遂把手巾往桌子上一丢，鼓着小嘴儿，故作生气的样子，恨恨地回答。宗林一面套上汗马夹，一面又披上了衬衫，笑道：

"好妹妹，我说错了话，请你原谅我吧。"

"谁是你的好妹妹？你不要涎脸了。"

月娟见了他向自己打躬作揖的样子，一时又喜又羞，忍不住通红了脸，但表面上还竭力绷住了粉颊，似乎怒气未消的意思。宗林走近她的身旁，把她的手紧紧地握了握，难受地问道：

"娟妹，难道你不承认我是你的大哥？"

"唉，并非我不承认，也许是事实上不允许我承认你是大哥。"

宗林这一句话，倒是触动了月娟的心事，她的粉脸由红晕转变淡白，很哀怨而且凄凉地叹了一口气，低低地回答了之后便身子背过去了。宗林当然是感到无限的惊奇，咦了一声，急急问道：

"月娟，你这话是什么意思？请你告诉我一个详细吧。"

"……"

"月娟，你为什么不回答？啊，你怎么哭起来了？你说呀，你说呀！"

宗林见月娟并不作声，而且两眉一耸一耸，拿了手帕，在脸上擦抹。一时便扳转她的肩头，果然见她脸上沾了无数泪痕，于是愈发向她惊奇地追问。月娟慌忙收束泪痕，还装作若无其事的样子说道：

"谁在哭？你别胡说八道。"

"你还要赖？脸上的眼泪刚被你揩干了呢。月娟，你不要隐瞒我，你说事实上不允许你叫我大哥，这……到底是什么意思啊？"

月娟听宗林问这几句的神情，好像也要哭出来的样子，一时便更加悲酸，几次要把眼泪滚了下来，但竭力又熬住了，低低地说道：

"这是很简单的意思，你是小龙的老师，我是小龙的姊姊，况且你也教授我的书本，那么师生的阶级，已经是分得清清楚楚了，我怎么能叫你大哥呢？"

"你这话虽然不错，但我们年龄仅仅只差了四年，而且同是天涯沦落之人。我们在这异乡客地的上海，真可说一见如故。况且我和你师生关系也无非挂名而已，至于我教你书本，彼此算为互相研究，也无不可呀。月娟，昨天晚上，好像你十分欢喜地答应了我，但今天忽然又变卦起来，我觉其中一定有道理，难道谁来阻止你这样叫我吗？"

月娟被他后面这一句话直猜到心眼儿上去，一时倒默默地说不出什么话来，秋波哀怨地逗了他一瞥，似乎想说话而又说不出来。宗林是个聪明的人，他在细细转念之下，心中已经有些明白过来了，遂继续说道：

"月娟，我和你认作兄妹的事，你爸爸知道了吗？"

"没有。"

"那么你妈知道了，是不是？嗯，你不回答，那准是你妈知道了。可是叫我感到有些奇怪，难道是你自己告诉她的吗？"

宗林故意先从她爸问起，然后问到她妈。因为月娟并不作答，遂又向她接着问下去。月娟到这个时候，再也隐瞒不下去了，遂哀怨地说道：

"我告诉你吧，刚才我到花园里去找你，叫了声大哥，奇巧被妈听到了，她问我叫谁，我老实说了，不料她听了，对我很严肃地劝告，说一个人阶级要分清楚，我和你是师生关系，如何可以称呼大哥，这不是太没有礼貌了吗？我心里一想，妈这话也不错，是我答应妈以后不再称呼你大哥了。"

"我也早猜到是你妈向你劝阻的，可是，你上了她的圈套了。"

宗林对于这一点，原是意料之中的事情，遂淡淡地一笑，很俏皮地说。月娟有些奇怪的情态，微蹙了两条细长的眉毛，低低地说道：

"你这是什么话？我上了妈的圈套？"

"嗯，她所以这样劝阻你，在她心中原有作用的。"

"你这话越发稀奇了，她还有什么作用呢？"

"我不便说出来，好在你将来总会明白的。"

月娟听他这么回答，芳心中更加狐疑不定，雪白的牙齿，微咬了殷红的嘴唇皮子，倒是怔怔地出了一会子神。宗林这时心里也很难受，他觉得自己和月娟的爱情，显然是已经有了阻碍，遂叹了一口气，又低低地说道：

"月娟，为了避免我们终身烦恼和痛苦起见，我觉得我们不认作兄妹了也好。而且……而且，我更希望我们从此应该疏远一点。"

"我的年纪还小，我懂的事情不多，所以你这句话，叫我听了真有些儿莫名其妙。胡先生，那么……你……难道不预备教我书本了吗？"

宗林见月娟一面颤抖，一面大有盈盈泪下的神气，他心中也觉凄然，呆住了一会儿。眼皮也微微地红起来，伸手拍拍她的肩胛，说道：

"我所以这么说，那和你不叫我大哥是有着一样的苦衷。因为事实上不允许我们常在一起，那叫我又有什么办法呢？假使我想要在这里多做几天家庭教授的话，那么我们还是疏远一点的好。"

"胡先生，我妈……难道……会妒忌我们吗？"

"这个，月娟，我觉得你是一个孝顺的女儿，我不希望你和家庭发生感情上的破裂，所以……"

"胡先生，我们再见！"

宗林说到所以两字，便说不下去了，两眼望着月娟的粉脸，却又低下头来。月娟的芳心里也说不出是悲酸还是苦辣，她好像觉得宗林对自己是已经不爱护了，因此感到十二分失望，有些无力地移动着懒洋洋的步伐，向房门外走了。宗林直待看不见她的影子，身子不由向房门口赶上两步，但立刻又止了步，轻轻叹了一声。他心中一阵阵地细想，觉得宓太太这个妇人，似乎太降低了她自己的身份。虽然她嫁了一个年纪已经半百的丈夫，在生活上是感到这样的苦闷，但是一个人首重名誉，难道她竟然不顾全丈夫的地位和名誉，要我给她一种不合理的慰藉吗？因为她刚才要和我结为姊弟，此刻又阻止月娟叫我大哥，那么她心中的用意不是已经很显明了吗？想到这里，他不免对宓太太有了一种轻视之意。他觉得自己在这里做教授，将来难免还有尴尬的事情发生，万一这种尴尬情形临到头上的时候，那么将怎样来摆脱才好呢？宗林在这样忧虑之下，心里非常沉闷，遂情不自禁地踱到花园里来散步了。

宗林在花园里，独自坐在池塘旁边，望了一会儿天上的银河，心里甚为惆怅。他有些情不自禁的，放开喉咙，唱起热血歌来。谁知正在这个当儿，忽然见一个艳妇，姗姗含笑而来，并且把纤掌轻轻地拍着，连声说道：

"唱得好，唱得好，真是一位金嗓子的歌王。"

"啊呀，宓太太，你不要跟我开玩笑，那叫我不是太不好意思了吗？"

宗林回头去望，原来不是别人，正是这位热情的太太，一时慌忙站起身子，红了脸，低低地回答。锦花觉得今天夜里，在这四下无人的环境里，能够和宗林单独地遇见，这总是一个亲热的好机会。遂眉开眼笑地说道：

"不要客气，不要客气，你唱得真好，我没有瞎捧你，假使你愿意再唱几曲雄壮的歌儿给我听，我一定洗耳恭听。"

"我唱得不好，而且我……也不敢放肆，宓太太，请你原谅我。"

"为什么你老是这样客气？来，我们别这么站着，还是坐下来谈谈吧。"

锦花见他弯了腰肢，好像下属见了上司那么恭敬的样子，一时又好气又好笑，但仔细想想，总是见他老实忠厚的缘故，遂以大胆的作风，伸手拉了宗林的手，叫他一同在池塘边的石栏上坐下来。宗林的心头跳跃得厉害，他好像临到了什么危险事情一样，真感到十二分的局促不安。锦花伸手又搭在宗林的肩膀上笑盈盈地说道：

"白天里，我和你谈的话，似乎还没有告一个结束。"

"我们谈了些什么话呢？"

"什么？你难道忘记了吗？"

"我……委实有些想不起来了。"

宗林简直有些目定口呆的神情，茫无头绪地回答。锦花的眉宇之间，是透露了无限的风流之情，秋波逗了他一瞥勾人灵魂的目光，嫣然的一笑，低低地问道：

"你真的想不起来了？还是假的想不起来？"

"当然是真的，我们在白天里不是也随便谈谈吗？根本没有一件什么正经的事呀。"

"嘿，我和你要结成一对异姓的姊弟，这不是一件很正经的事情吗？因为小龙来找你了，所以我们没有继续谈下去。现在我需要你一个回答，你心中愿不愿意有我这么一个难看的姊姊呢？"

"这个……我实在难以高攀，第一，我是一个贫穷的子弟；第二，我把宓老伯当作长辈一般看待，所以事实上也不能这么做呀。"

宗林被锦花问得涨红了脸儿，他支支吾吾地过了好一会儿，才鼓起勇气，毫无情感作用的加以拒绝。锦花把笑容慢慢地收起了，同时显现了无限怨恨的表情，低低地说道：

"你不用找这样的借口来拒绝我，我很明白，大概你嫌弃我老了，所以不肯把我认作你的姊姊，哼，我觉得在你心中，明明是看不起我。"

"宓太太，我怎么敢看不起你？"

"不许你再叫我宓太太，我没有福气给你这么的称呼。"

锦花冷笑了一声，她故意竭力地做作，扳起了粉脸，显出无限愤怒的样子，娇嗔地回答。宗林被她这么的一来，真弄得有些啼笑皆非，呆呆地木然了一会儿，方才小心翼翼地说道：

"宓太太，哦，不，不，宓女士。"

"什么？我可不是志万的妹妹，如何称呼我姓宓起来？告诉你，我娘家姓范，名叫锦花。"

"那么我叫你范女士吧。"

"不行，我不爱听你这么叫。宗林，我警告你，你若侮辱我，我绝不饶放你的。"

"你……你……这话不是太冤枉了我？我长了几颗脑袋，敢侮辱你？宓太太，不，范女士，不，不。唉，我真不知该如何称呼你才好。"

宗林在这情形之下，他弄得有些儿神志不清了，几乎急得要哭出来的样子。锦花见了，倒忍不住又暗暗好笑，遂低低地说道：

"这是很容易的事，你叫我一声姊姊不就得了吗？"

"你不要跟我开玩笑，我真能够这么叫吗？"

"亲爱的弟弟，你放大胆子叫吧。我心里欢喜着你叫呢。"

"哦，我放肆了，姊姊。"

宗林的理智，到底还抵不过锦花热情的魔力勾引，他忍不住向她叫出姊姊两个字来。锦花听到一声姊姊的叫喊，顿时感到了胜利的得意，也许是管不住她内心春情的爆发，她把两臂伏到宗林肩胛上，却不禁咯咯地笑起来了。宗林被她这样一来，心里真有些昏陶陶的，要想推开她心里又不敢，怕她生气。假使去抱抱她吧，那当然更不可能，因此他有些木然的样子，怔怔地愕住了。偶然他的眼睛向地下望去，这把他一颗心儿更刺激得别别地跳跃起来。原来锦花此刻是穿了一件妃色薄绸的睡衣，这衣服是不用纽子，在腰肢间只系了一条丝带，被她一阵子笑，那丝带散了，睡衣披了开来，因此露出了她粉嫩的大腿，好像羊脂白玉，榨得出水儿来一样。更因为见不到她的裤脚管，所以在一个未婚的小伙子眼里看起来，当然是更觉得有些儿想入非非，遂急促地说道：

"你……你……衣带子散了。"

"真是吗？"

"真的，我没有骗你。"

"好，原来你假充老实人，好好的系着怎么会散开来？那一定是你给我解散的了。"

锦花故意这么咬他一口，媚眼儿水汪汪地向他瞟。宗林想不到自己好意关照了她，反而被她咬一口，一时急得红了脸儿，有些口吃的成分，说道：

"我……我……决不会这样没有礼貌，你……不要委屈了我。"

"其实弟弟要向姊姊顽皮，那也不算什么稀奇的事，你何必急得这个样儿呢？"

锦花方才又温情蜜意的样子，笑盈盈地说。她不但没有把带子系好，而且还把睡衣更披开一点。眼睛是透明的，除了闭着之外，当然什么都可以看见。因此宗林见到锦花里面没有穿着小衣，那两堆高高的乳峰，已经一半显露出来。于是想象她的下身，难道也没有穿裤子不成？宗林在这么一转念之下，他全身像火煨似的热躁起来，心头的跳跃，真像小鹿乱撞，他几乎连呼吸也要迫促起来了。

这时锦花内心的热情，也已到了不可压制的地步。她见宗林木然出神，遂嫣然一笑，偎过身子去，说道：

"弟弟，你看我什么呀？姊姊身上有什么东西值得你注视呢？"

"我……我……没有看什么呀。现在虽然是初夏的季节，但晚风也有些凉意，姊姊穿这么单薄的衣服，恐怕也要受寒的。我想时候不早了，你应该回房去安置了。"

"不，我此刻内心的热，好像是喝过酒一样发烧。弟弟，你不信，你可以摸摸我的皮肤，那你就知道我是热得快要疯狂了。"

锦花真是一个风流的女子，她为了勾引宗林，竟大胆地把他的手拉来，放到自己的睡衣里面胸部上去。还眯了眼睛，向他哧哧地笑。宗林的手，整个人已经迷醉了，他心头的甜蜜，已经使他神智有些糊涂起来。不过理智最后警告他，你是一个有作为的青年，不应该造下这个罪恶。于是他猛可地缩回手，预备急急地站起身子。不料道高一丈，魔高十丈，锦花好像饿虎扑羊似的把宗林脖子抱住了，同时用她灵敏的小舌尖，在宗林的嘴上紧紧地吮吻住了。

"姊姊，姊姊，你……这算什么意思？"

"弟弟，我亲爱的弟弟，我老实对你说，我爱你。"

"你爱我？这是打哪儿说起？你是一位贵族的太太，而且，而且，你又是我的姊姊，你……你……怎么能够爱我呢？"

经过良久的吮吻，宗林深深地透了一口气，他连忙推开锦花的身子，很焦急地问道。锦花此刻已经忘记什么叫作廉耻心，她通红了脸儿，还是紧紧地偎住了他，说出"我爱你"三个字。宗林对于她这句话是意料之中的事，他愁眉不展的神情，向她还是用正义的态度劝解。然而锦花此刻已经像一条疯狂的狗儿，她已经是无可理喻了，还是急促地说道：

"就是因为你承认我是你的姊姊了，那么我们就可以相爱了呀。傻孩子，你难道不懂得男女之爱的乐趣吗？"

"是的，我有一些儿不懂得。"

"哼，我知道了，你是存心不良。"

锦花见他正了脸色，有些不识抬举的样子，一时也不免恼羞成怒起来，遂冷笑着回答。宗林有些茫然的神情，把手指一下自己的鼻子，说道：

"我存心不良？"

"是的，你看中我的女儿月娟了，是不是？"

"这个……你不要误会，我绝对没有这个意思。"

"没有这个意思？你还想赖吗？哼！既然你没有爱她的意思，为什么你要和她结成兄妹呢？你……明明是引诱她一个未成年的女孩子。"

锦花怒气冲冲的样子，把引诱的罪名，加到宗林的头上。宗林听她这样说，心中倒也别别的一跳，不过他还是竭力镇静了态度，

说道：

"你不要冤枉我，我没有引诱她，因为我没有和她做出苟且的行为来。至于和她结为兄妹，是因为她的身世很可怜，我没有兄弟姊妹，也是一个可怜的人，彼此既然同病相怜，所以认个兄妹，无非大家有个帮助的意思。我根本没有不良的存心，你若不相信，我可以对天发誓给你听的。"

"哼，这都是你一种巧辩，我决不会相信你的。老实跟你说，你要爱月娟的话，你得先孝敬我。"

"可是，我并不爱月娟。"

宗林觉得她这话中大有威胁和要挟的成分，这就不甘屈服地显出强硬的态度，正色地回答。锦花一时倒奈何他不得，遂只好向他甜蜜地一笑，把手挽了他的脖子，妖媚地说道：

"弟弟，我是一片真心爱你，你应该答应我呀。"

"答应你可以，不过我们要想个安全的办法。"

锦花这神态，大有今夜放不过他的样子。宗林在没有抵拒的办法之下，只好暂时用了一个缓兵之计。锦花见他有些心动了，遂惊喜万分地笑起来，说道：

"你真的答应了吗？那好极了，反正志万今夜没有在家，我们……"

"在这公馆里？那可不行，万一被什么人撞见了，我犯了罪，送官究办，那倒没有关系，使你的名誉扫地，这可不是一件游玩的事情。"

"那么你的意思是？"

"我想明天，不，后天吧，我和你到外面去幽叙，这样无拘无束的可以不必偷偷摸摸地担心了。"

"也好，那么准定后天晚上，弟弟，此刻你再给我一点儿安慰吧。"

锦花说到这里，似乎尚有留恋之情，猛地又把宗林抱住，小嘴儿凑在宗林的口旁，又吻一个够。宗林觉得照此下去，难免发生更尴尬的事情，他心生一计，猛可推开她的身子，啊呀了一声，说道：

"你看，你看，那边有人来了，我们明儿见吧。"

宗林话还没有说完，身子先一溜烟似的奔回到书房里去了。锦花四头回望，见没有什么人，知道是他胆小的缘故，所以脱身回房。不过他已经和自己约好了，当然不至于会失信用，遂笑了一笑，也很满意地回房去了。

这天晚上，锦花睡在床上想了一夜的心事。觉得宗林心中爱的当然是月娟，月娟在一日，我是没有得到宗林真心爱的希望，那么换句话说，月娟好像是我的情敌，也好像是我的眼中钉一样。为了我自己的快乐，我可不管月娟的幸福了。锦花既然这样打算之下，第二天早晨便打了一个电话给牛依仁。依仁听了锦花的电话，乐得跟什么似的，问道：

"是宓太太吗？我是牛依仁，你有什么事情？莫非有好消息给我吗？"

"不错，志万对于这门亲事很赞成，我也很欢喜。"

"哈哈，那么事情不就成功了吗？"

"但是，还没有问过月娟本人的意思。"

"她是个小姑娘，懂得了什么，我说女孩子的婚姻大事，应该由父母做主才是。"

"话虽这样说，不过她并非是我们亲生的女儿，我们若是强迫了她，恐怕会引起外界的议论。"

"宓太太，那么你的意思……"

"我想，你跟姓屠的去说，叫他到我们家里来游玩，看机会让他先亲自向月娟去求爱，假使月娟没有讨厌的样子，我就可以向月娟提起这门亲事了。"

"这办法好极了，我马上就跟姓屠的去说。"

"嗳，你也不必太急，你为了做媒，不能忘了门诊时间啊。"

"毫无问题，我立刻可以推说医生有病，暂停营业。嗳嗳，不，不，我说错了，暂不门诊。哦，宓太太，那么我们回头见，回头见。"

锦花听他有些不好意思似的口吻，一面说，一面搁了听筒。遂想想好笑，方才也把听筒放下，坐到沙发上去了，很得意地吸着烟卷。大约有半个钟点的时间，忽见阿秀匆匆来报告，说牛医生和一个屠先生已在会客室里等太太去谈话了。

七　苦笑皆备　求婚演丑态

　　锦花听了阿秀的报告，遂点了点头。她走到梳妆台前，对着镜子，略加修饰了一番，方才姗姗地走到会客室里来。这是出乎锦花意料之外的事情，想不到屠许明是个大胖子，胖得像电影上胖明星一样的难看。锦花微蹙了一下眉尖，不免倒抽了一口冷气，暗想，这么一个丑样子，那叫月娟心里如何会爱上他呢？就在这时，牛依仁早已笑着摆了摆手，给他们介绍道：

　　"这位是宓太太，这位是屠许明先生，是……现代大名鼎鼎的参议员。"

　　"宓太太，我……我来得很孟浪，请你还得特别原谅才好。"

　　"不要客气，不要客气，屠先生的大名，报纸上我早已时常看见，你真是一位为民喉舌的正义者，我希望你将来还得替我们老百姓多多地造福才好。"

　　锦花见他一本正经地向自己鞠躬行礼，遂连忙弯了弯腰肢，也笑盈盈地回答。屠许明红了脸儿，似乎不好意思的样子，摇摇头，却说不上什么话来。这时阿秀端上茶来，锦花向她问道：

　　"小姐在哪里？"

　　"在花园里吧，要不去叫她？"

　　"不用，牛医生，我说你陪伴屠先生也到花园里去游玩吧，说不定遇见月娟，就想烦你介绍介绍。屠先生，你不用受拘束，没有关

97

系，只管和我女儿谈谈好了。"

牛依仁听说，遂点头连说好的好的。他便带了屠许明，和锦花作别，一同到花园里来。许明似乎有点担心的样子，皱了两条浓眉，说道：

"嗳，嗳，老牛，你觉得这事情可有些希望没有？我看这位宓太太好像和我很淡漠的样子，只怕事情有些靠不住。"

"许明，我说你这个人太会多疑了。今天原是宓太太打电话来关照我的，她说志万和她都很赞成这个婚姻，不过她不情愿强迫女儿答应亲事，因为现在讲究文明，老古板的方法不时行了，所以特地叫我请你到这里来游玩，假使你能够求得小姐的同意……"

牛依仁见他担忧，遂向他竭力地安慰并鼓励。屠许明伸手摸摸自己，显出很为难的样子，瞪了眼睛，急道：

"什么？要我自己去征求小姐的同意？"

"嗯，嗯，不错啊。向女人求爱，这是一件最容易的事情，就是骗子也会呀。何况你是过来之人，那你更是个中老手了。"

"老牛，你真和我开玩笑了，我从前是父母之命，媒妁之言，哪里亲自向女人求过爱呢？这……这……我可不会呀。"

许明急红了脸，连连摇手，表示不会求爱的意思。牛依仁搓了搓手，沉吟了一会儿，便拍拍他的肩头，故作轻易的很的表示，笑道：

"许明，我说你不要胆小，现在第一步计划，你先和月娟交个朋友，然后你再向她求婚，再后就可以结婚。这是爱情三部曲，做完了这三步之后，她不就成了你的太太了吗？我说这是最便当的事情，你如何不会呢？"

"这……这可怎么办？那真是要我的性命了。老牛，你是我的老朋友，难道还不知道我的脾气吗？我一见了女人，脸就通红起来，就是一些普通朋友的话，我也说不出来，何况叫我向女人求爱，那是更加死脱外国人了。"

牛依仁听他这样说，心中也不免暗暗忧煎起来。呆呆地出了一会儿神，便笑了一笑，用了激将之法面对他讥笑问道：

"你既然这样怕难为情，我真不懂你参议员是怎样做的，这几天开大会，你在这么多人面前难道没有发表过什么意见吗？"

"这……这，我做了参议员，当然发表过意见的。"

"那么你贡献了一点什么意见呢？"

"无论什么家庭、公司、团体甚至国家，要思想一致，行动一致，这实在是真不容易，单说我们参议员，也要分为两三派。前几天开大会，从早晨九点到下午两点多，为了一件议案，彼此争执，大家弄得面红耳赤，所谓公说公有理，婆说婆有理，始终没有一个结论来。"

"那后来怎样解决的呢？"

"后来还是我说了一句话，总算把这件议案解决了。"

屠许明一本正经地回答，表示他的才能超越了一切的参议员。牛依仁显出十二分惊奇的样子，连连点头，赞不绝口地说道：

"大才，大才，真是了不得的大才。那么你说了句什么话？总算才把双方争论解决了呢？"

"我说的话很简单，你听着，现在时候不早了，大家要解决议案，还是延到下午再作道理，此刻我们肚子饿了，应该可以散会了。"

"哦，你提议的原来是这几句话。"

牛依仁还聚精会神地听他告诉，直等他说出了这些话，一时也忍不住哑然失笑起来。但屠许明还十二分得意的表情，鼻子管内哼了一声，说道：

"真的，我这几句话发生了很大的效力，被我这么一提呀，大家肚子都咕噜咕噜地叫起来。凭良心说，午饭饿到两点钟吃，谁也受不了呀。"

"嗯，大才，大才。在参议员开大会的时候，你尚且说一句话可以解决困难的问题，那何况一件小小求爱问题，我想在你是更可以不费吹灰之力了。"

牛依仁不愿有所讽刺他，还一味地向他奉承。但许明听了，却又抱了两拳，向依仁连连地拱手，显出尴尬的面孔，说道：

"老牛，你不要捧我，你不要捧我，开大会，我倒很会。只是向女人求爱，我实在一点儿也不会。"

"你胆子尽管放大一点好了，她是一个小姑娘，你难道还怕她不成？"

"并不是我怕她，但我见了女人，我的舌头就好像故意和我作对起来，那可怎么办呢？"

"不会的，现在你是参议员，比不了从前，你在大庭广众之间，尚且敢发表议论，那何况在一个小姑娘的面前呢？你放心吧。"

"嗳，向女人求爱，这完全是新派，我简直是做不出来。"

屠许明自言自语地说着，他皱了眉头，搓着双手，表示难以实行。牛依仁故作生气的样子，把脚一顿，说道：

"好了，好了，我也不稀罕你送我一辆三轮车了，既然你这样没有勇气，我看你啊，一生一世就讨不着老婆了。"

"嗳，嗳，嗳，老牛，你不要生气，你不要走呀。我们慢慢再商量吧。"

屠许明见牛依仁回身要走的模样，那就不免急了起来，遂赶上一步，拉住了他，又低低地央求。牛依仁有些怨恨的神气，埋怨他道：

"瞧你这人，还是那么一点儿主意都拿不稳。我什么事情都已经给你安排好了，你还有什么可商量的呢？"

"老牛，我求求你，你能不能教我一个办法呢？"

"你要我怎样教你？"

"比方说，我见了这位小姐，第一句该说些什么话，第二句又该说些什么话，那预先不是都要有个计划吗？老牛，你足智多谋，你教我，我一定重重酬谢你，除了这一辆三轮车之外，我一定再送一枚钻戒给你太太戴，你看怎么样？"

牛依仁听他这样恳求，而且还有这么一个交换条件，心里一欢喜，绷住了的脸立刻又浮现出来笑容，说道：

"你这话当真的吗？"

"不……不……不骗你，孙子王八蛋才说一句假话。"

屠许明唾沫横飞地回答，他脸儿是涨得那么红红的。牛依仁想想倒又觉得不好意思起来，遂摇摇头儿，笑道：

"其实我们是老朋友，对于酬谢两字，那可谈不到，我也无非跟你开玩笑而已。"

"这是应该的事情，我记得头一个女人结婚的时候，媒人要二十四罐老酒，三十二只火腿，照现在市价计算，也许还是一辆三轮车，一枚钻戒，便宜得多呢。"

"不过，钻戒也有大小分别，内人原有一枚一克拉半的钻戒，她嫌光头不好，所以没有戴在手上。"

"这个你放心，我要么不送，送给你太太起码三克拉独立钻一枚。"

"老屠，我和你随便说的，你不用听在耳朵里，我怎么会叫你真的大大破钞呢？那我们也不成为老朋友了。"

牛依仁心里乐得什么似的，不免喜形于色，拉开了嘴儿，嘻嘻地笑起来。但是他口里还这么辩白着，因为他还怕有些难为情的意思。屠许明连连摇手，也笑嘻嘻地说道：

"没有关系，没有关系，只要事情办成，那是绝对不成问题的。老牛，那么你快点儿教教我呀，第一句先怎么说呢？"

"这是很便当的事情，你可以先夸奖她一番呀。"

"可是，怎么样夸奖呢？你最好先装个样子给我看看。趁着这个时候四下无人，我马上可以实习实习。"

屠许明向四周张望了一下，急急地追问。牛依仁伸手摸着自己的下巴，沉吟了一会，方才若有心得般地笑嘻嘻说道：

"比方说，你见到了月娟小姐，我给你介绍了之后，你向她恭恭敬敬地一鞠躬，含笑赞美她说：'啊，小姐，你长得多俊呀。'"

"啊，小姐，你长得多俊呀。"

牛依仁见他弯倒了腰肢，好像在地上寻找什么东西的样子，这就摇摇头，忍不住笑起来，说道：

"不用弯得太倒，你又不是日本人，何必行九十度鞠躬礼，四十五度很够标准了。"

"嗯，晓得，晓得，那么以后怎么样呢？"

"以后，以后，以后……你再说，你长得太漂亮了，好像天上的安琪儿，好像地下的西施女。我见过的女人也不少，除了你小姐之外，我眼睛里就没有第二个女人了。"

"那么……那么我见了小姐之后，难道连我自己的母亲也没有了？"

"唉，你这人真笨，那是捧捧她的意思，难道你真的见了小姐，把世界上的女人都当作男子看待了吗？"

"嗯嗯，我知道了，那么以下再说些什么呀？"

屠许明被他这么一埋怨，才嗯嗯了两声，他牢牢地记在心里，又继续地向他追问。牛依仁想了一会儿，忽然一本正经的态度，说道：

"今日得见小姐，真是三生有幸！"

"今日得见小姐，真是三生有幸！"

"你说这两句话的时候，态度要温和，语气要柔软，脸上要带些笑容，表示非常高兴的样子。"

"我全记得，那么还有呢？"

"还有，要说到你自己的身上。"

"说我自己？怎么说说呢？"

"你不是有几百亩田吗？"

"是的，五百亩。"

"房子多少？"

"在乡下好几条街的房子，在上海也有几十幢。不过这次选举参议员的时候，我把乡下一条街的房子卖了，都花在运动费上面的。"

"你这些罗里吧唆的话是不用说的，被人家听见了，不坍台吗？你只说我在上海也有几十幢房子就是了。"

"晓得，晓得，我是和你老朋友说说，和小姐当然不会说了。"

"那么你银行里不是还有现款吗？"

"是的，大约有几千万。"

牛依仁把他家产都查点了，遂沉思了一会儿，点点头，很兴奋的样子，拍了他一下肩胛，笑嘻嘻地说道：

"你接着说自己，先介绍自己的脾气很温和，性情很忠实，尤其对待女人，不敢有所违抗的。于是你再说，这里你要注意，显出随随便便的口吻，说我家的田产倒也不多，只有一千亩。"

"我家田产倒也不多，只有一千亩……嗳，不行，不行。"

屠许明照着他语气，学着说了。但说到一千亩，忽又嗳了声，

103

却连连摇头，回答不行不行。牛依仁倒有些莫名其妙的样子，定住了眸珠，问道：

"为什么不行？"

"我家明明只有五百亩田，如何可以说一千亩呢？"

"你这人又傻了，求婚不加点虚头怎么行？"

"咦，你不是说我的性情很忠实吗？"

"喏，你这人就太老实了，常言道，事实宜假不宜真。比方说，你们做了参议员，现在好像很有地位，但在没有做到之前，都是行贿、运动、买通，谁不是用了欺诈不忠实的手段而得到呢？这和女人求爱是一样的道理，只要老婆骗到手，管他忠实不忠实呢？"

"对，对，你这话有意思，那么你重新教我一遍，对她怎么说？"

"你说，我房屋除了故乡的不算，在上海有一百多幢。"

"我房屋除了故乡的不算，在上海有一百多幢。"

"说到现款方面，我在银行有户头，少说也有一万万以上。"

"说到现款方面，我在银行有户头，少说也有一万万以上。"

"这就到了重要关头了。"

"这就到了重要关头了。"

牛依仁说一句，屠许明跟着学一句。但依仁听到在这里，却又连连摇头，笑了笑，说道：

"这话不是对她说的。"

"那么你对谁说的？"

"我是对你说的。"

"哦，我还以为是……"

屠许明起初有些目瞪口呆，到此方才恍然大悟，遂哦了一声，表示很不好意思的回答。牛依仁不等他说下去，便接口说道：

"你听着，于是你就说，我还没有结婚。"

"我还没有结婚。不过，我对她说的话她都能相信我吗？"

"你不要怀疑呀，你可以再补充一句说，'小姐，你不相信，你可以问你妈，她全都知道，我没有说一句谎话'，你记着，记着，这是最后的关头到了，你要显出十二分诚恳的样子，向她跪下去。你看到没有？像我这样地跪下，把你两手向她伸张着，作拥抱的姿态，你口里要非常虔诚的语气，好像一个信徒，在主耶稣面前的祷告的神气。你说：'哦，我的小姐，我心爱的小姐，我不能再瞒骗你了，我爱你，我爱你快要发狂了。我没有了你，我好像失了灵魂，我没有了你，我简直再也活不下去了。'老屠，你看过电影话剧没有？就像电影话剧里主角那么认真恳切的表情，最好你要流下眼泪来。"

牛依仁一面滔滔不绝地说，一面真的在泥地上跪了下来。屠许明见了，当然也只好跟着跪下。听他啰啰唆唆地说了一大套，一时记不清这么多，正欲叫他重复一遍，忽然听他又叫自己流眼泪，一时倒不免皱了双眉，显出为难的样子，说道：

"老牛，你叫我流眼泪，这可不行啊。我流不出来，怎么办？"

"你可以想你生平最伤心的事情，比方说，你爸爸死了，你妈死了，这些都是最伤心的事，你一想起来，保险会流眼泪。"

"你不要胡说八道，我父母好好儿还在着，我怎么能想到他们死呢？老实说，我没有一件伤心的事，叫我流眼泪，那倒真不是一件容易的事情。"

"这个……你不流眼泪也不要紧。哦，有了，你可以假装哭，两手掩了脸装哭吧，这比流泪更要进一步。啊……老屠，不行，快起来，你瞧，那边月娟小姐不是来了吗？"

牛依仁说到这里，忽然瞥见月娟从那边池塘旁走了过来，他慌张地站起身子，忙又急急地说。屠许明好像是临到了什么大敌的样子，他简直有些害怕，虽然是站起了身子，但却是瑟瑟抖抖得厉害。

就在这个当儿，月娟已走近了过来。她见到两人，似乎欲回身避走，但牛依仁早已招手叫道：

"月娟小姐，月娟小姐。"

"哦，牛伯伯，你叫我干吗？"

"我听你妈说，你有些儿头痛，叫我来按按你的脉息。"

月娟被依仁一招呼，只好含笑走过来问。牛依仁倒是愕住了，幸亏他转机还算灵敏，便笑嘻嘻地圆了一个谎回答。月娟有些莫名其妙的神情，摇摇头说道：

"牛伯伯，你弄错了，我没有头痛呀。"

"没有头痛吗？那更好了。来，我给你们介绍，这位是屠先生，这位是宓大小姐。"

"宓……宓……大小姐。"

牛依仁口齿很伶俐地立刻又掉转话头，把手一摆，给他们两人含笑介绍。月娟并不曾想到其中还有这些花样，所以她显出很大方的态度，向许明点头招呼。但屠许明却又涨红了猪肝色的脸，他鞠了一个四十五度的躬，口吃地还叫了一声。牛依仁很快地又接口说道：

"大小姐你一定晚上贪了凉，所以伤风头痛，我给你马上去开一张草头药方来，保险你一吃就好。"

"嗳，牛伯伯，你别费心，我……我没有什么呀。"

"开一张方子又不费什么事，没有关系没有关系，屠先生，你们谈谈你们谈谈吧。"

牛依仁被月娟一阻拦，他心中就急了，遂一面说，一面身子已向屋子里匆匆走了。于是这里就只剩了许明和月娟两个人。许明的心头像小鹿般地乱撞，他急得满头大汗呆住着，因为心中一急，把刚才牛依仁教他的几句话都忘得一干二净了，所以支支吾吾地欲说而又说不出来。月娟见他神色有异，心中很是奇怪，正欲回身走开。只见许明扑通一声向自己跪倒，口里喃喃说道：

"我……我……你……你……大小姐，我全跟你说了吧，我爱你，我要娶你，我要自杀。"

"啊，你，疯了？"

月娟听他说完了这几句痴头怪脑的话，而且还掩着脸，呜呜咽咽地哭泣起来。这种出其不料的举动，叫月娟心中真是惊奇万分，而又无限的羞涩，一时不免手足失措，啊了一声大叫起来。齐巧宗林、博文、小龙三人从树篷里走出来，一听月娟叫声，便都奔上来问什么事。牛依仁其实没有走远，他在假山后面窥张，一见事情弄僵了，便匆匆地奔回来，急中生智地把许明扶起，连连说道：

"没有什么，没有什么，屠先生不当心摔了一跤。"

"喔唷，喔唷，老牛，你扶我到屋子里去吧。我这一跤跌得不轻呀，喔唷，喔唷。"

屠许明到此，也不得不装出跌伤的样子，连头也不敢抬一抬，叫牛依仁扶着向屋子里走了。月娟通红了粉脸，目送着两人走远，但她的神态还有些木然无知的模样，怔怔地愕住着。宗林奇怪地问道：

"月娟，这是怎么一回事？"

"没有什么，他和我撞了一下。"

"姊姊，你的力气好大，这么一个大胖子被你撞倒了，你却好好儿站着没有跌倒吗？"

月娟因为不愿意把这件求婚的事向大家告诉，遂红了脸，低低地掩饰着。宗林似乎有些不大相信，却被小龙说上了这两句话，倒引得大家都忍不住好笑起来。因为小龙上课的时间到了，宗林遂到书房里去。这里月娟一个人便回到自己卧房来，想起了刚才这一件事情，不禁蹙锁了翠眉，不由得暗暗地猜想了一会儿。午后三点光景的时候，月娟正在房中习字，忽然阿秀来请她，说太太有话跟大小姐商量。月娟心头别别地一跳，因为不知道要和自己商量些什么，她便急匆匆地奔到上房里来了。

八　花月争艳　逼闹情奔

　　月娟急匆匆地奔到锦花的卧房，只见锦花坐在桌子旁吃莲子汤，旁边还有一碗放着。锦花指了指那碗莲子，含笑说道：

　　"月娟，你肚子饿了没有？快坐下来吃莲子汤。"

　　"妈，阿秀来叫我，不是说妈有些儿事情跟我商量吗？"

　　锦花叫月娟到来是为了吃这碗莲子汤，一时倒有些出乎意料之外。她坐下吃了几匙之后，便忍不住又向她低低地问。锦花笑了一笑，说道：

　　"我们且吃完了点心，慢慢再谈吧。"

　　月娟听妈这样说，遂不再问什么，低了头儿，只管匆匆地吃了莲子，不过芳心中不由得暗暗地猜疑着，觉得妈今天对自己的态度，至少是包含了一点神秘的成分。两人吃完了莲子，锦花方才拉了月娟的手，一同坐到长沙发上去。她把两道秋波，脉脉地向月娟望了良久，才笑着说道：

　　"月娟，我叫你到来，因为我有一件事情要跟你商量。"

　　"妈，是什么事情？"

　　"你听着，好孩子，你今年几岁了？"

　　"怎么？妈，你连我的年纪都忘了？我不是十八岁了？"

　　"可不是？十八岁了，论年龄就不算小了。你应该想想你将来终身的事情，所以我做妈的就多么的给你开心呐。"

月娟想不到她会谈起自己的终身问题上去，一时那颗芳心更像小鹿似的乱撞，同时全身一阵子发烧，两颊也热辣辣的发红起来，遂羞涩地逗了她那么一瞥妩媚的目光，低垂了头儿，却漠不作答。锦花温和地抚摸着她的纤手，显出慈母疼爱女儿的神情，继续地说道：

"我老是这么想，女孩子长大了，就难免要离开我，到别人的家里去，因此我心里就时常很难过。月娟，你也曾经想到过这一层吗？"

"妈，你爱我，我知道。可是，我可以一辈子不离开你啊。"

"嗳，你又说孩子话，瞧哪一个姑娘长大了不嫁人的？"

"姑妈不就是这个样子吗？"

"……哦……你姑妈，她……也许是另有缘故的。"

锦花想不到她会提起可卿这个人来，一时倒不免被她问住了，愕了一愕，方才支支吾吾地回答。月娟却奇怪地问道：

"妈，你说姑妈她又有什么缘故呢？"

"你是小孩子，我不好对你说。月娟，因为你长得美，所以有人来跟你说亲呢。我知道你一定还没有想到结婚这一回事，就是我也觉得你还没有到离开我的时候，所以我似乎有些儿舍不得。但是，那个孩子就痴心得不得了，而且你爸爸认为很满意，所以……所以……"

月娟听她一会儿这样，一会儿那样，反复无常地说到这里，因为想起刚才花园里那个姓屠的曾经对自己有过一回求婚的事，所以她芳心里这一急，不免掩着脸儿哭起来了。锦花慌忙拍着她的肩胛，温和地问道：

"啊，好孩子，你别傻了，好好儿的哭起来干吗？"

"妈，我……我……"

"月娟，你怎么样？你全身有些发抖，你说话吞吞吐吐的，你难道怕我吗？"

"不，我没有怕你，因为妈是疼爱我的。"

月娟挂了丝丝泪痕，她摇头低低地回答。在她这后面一句话中，多少是包含了一点畏惧而所以奉承她的成分。锦花拿了手帕，假作慈祥地去擦揩她的眼泪，点点头，笑道：

"你知道我疼爱你，那就很好。月娟，你听从妈的话吗？"

"我……我……总听从妈的话。"

锦花在问到后面这一句话的时候，把脸上的笑容收起了，两眼似乎显现了凶恶的光芒。这叫月娟回答什么好呢？她想不答应，但是她又不敢，因此她口里虽然这么说，不过心里是十二分不愿意的。锦花听了，却又立刻堆下笑容来，拍着她的肩头，说道：

"好孩子，你听从妈的话，妈心里非常喜欢你，那么你不要老是显出愁眉苦脸的样子呀，你应该对妈笑一笑。"

"妈，我不是在笑吗？"

锦花抱着月娟的身子，伸手去抬她的下巴。月娟那颗处女的芳心也弄不懂她是什么意思，又像慈爱，又像妒忌着自己。在这无可奈何之中，也只好勉强地笑了一笑。锦花见她这么一笑，是相当的妩媚，令人十二分的可爱。因了她的可爱，不知为什么就更想到宗林英俊的脸庞，于是她的心头又开始妒恨起来，觉得在这情形之下，有了我，就没有了她。但表面上还含笑说道：

"月娟，好孩子，你虽然不是我亲生养的，不过你要把我看成亲娘一样才好，最好你要把我当作姊姊般的看待，因为我也长不了你几岁，所以让我们来像姊妹似的谈谈，你说好吗？"

"我不敢说好，但听从妈的话，我又不敢说不好。"

"那么听着，你不要存了害怕的心理，你要把我先当作大姊般的看待，什么都不要瞒骗我，把你心里的意思全都说出来。比方说，有一天你大姊跑来问你，月娟，有人来给你做媒了，你觉得怎么样？那时候你怎么回答姊姊呢？"

"……"

"为什么不说？我想你一定会这么回答，自己还年轻，婚姻觉得太早，是吗？"

"是的。"

月娟红了脸儿，第一次固然怕难为情不好意思说，而且一个女孩儿家也说不出口，因此默不作答。直待锦花猜到她的意思，代说了，方才频频地点了一下头，低声说了是的两个字。锦花抚摸着她手，笑道：

"你不要说是的，难道你对姊姊也是恭恭敬敬地只回答是的两个字，而不再说别的话了吗？"

"……"

"傻孩子，你怎么老是望着我笑呢？我说假使你姊姊同意你拒绝这头亲事，那么这件事也就完了。不过，对方这个男子假使很好，很有地位，很有家产，而且很有学问，并且他愿意等着你，先跟你交个朋友，然后慢慢儿地提亲，那么你心中也有这个意思吗？"

锦花这一番话，把月娟似乎说动了心。她暗暗想道，妈说的对方是谁？难道就是这个胡先生吗？她这么一想，两颊红晕得好看，而且也十分喜悦，遂情不自禁地把秋波斜乜看她一眼，低低地问道：

"妈，你说的这个男子是谁呢？"

"哦，你想知道他吗？可是，我要你猜一猜。"

"我……我……实在猜不出。"

"咦，你不是已经见过了吗？"

锦花见她赧赧然的样子，便扑哧的一笑，低低地回答。月娟凝眸含蹙地沉思了一会儿，却摇摇头，表示猜不出谁来。锦花遂又正经地说道：

"这个男子虽然年纪大一点，不过良心很好，而且有财有地位，就是刚才牛依仁在花园里给你介绍的这个屠许明先生。"

"啊，就是那个满嘴胡说的大胖子吗？"

"怎么？他跟你说了什么话？"

"他……他……向我跪下求婚，我真被他弄得难为情极了。"

月娟见锦花的脸色又不大好看了，心头别别地乱跳，她支支吾吾地回答，似乎受了很大委屈的样子，垂下了粉脸。但锦花却笑起来拍拍她的肩胛说道：

"原来他向你求婚，这不错啊。一个女子能够有资格被人家求婚，我觉得那是很光荣的事情呀。况且屠先生的用情很真挚，你若嫁给了他，恐怕往后的福气就无穷无尽了。"

"妈，你在跟我开玩笑吗？"

"什么？我为了你终身幸福的问题，很关怀地照顾你，怎么反说我跟你开玩笑呢？月娟，真的，屠先生是一个多情的男子。"

月娟觉得她对自己的态度，又硬又软，而且更带了哄骗的成分，竟然是把自己当作小孩子般的看待，一时十二分难过，她没有回答，低了头，连眼皮也不禁红起来了。锦花见她盈盈欲泪的样子，遂忙又温和了语气，说道：

"你有什么意见？你只管跟我说吧。是不是说屠先生年龄太大？"

"妈，我心里很奇怪着，他这样大的年纪了，难道还没有娶过妻子吗？"

"怎么？你以为他多大年纪？三十才出头呢。那算得了什么？不是正常娶亲的时候吗？"

"我并不是说他年纪大，我是说他那副讨人厌的嘴脸。"

"啊，你嫌他长得不俊是吗？不过你年轻，不懂世故人情，世界上这种人最忠厚、最老实，越是俊的男子，越靠不住。我心里也不早料到这么一层，像你这么一个姑娘，当然是不会爱上屠先生这种人的，大概你要和人家凭爱情而结合的吧。"

锦花见她噘起了小嘴，似有怨恨，虽然对于月娟的话，锦花的心中也有同感，不过她嘴里却偏偏违背着良心说话。月娟想了一会儿，便反问说道：

"我觉得两性的结合，要凭着爱情而结成夫妻，这样才有真正的幸福。比方说，妈和爹的结合，不是也凭着爱情吗？"

"这……是的，不过，我和你爹的年纪相差也很远，当初我父母做主的时候，好像我心中也有些不大愿意。后来因为要服从父母的命令，我是只好欢欢喜喜地答应了。好在如今我们之间的感情也不算怎么坏，况且他是个有地位的男子。没有了他，我哪儿有官太太做？我哪有这么舒服的日子过？这和屠先生跟你一样，哦，我想起了，屠先生还是一个参议员，他将来有希望，假使官运一亨通，在政治舞台上弄上个什么位置，那真算不了什么稀奇。月娟，我是一番好意，你要仔细地考虑一下才是。"

锦花现身说法，用了温和的语气，向她又低低地劝告。月娟任她说得天花乱坠，心里就是这么抱定一个不欢喜的宗旨。但是要口里完全坚决地拒绝，这又怕她不快乐，因此她垂了粉脸，只是装作没有听见似的不理睬。锦花竭力忍住气愤，依旧温言悦色地问道：

"月娟，我想你不愿意嫁给屠许明的缘故，大概不单是为了他长得那么的丑恶，我猜你还有别的原因吧？"

"不，我没有别的原因。"

"真的没有吗？我要你仔细地想一想。我也承认姓屠的不大可爱，但他总还不算是个坏人。所以你如果已经爱上别人的话，那就是另外的一件事了。月娟，你想一想，你还爱上别人没有？”

“我……没有呀。”

“为什么你又胆子小了呢？我不是跟你说过吗，你要把我当作姊姊一样，切不要存了畏惧的心理。比方说，你爱我吗？”

锦花见她支支吾吾的神情，显然是不敢说出来的样子，这就用了俏皮的话，预备兜着圈子去套她。月娟听了，当然是点点头，说道：

“妈待我好，我怎么会呢？”

“是的，那么假使还有些别的人也待你好，你也爱他们吗？”

“当然啦，比方说，爸爸、姑妈、弟弟，他们都很好，我心里也十分爱他们。”

“这是你家庭里的人，那不用说，假使家庭以外的人呢？比方说，胡先生这一个青年，他教你书本，很关心你的前途，他不是也待你很好吗？”

“是的。”

月娟被她一提起宗林，芳心更是忐忑地跳得厉害起来，红晕了娇面，低低地只好说了一声是的，她便显出羞答答的样子。锦花觉得事情已经有个明显的表示了，不知怎么的，她鼻子管里就觉得有阵酸溜溜的气味，遂追问她道：

“那么你是不是心中也有了爱他的意思呢？”

“这……”

“这什么呢？月娟，你不要隐瞒我，你只管跟我老实说就好了。”

“我心里就只觉得他人很热心，很肯帮助人，很好罢了，但我却不敢说是已经有了爱上他的意思。”

月娟被她逼问得紧了，只好说出了这两句话。锦花淡淡地一笑，望着她的粉脸，内心好像有什么燃料在烧似的，她的脸也通红起来，

说道：

"凭你这两句话，就显出你是已经有爱他的意思了。不过我要问你，他是不是同样地也爱上了你呢？"

"妈，我委实不知道爱不爱，因为胡先生肯同情我，所以我觉得他很好。不过……现在的情形又有变化了。"

"又有什么变化了？"

"妈，你不是叫我不能呼他为大哥吗？但是胡先生听我不叫他大哥了，他心中很生气，说从此以后，我们还是疏远一点，而且他也不愿意再教我读书了。"

月娟说完这几句话，她到底还是一个年轻的小姑娘，心中一阵悲酸，眼泪扑簌簌地滚落下来。但月娟的伤心，却反而使锦花心中感到十二分的得意，很惊喜地问她。月娟的喉间已经哽咽住了，她说什么话，只频频的一点头，还是显出那么悲哀的样子。锦花眉尖一蹙，便计上心来，遂索性假作慈悲的神情，低低地说道：

"月娟，你不要伤心呀，我可以老实地告诉你，胡先生已经对我说过了，他并不爱你，因为他心目中已经另外爱上了一个人了。而且他在我面前又说了许多关于你不好听的坏话，他说你没有千金小姐的身份，又说你举止太轻狂，是个太不稳重的姑娘。不料这些话又被你爸爸听见了，你爸爸十分愤怒，他要把你叫来痛骂一顿，是我把你爸爸劝住了。我说小女孩知道什么男女间的爱情，她奔奔跳跳跟了胡先生游玩，也无非是不脱天真的成分，你要把她责骂，那事情未免看得太认真了。但你爸爸却还怒气未消地要把你嫁给姓屠的，说你若不答应，他就把你活活打死。"

月娟一面听，一面想，难道胡先生真的在背后说我坏话吗？假使是真的，那就所谓知人知面不知心了。一时想到自己真也太孩子气了，为什么要跟他放风筝游玩呢，而且又想起昨天晚上跟他擦背的一回事，心中便懊悔得不得了，觉得自己太重感情，因此反被人家看轻。不过胡先生真也无赖，擦背原是他自己向我要求的，谁知道他转身反而说起我的丑话来了。原来他是假痴假呆地同情我，实在是还在暗地里捉弄我。怪不得他对我说，从此以后还是疏远一点的好。其实我也不是一定要和他接近，也无非是他先来和我发生好感罢了。月娟想到这里，委屈极了，况且又听爸爸要打死自己，她心中更加悲痛，一时便倒在锦花的怀中，忍不住呜呜咽咽地哭泣起来。锦花被她一哭，还故作十分同情的样子，低低地说道：

"好孩子，你不要哭呀，妈给你哭得心也碎了。我是知道你的脾气，你当然不会赞成这桩婚姻，所以当时代你也曾经向他们拒绝过，但是你爸爸的主意已经做定了，他怒气冲冲的样子，好像事情再也没有挽回的余地。所以我此刻把你叫来问一问，同时叫你心中明白，你不要把小人认作君子，你待他真心，他待你假意，我不是早跟你说过吗，无论一件什么事情，不要单求外表的美，尤其是婚姻对象。男的女的都是一样，表皮的美是没有用的，总要内心的美，才有价值。比方说，胡先生这样漂亮的青年，你们小姑娘都要爱上他，但是你哪里知道他内心是这样子不道德呢；比方说，屠先生这样一副丑态，但是他的性情一定十分温和，而且十分忠实。你假使求内心的美，那么你嫁给他，你将来一定不会吃苦的，不但不吃苦，并且还很福气。可怜的孩子，你不要哭呀，你仔细地想一想，你现在可想明白了吗？"

"妈，我想明白了。"

对于宗林这样不道德的行为，在月娟的芳心里确实是受了一个很重大的打击，她觉得自己是受了人家的愚弄，她感到无限的痛心。此刻她把锦花认作了唯一的生娘一样，躺在她的怀里，点了点头，十分痛苦地回答。锦花的内心是感到了胜利的快乐，不过她表面上还显出慈祥的态度，说道：

"好孩子，你明白了，那很好，胡先生是个无赖青年，你以后不要跟他多说话，我一定叫你爸爸把他辞歇了。因为这种不诚实的青年，小龙跟着他，反而要被他带坏的。"

"是的，并非我恨他，说这些话，为了弟弟的前途计，爸妈应该不要他住在家里才好。"

"你这话很对，我一定会向你爸爸劝告的。不过我要问你，你对于这桩婚姻到底抱怎样态度呢？"

"我……我……没有什么表示，我为了服从爸妈的命令，我……答应了。"

"是的，你真是一个孝顺的好女儿。"

月娟支支吾吾的样子，方才回答了这几句话，从她脸部上的表情猜想，也可见她是委委屈屈的，在内心感到十分痛苦了。锦花听她自愿答应，那真不啻是消灭了自己一个最厉害的情敌，于是含了春风得意的微笑，抱着月娟的身子，故意十二分慈爱地亲热着，她庆幸着自己计划成功，脑海里构成了甜蜜幻想的一幕。

晚上，志万又有宴会，没有回来。锦花并不以为得了新的，就忘了旧的，她浓妆艳服地打扮舒齐，到米高美去赴学海的约会。也许他们按照了速战速决的计划，所以锦花在子夜十二点不到，就匆匆地回家。见志万还未回来，这更是一件好事情，便躺在床上，沉沉地睡去了。

第二天早晨，锦花醒来，见志万已睡在身旁，鼻息呼呼地显然还没有醒来。她望着白漆的天花板，含了笑容，想到今夜和宗林的约会，她心中真是甜蜜无比。因为这好像馆子里吃菜一样，昨夜吃广东小吃，似乎觉得厚味，那么今夜就试试川菜的滋味。想到这里，她红了脸儿，连自己也噗的一声笑起来了。不多一会儿，志万醒来了，两人遂匆匆起身。锦花故意问道：

"你昨夜什么时候回来的？我竟一点儿也不知道。"

"十二点半了，因为你睡得熟，所以我没有惊醒你。"

"我告诉你一件事。"

"什么事情？"

"月娟对于这门婚姻她却很欢喜，这个姓屠的已经由牛医生伴着来过了，给他们两人都介绍了，看情形两人都有意思。"

"既然月娟自己认为满意，我们做父母的绝对没有问题。我想牛医生来了，就叫他问问男方的意思，或者先订个婚也不要紧。"

志万和锦花一面洗脸，一面互相说着。就在这个当儿，阿秀急急地走进房来，她手里拿了一封信，慌张着口吻，说：

"大小姐和胡先生昨晚十点钟一同出去之后，却没有回来过。今天我在大小姐房中发现一封信，这不知是怎么的一回事？"

志万和锦花听了，不禁呀了一声，顿时面面相觑，脸上都显出万分惊奇的神情。尤其是锦花的粉脸，一阵红、一阵白、一阵青，她不知道这封信中写的什么话，万一把自己的秘密完全暴露，这叫自己还有什么颜面做人，又不知宗林和月娟如何会出走，更不知以后的结局如何。请诸位阅读将出版的《情奔》便有一个详细的交代了。

情　奔

一　怜卿须怜我　同奔天涯

当！当……

时辰钟敲了九下，夜虽然不能说十分的深沉，但时候确实也不算早。在乡村里的居民，这时候恐怕家家户户的早已睡在黑甜乡中去了。不过，在上海那就显得不同。尤其在仲夏的季节，都会里舞厅、咖啡馆、夜花园、戏院子，也许还只有刚上市面哩！宓志万的公馆，人少而房屋大，所以一到晚上，四周是格外静悄悄的，一些儿声音也没有。这里是一间厢房，不大也不小，里面的家生收拾得很清洁，此刻亮了一盏五十支光的电灯。在灯光之下，可以见到一个二十几岁的青年男子，低了头儿，在整理一只皮箱内的物件。看他的眼神，好像有些慌张的成分。他一面整理，一面不时地回过头去向窗外、门外张望，似乎怕有人会偷窥他的意思。匆匆地整理舒齐，把皮箱合上。他皱了眉尖儿，在室内团团地踱着圈子，因为天气热，心思又不安宁，一阵阵焦躁，使他额上会冒出黄豆般大的汗点来。他一面摸手帕揩拭，一面自言自语地说道：

"我的处境太危险了，我不能留恋下去了。我若再不走，我一定要做一个犯了罪的不法之徒了。那么，我顾不了许多，我走，我应该连夜就走。"

他自言自语地说到这里，立刻又把手儿扪住自己的嘴。神经脆弱地很快地走到房门口去一张望，见没有什么人在偷听，这才放下心来。他又走到床边，提了皮箱，预备趁这时没有人在，他就向外走了。但走到房门口的时候，他又停止了步，心中暗想："我此刻走还太早一些，万一宓太太因天气热没有睡，我们若在花园里碰见了，那叫我怎么地回答她。我千万不能太以鲁莽，且到花园里先去巡视一周，看有没有人在。假使果然没有一个人影子，那我就可以放大了胆子出走了。他想定了主意，把皮箱又放到桌子底下去，然后镇静了态度，悄悄地走到花园里来了。

诸位读者，在看过《花月争艳》小说的当然已经明白那个青年是什么人了。但没有看过《花月争艳》的，自然不会知道，我就此来给大家介绍一下。这个青年原来就是胡宗林，他是一个刚从学校毕了业的大学生，因为他的身世很孤零，所以亲戚朋友甚为稀少。为了生活，只好由王处长的介绍，到宓志万公馆来做一个英文教授。但没有多久的日子，不料这位风流的宓太太，却偏偏又看中了他，要他做宓太太旗袍角下的俘虏。胡宗林虽然是个热情的青年，但他却有坚毅而清醒的理智。他不肯随俗浮沉地做一个不清白的人，所以他情愿打破饭碗，预备悄悄地离开这个宓公馆了。

这时宗林一路在花园里踱步，一路暗暗地感叹着，觉得宓太太这种妇人实在太不应该了，她也不想想她丈夫在社会上是个多么有地位有名望的人，她竟会对我有这种廉耻心全无的存心，这是多么的丢脸啊！而且她为了自己，竟和她的女儿月娟争风吃醋，用种种手段来破坏我们的感情，使我和月娟不得不从此疏远冷淡起来。唉！她是卑鄙极了！可恶极了！虽然月娟不是她亲生的女儿，但她既然做了干妈的资格，她自然也得显出长辈的身份来呀！胡宗林越想越狠，越想越气，不禁暗暗地骂声"这混账女人，可杀之至"。谁知他话声未完，忽然从夜风中送来一阵女子嘤嘤啜泣的声音，凄切而哀怨，闻之令人鼻酸。宗林倒是惊讶起来，暗想，谁在哭泣啊？难道丫头阿秀受了主人委屈，一个人在花园里伤心吗？于是循声而往，东张西望地走了过去。

今夜月色很清辉，月亮姑娘显出圆圆的脸庞儿，她在云端里面好像窥情郎似的一会儿显露，一会儿又躲避起来，把花园里四周的景物，照映的十分明朗。宗林见那个小小池塘旁边，石栏杆上坐着一个少女，那哭声正是从她口里发出来的，遂慌忙仔细地望去，不由"啊呀"一声叫起来。原来这少女不是别人，却是自己心爱而又不敢爱的月娟姑娘。这就情不自禁地急急奔了过去，连声地叫道：

"月娟！月娟！你怎么一个人在这儿哭泣呢？"

出乎宗林意料之外的，谁知月娟见了宗林，不但没有回答，反而站起身子，头也不回地走开去了。宗林见了这个情形，心里自然非常难受。他呆呆地愣住了一会子，长叹了一声，自言自语地说道：

"奇怪！照说我也没有得罪她，她为什么不理我？她为什么要这样的恨我呢？可见我在这儿的缘分是满了！"

宗林这两句自言自语的话，听到了月娟的耳朵里，她却又停止了步，慢慢地回过身子来。老远的逗过来一瞥娇嗔的目光，恨恨地说道：

"胡先生，你自己说的话，比自己肚子里终该明白。我和你无怨无仇，你为什么要说我的坏话？你……太没有良心了！"

月娟说到这里，似乎委屈到了极点，她一面转身又向前走，一面掩着脸儿呜呜咽咽地哭泣得更伤心了。但宗林听了，却是"丈二和尚——摸不着头脑"。这就抢步赶了上去，伸手拉住了她的臂膀，急急地说道：

"月娟，你在说什么话？你这些话我简直一些儿也听不懂。我……我到底说了你一些什么坏话？我……真有些莫名奇妙呢！"

"请你不要拉拉扯扯，我是一个轻贱的女子，当心玷污了你高尚的品格，这是多么可惜的呢！"

"月娟，到底是为了什么？你这样怨我恨我，你好歹也告诉我一个明白呀！倘然我果有不是之处，那我被你怨恨也是应该。不过我自己想想，并没有什么对不起你的地方。你不说明白，叫我郁闷在心里，明天就是死了，也不是成个不明不白的鬼吗？"

宗林拉住她的手，被月娟恨恨地摔脱了，他没有落场似的只好伸手抬上去抓了抓头皮，显出一面孔哭笑不得的样子，低低地说。他这说话的声音是包含了万分凄凉的成分。月娟见他要哭出来的神气，一颗芳心，倒不免又软了起来，但表面上兀是鼓着红红的小腮子，冷笑了一声，说道：

"你何必还要假惺惺作态呢？你在背后不是说我太轻狂、太没有姑娘的身份吗？你又说我勾引你，我要爱你，我是个不要脸的女子。在你心中，根本一些儿也不爱我的。这些话不是全都你说的吗？我……看你现在赖到什么地方去呢？"

"啊呀！这……些话是谁造出来的谣言？我……就根本没有说过这种话！我假使说过了，我马上就要被汽车、电车碾死的！"

宗林听她这样说，急得满头大汗地辩白着回答，他还表示有些气呼呼的样子。月娟见他发了重誓，倒也不免呆呆地愣住了一会儿，皱了她弯弯细长的眉毛，秋波瞟了他一眼，说道：

"你真的没有说过吗？"

"当然真的没有说过。我平日多么地敬爱你，我如何会说你的坏话！就是别人要说你坏话，我也会抱不平呢！更何况是我自己呢！月娟，请你相信我，我并非是个赖小人，我这一点还可以自信，我并不是一个糊糊涂涂的青年。月娟，你是听谁告诉的？你能说给我听吗？"

月娟见他认乎其真地否认着说，遂把明眸呆呆地望着他英俊的

126

脸儿，想了一会儿，说道：

"是我妈亲口对我说的。她说你在她面前说我不稳重，说我没有千金小姐的身份。我不相信我妈会凭空地造谣言，她是很疼爱我的！"

"你以为你这个妈是好人吗？"

宗林方才恍然大悟起来，他心里觉得十分的愤怒，想不到宓太太这个女人竟是这么阴险下流的东西！他气得铁青了脸儿，向月娟冷冷地问。月娟不解其意的神情，雪白的牙齿，微咬着殷红的嘴皮子，问道：

"你说我妈这人不好吗？"

"嗯！……"

"什么地方不好呢？"

月娟急急地追问他，但宗林想着宓志万对自己的好处，他一时支支吾吾地却又说不出口来。因为这种事情说开去，志万果然丢脸，而宓太太也没有脸面做人了。至于我呢，也许还会被宓太太恼羞成怒地反咬一口呢！那么这种事还是保守秘密的好。于是摇摇头说道：

"这话我不能说出来，不过，照她这样行为不改下去，将来一定还会发生很不幸的事情，那时候你就知道你妈的为人是有一点缺点的了！"

"为什么不能说出来呢？我觉得你吞吞吐吐的样子，好像有什么亏心的事情。假使你的行为是光明正大的，那么你应该坦白无愧地说出来。"

月娟见他不肯告诉，心头不免有些儿疑心，遂用激将之法，拿话来刺激他。宗林向四周张望了一眼，低低地说道：

"我告诉你可以，但是你要保守秘密。"

"我一定不会向任何人去告诉的。你放心好了，我向来不喜欢多管闲事的。"

"你的妈太风流了，她忘记是个长辈的身份，她竟然要爱上我……"

"啊？我妈要爱上你？"

这消息是太以惊人了，月娟忍不住地"啊"的一声叫起来。急得宗林连忙伸手扪住她的嘴，用了埋怨的口吻，低低说道：

"月娟，你怎么能高声地说出来？被人听见了，这可不是玩的呀！"

"我想不会有这种事情吧？"

宗林这举动，使月娟感到了难为情，红晕了粉颊，倒退了两步，摇摇头回答。宗林很焦急地问道：

"那么你以为我造谣言故意破坏你妈的名誉吗？"

"既然这是事实，你又为什么这样胆小害怕的样子呢？你怕被人听见，那明明是你心虚的缘故。"

月娟倒也是个心细的姑娘，她转了转乌圆眸珠，低低地说出来这几句话。宗林叹了一口气，把手指指天地，又指指自己胸口，一本正经地说道：

"天地良心，我要说半句谎话，我就不是人养的！"

"你这人好像拉车的，开口发咒，闭口念誓。我听人家说过，越会发咒念誓的人，他越不诚实的。"

"这……你就太冤枉人了。我因为你不相信我，我才起誓的。你说我不诚实，我也没办法，反正……"

宗林说到"反正"两个字，把下面要离开这儿的话却没有说出来，他很颓伤的样子，回过身去，便管自地走了。月娟见他走了，遂追上去，说道：

"胡先生，你慢些儿走，我还有话跟你说哩！"

"你还有什么话跟我说呢？反正我说出来的话，你也不会相信。"

宗林回过身子，有气无力地说，逗了她一瞥哀怨的目光，表示十二分的失望。月娟挨近他的身子，低低地说道：

"我真有些奇怪，难道我妈真的会爱上你？她……她怎么能对得住爸爸呢？唉！况且她不是比你长大了八九年吗？"

"我说你爸爸错了主意，他是一个五十岁的老年人，他不应该再娶这么一个热情的妇人。唉！我真为你爸爸的前途担忧。"

"那么，你没有接受我妈妈的爱吗？"

"月娟，你不应该这么问我，你岂不是侮辱了我？"

月娟见他满面怒意地说，一时望着他倒反而嫣然笑起来。秋波逗了他一瞥神秘的媚眼，低低地问道：

"是不是你拒绝了她？"

"那还用说吗？我到底是个有理智的青年，我怎么能和一个有夫之妇谈爱情？再说我也对不住你爸爸。"

"我想我妈一定很怨恨你的。"

"月娟，我索性全告诉了你吧！她显出种种淫荡的动作来勾引我，打动我，而甚至于抱住了我，要我跟她接吻。"

"要死快了！你胡说八道的，我可不要听。"

月娟绯红了粉颊，赧赧然地逗他一个娇嗔，啐了一口，摇头回答。宗林却一本正经地说道：

"我要有半句胡说八道，那我一定……"

"又来了！又来了！我不要听你再发咒的话，你还是说下去吧！我想你一定是得到很甜蜜的啰！"

宗林见她怪俏皮的表情，还微微地笑，一时也涨红了两颊，摇摇头，正色地说道：

"不！我决不勉强地敷衍！我用了种种方法，才逃过了这个难关。可是她约我明天晚上去跳舞，跳好舞就在外面过夜。她简直把我当作玩物看待！那真是岂有此理，太叫人可恨了！不过我当时答应了她，我说明天晚上准定跟她去游玩……"

"那么明天晚上就在眼前呀！到那时候你怎么办呢？"

月娟不等他说完，就代他着急地问下去，她心头是跳得厉害。想着妈妈这么的风流，她的两颊热辣辣地感到发烧。宗林微微地一笑，沉着脸色，低低地说道：

"你急什么？我今天晚上就想着离开这儿。"

"啊？你……预备上哪儿去呢？你不是在上海没有亲戚朋友的吗？你……到什么地方去安身呀？"

宗林这句话听到月娟耳朵里，她芳心中开始感到敬佩起来，一时情不自禁地拉住了他手儿，大有依依不舍的表情。但宗林却悲愤地说道：

"这么大的一个世界，我就不相信会没有我安身之所。假使我要做女人的玩物而在这里混一口饭吃，那我情愿饿死在马路上。"

"胡先生，你真是一个有志气有思想的好人！我刚才错怪了你，请你原谅我吧！"

月娟听他这样说，一时敬爱到了极点，秋波脉脉含情地凝望着他，大有凄然欲泪的样子。宗林摇摇头，把她纤手儿柔和地抚摸了一会儿，说道：

"这不是你的错，原是你妈太没有人格了。月娟，昨天你不是说你妈不许你叫我大哥吗？那时候也许你还不知道你妈的存心吧？现在我想你终该是明白了吧！她为了怕我们相互恋爱，所以故意把这师生关系来隔膜我们的情感，使我们不能接近。而她呢，一方面向我追求，最可笑的是，她要跟我认作姊弟，她说月娟和小龙都是我的外甥和外甥女。唉！天哪！她的用心是多么的阴险啊！"

"哦！这样说来我明白了，我知道了，但我却是上了她的当了！"

月娟"哦"了一声，恍然地说。她心中一阵子悲痛，两眼热泪早已滚滚地落了下来。宗林连忙急急地问道：

"月娟，你快告诉我，你怎么上了她的当呢？"

"胡先生，不！我偏叫你大哥！大哥，你也许还没有知道，我，我……我……已经是配了人……"

宗林听了她一句偏叫大哥的话，他心里是感到有些甜蜜。不过她后面说出来的这个惊人消息，使宗林把心头的甜蜜立刻变成了痛苦，忍不住"啊"了一声，紧紧握住她的手，灰白了脸色道：

"什么？你配了人？对方是谁呀？"

不料月娟却没有回答，伏在宗林的肩头上竟然是呜呜咽咽地哭泣起来。宗林手儿摸着她乌黑的头发，眼角旁也展现了晶莹莹的泪水，低低地说道：

"月娟，你不要哭呀！被你妈听见了，是很不好的！"

"没有关系，她在八点钟的时间就出去了。你让我哭一会儿，出出气，胸口会好过一点儿的。"

月娟一面说，一面依然抽抽噎噎地哭。宗林听她这些话，多少还包含了一些孩子的成分，心中感到她的可爱，但也感到可怜。不过他知道了宓太太没有在家的消息，心头也放宽了不少，遂又安慰她说道：

"月娟！你不要伤心了，叫人听了怪悲酸的。你到底配给了谁？对方这人你瞧见过了没有？他的人品好不好呢？"

"你不要提起'人品'这两个字了，难道你忘了那个蠢牛似的屠许明吗？他在花园里不是跌了一跤吗？其实他不是跌跤的，他跪在地上向我求婚。我因为不愿意告诉你们这些丑事，所以就瞒骗了你们。当时你不是问过我到底怎么一回事吗？"

131

"哦！哦！对了！我当初就觉得很可疑，因为他爬在地上就并不像跌倒的样子，原来就是这个家伙！月娟！你……你……难道愿意跟这种蠢货去过一辈子吗？"

宗林听他说出"屠许明"三个字，他认为月娟好比是牡丹，姓屠的仿佛是牛粪，在这样配偶的情形下，那实在太委屈了月娟，遂代为不平的神情，向她急急地问。月娟含泪说道：

"我岂是甘心情愿地嫁给他的呢？"

"那么你难道不会拒绝吗？这婚事是谁给你做的主意呢？"

"哼！还不是这个自私自利的妈么？她用了种种的手段，表面上显示了分外的慈祥，谁知她暗地里是那么的凶恶。她说你在妈面前骂我轻骨头，而且爸爸也知道了，爸爸很生气，他老人家要打死我。我听了，心中是多么悲痛，我以为你是真的这样的没有良心，当时我把妈认作好人。她很会说话的，把我劝得有些糊里糊涂起来，因此我下了一个决心，预备牺牲我的身子，就答应嫁给他了。"

月娟无限怨恨的表情，絮絮地说到这里，眼泪又大颗儿地滚了下来。接着又抽抽噎噎地泣道：

"我过后想想，觉得这么一个蠢货，偶然看见他一次，也已经够觉得讨人厌了，假使要他给我做丈夫，那么我们就得日日夜夜地在一处，这不是把人闷都闷死了吗？所以我有些懊悔，我坐在花园里一个人伤心起来。"

"我想你还可以反对呀！好在只不过口头上一句话而已，你们又不曾订过婚约，那你还可以挣扎做一个自由的人。"

宗林也不忍心月娟去嫁给这么一个蠢东西，遂鼓励着向她劝告。月娟叹了一口气，拭了拭眼泪，说道：

"这就是没有亲爹娘的苦楚，否则，如何忍心把女儿终身向火坑里去丢送呢？大哥，你……你……是同情我身世的人，我……此刻心乱如麻，我想不出什么办法可以去跟妈毁约。你可怜我，你给我想一个安全的办法好吗？"

"我是马上就要离开这儿的人，我有什么能力可以帮助你？唉！我们四周太黑暗，我们是两头温顺的绵羊，落在屠夫的手里，还不是给他们任刮任割的没有一些儿反抗余地吗？"

宗林见月娟要自己帮忙，这就急得连连搓手，唉声叹气地表示没有办法。月娟涨红了两颊，汗水和眼泪一齐滚落到颊上。她呆呆地出了一会子神，忽然乌圆眸珠在长睫毛里一转，扳着宗林肩头，急急地说道：

"大哥，我能不能跟你一块儿走呢？"

"什么？你跟我一同走？"

月娟会提出这个要求来，宗林倒是意想不到的事情，心头别别一跳，很惊慌地反问她。月娟点点头，含泪说道：

"是的，我跟你一起走。你到东，我也到东；你到西，我也到西。大哥，你肯不肯带着我走？"

"这个……"

宗林说了这两个字，他那颗心儿几乎忐忑地要跳出脖子外来了。虽然是把月娟儿手儿握得紧紧的，但脸部上却显出为难的样子，接着就说道：

"这问题太重了，我们是否应该需要考虑考虑呢？"

"我没有什么考虑，我已决定跟你走，只要你心中不讨厌我。"

月娟非常决裂的样子，她两眼脉脉含情地望着宗林，大有需要他爱怜自己的意思。宗林放了她的手，来回走了几步，立刻又挨近月娟面前，说道：

"我以为有好几个问题是需要讨论的。第一，我这次出走，也是逼于不得已。我为了你爸爸的声望和地位，我情愿不辞而行，担个负恩忘义的罪名，让人家来骂我是个不中抬举的东西。第二，我走出这里之后，茫茫大地，何处安身，还没有一个预算。你跟我走也无非是一时之勇气，万一明天挨饿受苦起来，你心中不是会后悔吗？第三，我自己不别而行，已经要被人唾骂，现在再带了你一同走，在不明真相的人儿想来，终是骂我拐骗良家女子。假使你爸爸报了警察局，把我们捉住了，那我们不是要犯罪入狱了吗？所以这……这……就真觉得有些儿为难了。"

宗林滔滔地说了这一大篇的话，他又连连搓手不已，表示这行动太有些儿冒险性。月娟听了，心中又急又恨，又怨又愤，她没有办法，她只好呜呜咽咽又哭起来了。宗林被她一哭，心里紊乱得很，拍着她肩胛，说道：

"别哭！别哭！好在你妈已经出去了，我们还可以商量一会子呀！"

"我觉得没有什么可以商量的了，在当时我只知道你不爱我，所以我心中恨你，在一气之下，便糊糊涂涂答应了这一头盲目的婚姻。不过，我此刻已经明白那是妈造的谣言，大哥仍旧爱我的。我无论如何也不愿嫁给这个蠢货的。我心中已决定的了，我要跟大哥一块儿走。为了我终身一辈子的幸福关系，我只好负了爸爸。虽然大哥此去对于往后生活也没有把握，但我并不害怕。即使苦得没有饭吃，饿死在马路上，我也甘心。大哥，你……是不是真心的爱我呢？我希望你真诚地告诉我。"

月娟抬起海棠着雨般的粉脸，眼泪盈盈地望着宗林，一面滔滔不绝地说，一面又不断地落下泪水来。宗林觉得月娟这个意态固然是娇媚到了极点，而且也可怜到了极点。女人的眼泪，本来是最能打动男子心弦的法宝，何况是一个美丽女人的眼泪，所以使宗林的情感更加激动起来。他想月娟真痴心，她对我真专一，我如何忍心眼看着她步入烦恼的苦海中里去呢？因此猛可抱住了她娇躯，急急地说道：

"月娟，我……诚……实地说，我爱你！我真心地爱你！我第一次见到你的时候，我心中就爱上了你。"

"你既然这么真心地爱我，那么为什么要疏远我？还说以后不要我再叫你大哥，我听了心里多么难过。"

"你还不明白吗？我是受了你妈的威胁！我害怕将来会发生意外不幸的事情，我才忍痛含泪地跟你这么说，其实我心中也跟你同样地感到难过呀！"

"大哥，那么你就带我一同走吧！我们都不吃妈的饭了，我们还害怕什么呢？"

"可是……"

"你不用说下去了，我已经明白你意思了，你怕担负个拐骗的罪名是不是？"

"我……心里觉得对不住你爸爸。"

"大哥，你要是答应了我妈的爱，那你才对不住爸爸呀！如今你离开这儿，我觉得你是很对得起我的爸爸了。至于你带我走，你是救我的终身，你是救我的幸福，这又是另一个问题了。大哥，你假使可怜我的，那么你就受一些委屈，就担个拐骗的罪名吧！好在我心中感激你，我明白我们是为了追求光明才一同脱离这儿的。我们决不是无耻的淫奔。即使外界不原谅我，老天是一定能同情我们的。大哥，你……你……到底怎么啦？肯不肯答应我这个要求呢？"

月娟是说得那么的透彻，那么的光明，宗林心头如何能无动于衷呢？他呆呆地点了点头，但口里还是没有说什么话。月娟知道他仍然有委决不下的意思，一时急急地问道：

"大哥，你爽爽快快地说吧！你即使是真的不肯带我走，那么我也决不勉强你，我还是早些脱离这苦海吧，可以永远地解除我心头的烦恼和痛苦！"

月娟说到这里，猛可推开宗林的身子，她奔向池塘旁边去，表示要投池自杀的意思。宗林心中一急，真是非同小可，立刻没命地追上去，一把抱住了月娟，说道：

"月娟！月娟！你……这……可使不得，我……们一同走吧！"

"大哥，你救了我的性命，我要向你叩头。"

宗林到底情不自禁地答应了，月娟连连地叩头。宗林慌忙地把她扶起身子，连说不要这样。月娟带泪笑道：

"大哥，我今生今世忘不了你的大恩。"

"月娟，别这么说吧！那么我们不宜迟，还是早些儿走吧！你是否需要带一些什么东西呢？"

"我没有什么东西，无非是几件随身要换的衣服罢了。大哥，我马上去整理，你也回房去收拾收拾吧！"

月娟一面说，一面就匆匆地奔回房中去了。宗林眼望着她娇小的身子奔远了以后，由不得轻轻地叹了一口气，暗暗说道：

"宓老伯，这不是我存心不良，因为环境逼得我们只有出此下策，你不能怨恨我负了你啊！"

宗林一面说，一面匆匆地奔回卧房，提了皮箱，在房中四周又打量了一回，茫然地也不知跟谁说了声"再见"，他就急急地走到月娟的房内来。只见月娟坐在桌旁，还埋首疾书着，一时惊奇地问道：

"月娟，你还在写些儿什么？"

"我留一封信给爸爸，请爸爸原谅我这一次的出走。"

"你怎么样写呢？"

"我写好了，你瞧一遍吧！"

月娟一面说着，一面已写好了信，交到宗林手里。宗林见她字迹十分潦草，可见是心慌意乱的缘故。虽然她没有好好地读过书，但却也写得通顺，遂点头说好，这样你爸爸一定会同情你的。月娟遂又写了信封，把信纸套入，放在桌上，然后提了一个衣包，说声"走吧"。宗林忙道：

"你把这个衣包藏在我的皮箱里吧！免得门房见了疑心。"

"也好，我只说送你上车站去的，因为你请假回乡下去，门房听了就不会追究了。"

月娟一面把衣包藏入他的皮箱内，一面又预先想好应对门房的话。宗林点头称好。于是两人不知不觉地脱离宓公馆，像小鸟儿似的飞到自由的天空里去了。

二　逐东又逐西　色星高照

在宓太太锦花的心中，她是分外的得意，认为自己的计划是成功了。因为月娟配了人，宗林还逃得过我的掌握之中吗？所以这晚在外面和学海幽叙回家，睡得非常的香甜。因为她想着明天晚上该是和宗林同寻欢乐的时候了，又可以享受到新鲜的味儿了，那是多么兴奋的事情呢！可是万不料理想往往会和现实相反。第二天清晨，阿秀匆匆拿进了一封信来，说是小姐和胡先生昨晚十点多一同出去之后，没有回家过。而且在小姐房中，又发现了一封信，这不知是怎么的一回事？志万和锦花这时正在洗脸漱口，一听这个惊人的报告，大家都不约而同地"啊呀"的一声叫了起来。尤其是锦花的芳心，好像小鹿般地乱撞，粉脸儿一阵红、一阵白、一阵青，变成了死灰的颜色。因为她不知道这封信中写了什么话，万一把自己的秘密和阴谋完全暴露，那叫我还有什么脸面做人呢？心中一急，只觉两眼昏花，全身发软，一阵子瑟瑟发抖，她竟向后跌了下去。这么一来，志万和阿秀就急到锦花的身上去，连忙把她扶到床上躺下，急问怎么啦。锦花流着眼泪，说道：

"一个人良心不能太好的，我们这样恩待胡先生，谁知他竟把月娟姑娘拐骗走了。我想到月娟这孩子已配了屠先生，那可怎么好呢？"

"太太，你别急啊！这小子如此没有良心，我非报局捉获他重办不可。这封信里不知写了些什么，我且先看个明白。"

志万一面安慰她说，一面他把信儿拿来，很愤怒似的取出了信纸。锦花在志万取出信纸的时候，她的表情是紧张极了，心儿好像有针在猛刺般的疼痛，口里还故意这么预先地说道：

"这信中一定没有正经话，说不定还有不近人情的话儿乱咬人哩！"

"这信是月娟写的，我看了之后就知道了。"

锦花所以这么说一句，无非是心虚而已。但志万却并没有注意到这一点，他急急地展开信笺，心慌意乱地念道：

亲爱的爸爸：

这封信显在您眼帘下的时候，我知道爸爸一定很恼怒，一定会痛恨！说女儿不孝，说女儿没有良心，到底是别人家的孩子，所以丢了您老人家走了。但是，女儿有不得已的苦衷，为了终身幸福做打算，我只有含了眼泪，硬了心肠，离开你们走了。

那妈确实是一番好心，她因为疼爱我，才给我配了人。这个屠许明先生，很有地位，很有产业，说来的确是个终身有靠的好夫君。然而，他是个三十多岁的男子，并且生了一副怪骇人的嘴脸。爸爸，您给女儿想想，我到底还是个只有十八岁的女孩子，年轻人的心理，也许和年长的人有些不同。我觉得嫁给像屠先生那么有财有势的男子，那我情愿嫁给一个没有财产而有学问有才貌的青年比较幸福得多。所以我是深深地爱上了胡先生，因为他是个有道德有思想的好青年。爸爸此刻虽然不知道，但天上的神明是很了解他的。他救了一个人的贞节，他保全了一个人的声

139

誉，他是多么的伟大呢！

爸爸，这次我和胡先生出走，完全是我的主张。我不能在买卖式的婚姻里牺牲我的前程，毁了我的青春，所以我不顾一切的危险，要求胡先生带我走了。爸爸，你假使有一点点慈悲心肠，那你一定不会来追究我们，因为与人方便，即与自己方便，这对你老人家是有好报的。

最后，我要求爸爸不必痛恨胡先生，因为胡先生是好人，你要恨也只顾恨我这个不孝女儿的身上。女儿今生若没有报答您老人家的机会，那么来生也当变犬马来报答爸爸。爸爸，女儿流着泪向您恳求，饶恕了我们，原谅了我们吧！祝您老人家健康！

不孝女娟含泪留书

即日

志万读完了这一封信，他不免怔怔地愕住了。因为信中有两句话，使自己感到奇怪。"他保全了一个人的贞节，他救了一个人的声誉"，这两个人到底是谁呢？志万拿了信纸只管呆呆地出神。锦花在床上真是急得快要生心脏病了，她软绵绵的连一些力气都没有了，但口里忍不住急急问道：

"志万，她……她……信中怎么说呢？"

"你拿去自己看吧！"

志万把信纸丢到床上去，他取了雪茄，一面燃了火柴，一面连连猛吸，还在室内圈圈地踱步，表示心中这一分样儿的闷闷不乐。锦花见他这一种举动，还以为信中至少有关于自己的事情，难道他们真的把我秘密暴露在信上了吗？她急得几乎要流下眼泪来，两手拿着信纸，是颤抖得厉害，但也不得不先看一个明白，才可以拿话来辩白或洗雪。可是事情却是出乎意料之外，当锦花看完了这一封信之后，她不由得暗暗念了一声佛，全身力气又恢复了，心跳也似乎平静了许多。只不过她全身已急出了不少的冷汗，额角上更冒着黄豆般那么的大，她慢慢地坐起身子，叹了一口气，说道：

"原来这孩子是不赞成屠先生这一头婚事，但当面为什么不拒绝呢？真是太糊涂了！我也没有强迫她呀！她说好的，我以为她喜欢的呢！她爱上了胡先生，其实也只管跟我明白地说好了，难道我们会不依顺她吗？唉！现在怎么的好？"

"还有什么办法呢？她自己要走，叫我们也没有法子拉住她。到底不是我亲生养的，也只好由她去吧！不过她信中这两句话，我真有些弄不懂，她说胡先生救了一个人的贞节，又救了一个人的声誉，这到底是怎么一回事情呢？锦花，你可曾想得出来吗？"

志万坐到沙发上去，颓然地回答着。说到后面，他又表示奇怪的表情，向锦花一同研究着问。锦花全身热辣辣地发烧，虽然那颗心像小鹿般地乱撞，但她竭力地镇静了态度，凝眸故作沉思了一会儿，低低说道：

"她这样没头没脑的话，叫人家怎么能想得出来呢？我说这孩子也太没有福气做人。老实说，她要好好儿嫁人，我们这一副嫁奁倒也不少了。现在呢，她跟着穷小子逃走了，以后生活怎么办？不是好好儿要吃一些苦了吗？所以年轻小姑娘，听了人家甜言蜜语的引诱，到底是容易上当呢！"

"不过，她信中写着并不是胡先生拐她走的，说是月娟要求他把她带走的。这不知又是什么意思呢？"

锦花听他这么说，不免冷笑了一声，她乌圆眸珠一转，便想出了一个主意来，说道：

"你不要以为这个姑娘是个老实人，据我看来，人小心不小，倒实在是个很有心计的好角色呢！她恐怕我们报警察局追究他们，使胡先生要犯罪的，所以她故意这么写法，无非是减轻胡先生的责任而已。其实呢，小姑娘胆子到底没有这么大，一定是胡先生怂恿她，给她撑腰，才带她一同逃跑的。所以胡先生这人看他很老实的样子，不料竟可恶到如此地步！'知人知面不知心'，这句老话真是不会错的了。"

锦花所以这样痛恨着宗林，是因为自己的计划失败了，她所怀念的粉红色美梦打破了，故把宗林恨入骨髓，一味地咬定是他拐骗的。志万听了，觉得这话倒也相当有理，不由恼怒地说道：

"这小子倒是太可恶了，我非跟王处长去办交涉不可。反正他们是亲戚，怕这小子逃到天边去不成？"

"那也不必多此一举了，你不是说究竟不是我们亲生养的吗？走了就走了，何苦把家丑事扬到外面去呢？还是成全他们吧！"

锦花见志万发了脾气，倒又含了笑容，向他低低劝阻了。原来她想到信中这两句"与人方便，即与自己方便"的话，她恐怕把胡先生捉住了后，反而会把自己的秘密拆穿，所以她把气愤和怨恨又平静下来。志万细细一想，觉得这话也对。其实，志万是个忠厚长者，兼之在这位娇妻面前，根本百依百顺，没有违拗她意思的胆量，遂深长地叹了一口气，伸手把烟灰弹了弹，说道：

"算了吧！譬如我去南京没有带她来，那不就完了吗？我当初是一番好心，她要辜负我的好心，叫我又有什么办法呢？本来我是不肯罢休的，因为胡宗林这小子太对不住我了！不过，月娟信中既然这么地恳求我，我又何必瞎起劲呢？"

"你这话不错，我们从今以后，就把他们两个永远地忘了吧！"志万点点头，站起身子。这时阿秀端上早点心，给他们略微用过。

锦花在衣橱里取下华丝纱长衫，服侍志万穿上，他便到市府办去了。

这里锦花一个人坐在房中，自然闷闷不乐，遂向阿秀问道：

"你昨夜见小姐和胡先生出去，为什么不阻拦他们呢？他们手里不知道可曾拿了什么东西吗？"

"他们出去的时候，其实我也没有知道。早晨我见小姐不在房中，以为在胡先生那里读书，匆匆前去一看，谁知也不在。我心里奇怪，忙问门房，是门房才发告诉我，说昨夜小姐送胡先生上火车站去，小姐是空手的，胡先生提了一只皮箱，原是他自己带来的物件，所以也不疑有他。但昨夜小姐没有回家，才发也感到奇怪。我听了之后，连忙又到小姐房中，把屋内东西又检点一回，也没有缺少什么，只是桌子上留了一封信，所以我就拿给老爷、太太来了。"

锦花听她絮絮地告诉了之后，口里虽不说什么，但心中由不得暗暗想道："宗林这小子真刁滑，他约我今夜的事情，原来存心给我吃一个空心汤团的。他带了月娟逃走，不是早就有计划了吗？怪不得月娟这妮子也假痴假呆柔顺地答应了婚事。想不到他们做好了圈套，给我上个大当。"思想起来，真是太可恨了。但转念一想，月娟心中没有说破我的秘密，这在他们还算是留一些交情哩！对于这一点，我倒不能不向他们表示感谢。否则，我虽然可以辩白，但以后志万对我少不得有注意行动的必要了，那是多么的不便当呢！锦花这么一想之下，她把心头的怨恨，消灭了大半。一时又想到学海说的，旧的虽然没有新的好，但新的到底没有旧的那么知心。我当时听了，还以为他完全是妒忌宗林，至少是包含了醋意的成分，但至今一想，方知学海说的，确实真话。宗林虽然是个年轻俊美的人儿，但他不了解我的深情，即使他生得再漂亮一点的话，这于我也没有什么好处啊！我现在唯一安慰的人，是只有学海一个人了。我应该好好爱护他，拉牢他，再不要让他从我的怀抱里溜走才好，否则，我的生活是太枯燥、太单调了！

"妈！妈！姊姊和胡先生呢？他们到什么地方去了？"

正在这个时候，小龙急急地奔进房来。他似乎也得到了这个消息，使他感到寂寞的悲哀，一面问着说，一面已经要哭出来的样子。锦花把他拉到怀内，抚摸着他头儿，低低地说道：

"你姊姊没有良心，胡先生是个拐子，他把你姊姊带着逃走了。"

"妈！姊姊为什么要跟胡先生走呢？胡先生又为什么要带了姊姊逃呢？他们真狠心，把我丢了，剩我一个人，不是太冷清吗？"

小龙一面偎在锦花怀内，一面眼泪鼻涕已是哭泣起来。锦花拍着他身子，只好向他哄了一会儿。这时可卿也走进来，见小龙哭泣，便来拉过他身子，一面给拭泪，一面问道：

"嫂嫂，这到底是怎么的一回事呢？月娟竟跟了胡先生逃走了吗？"

"唉！所以最难料的就是人心，像月娟这孩子，她到了我家之后，也算得待她好了，谁知变起心来竟这么快，叫人寒心不寒心？还有胡先生这个青年，外表看起来老实，但内心却是这样阴险卑鄙。所以以貌取人，这是最靠不住的！"

"那么哥哥打算怎么办呢？预备报局吗？"

"我劝他犯不着费这么大的心，又不是我亲生养的女儿，她要跟人逃走，你就是追回来了又有什么用呢？倒不如成全了他们，也行些好事哩！"

"嫂嫂这话倒也有理，心术不正的姑娘，留在家里，反多是非，走了倒清爽哩！只是小龙这孩子又得吵几天了！小龙，你别哭呀！譬如月娟和胡先生没有到我们家来的时候，你不是一个人游玩、读书的吗？他们不是个好人，你要被他们引诱坏的。他们走了，倒是你的造化哩！快跟我到外面去，回头赵老师就得来教书了，你快不要伤心了。"

可卿一面含笑向锦花回答，一面又低低地劝告小龙。小龙虽然是不哭了，但心头似乎还有一些余悲，眼泪汪汪地只好跟着可卿走到外面去了。两人来到会客室内的时候，那个国文教授赵博文已经来了。他也已经听门房才发告诉过了，心里非常得意，因为有了宗林在教书之后，他终觉得自己饭碗有些不大稳固，因宗林不但英文好，对国文也很有研究，所以他起初妒恨宗林，到后来没有办法，只好奉承宗林了。如今宗林一走，在他好比拔去了一枚眼中钉，那当然是乐得眉飞色舞了。当下见了可卿，便感慨万分的样子，连声叹气，说道：

"白小姐，这真是世风日下，人心不古，想不到胡先生竟会做出这样卑鄙可耻的事情，那不是我们教育界里的败类吗？害群之马，真是可杀之至也。"

赵博文说到后面，竟然是摇头摆脑好像读文章那么的样子起来。白可卿见了，忍不住又好气又好笑，遂说道：

"年轻的人，做事到底太糊涂，像胡先生这么少年老成，谁知他也会干出失足的事来，他的前途真是太危险了。"

"白小姐，你以为胡先生少年老成吗？错了！错了！这个小子，我当初一见他，就知道他不是好东西。两只眼睛乌溜溜，好像做贼出身似的。果然，不出我之所料，把大小姐偷去了。所以我说世界上唯有小伙子小白脸最靠不住，像我赵博文年纪虽然大一点，但心地忠厚，为人光明正大，鬼鬼祟祟事情不做的。就是爱上一个人，也喜欢清清白白地向人家求爱。白小姐，你觉得我这个赵博文还有资格跟人家谈爱情吗？"

赵博文平日之间，对于可卿原存了非分的妄想，所以趁此机会，便用话儿打动她这个老处女的芳心。白可卿虽然是个三十七岁的年纪了，但到底还是一个姑娘的身份。她似乎也明白赵博文对自己有些不怀好意，不过这种寿头寿脑的曲死，怎么会放在她的眼里呢？觉得他真是癞蛤蟆想吃天鹅肉。一时也不愿意回答他，忍不住嫣然一笑，拍拍小龙身子，说道：

"小龙，不要再难过了！快跟赵老师到书房里读书去，回头我拿西瓜给你吃。听姑姑的话，乖一些，知道了没有？"

原来小龙平日是归可卿领养的，晚上也是跟她睡的，所以小龙虽是锦花儿子，事实上还是和可卿亲热。当时听了可卿的叮嘱，遂点点头答应了。白可卿方才头也不回地管自回到房中去了。这时赵博文那个老甲鱼，见可卿虽然没有理睬自己，但却对自己嫣然一笑，这一笑不是留的暗示吗？对了，她一定怕难为情，所以没有回答我，看起来我是有着相当的希望哩！赵博文这么想着，呆呆地望着可卿的身子消失了以后，还木然出神着。满脸堆了笑容，嘴角旁一连串地还滴下涎水儿来。小龙见了，哈哈笑道：

"赵老师，你像隔壁王家三岁小弟弟一样，怎么流着涎水儿哩？"

"胡说！胡说！你这个小孩子胡说八道，当心打手心儿啊！快跟我到书房里读书去吧！"

赵博文听小龙这么一说，他苍老的脸儿也不由变成了猪肝色了，只好显出一面孔老师的态度，一面叱喝着，一面携着他手儿一同走到书房里去了。

这是五月里的天气，正午的时候，气候闷热极了。白可卿不放心小龙，遂匆匆到书房里来看望。小龙正在伏案写字，头上冒着汗水。赵博文却在一旁靠着，呼噜呼噜地打盹。这就十分生气，向小龙低低说道：

"小龙，这么热的天气，快别写了，息息罢！等凉快一些时候再写好了。你这样子闷坐着，回头怕要发痧的呢！"

146

"赵老师的吩咐，他说一页小楷一定要写好的。否则，十记手心，再也逃不了。"

小龙把手背在额角上来回揩拭着汗，愁眉苦脸的样子，低低地回答。白可卿把柳眉一竖，恨恨地冷笑一声，说道：

"你放心，他要打你，有我呢！怕什么？他自己倒是舒服的，呼噜呼噜打瞌睡，这还成什么体统？真是一个老饭桶！"

白可卿说到这里，故意把砚台在桌子上重重地一敲，赵博文这就从睡梦中惊醒过来。他伸手揉了揉眼皮，一见到可卿的时候，他就显出尴尬的面孔，很不好意思地站起身子，嗫嗫地说道：

"好睡！好睡！昨夜做了两篇文章，直到子夜一点才睡觉，所以今天真是太疲倦了。白小姐，你刚来吗？"

"我看你还是回到家去睡，睡爽快了再来教书吧！"

赵博文似乎也听得出她在讽刺自己，两颊涨得血红，伸手连连打了两记自己的额角，还骂说"该死！该死！"说道：

"我这个人确实太混蛋了！白小姐，请你原谅我这一次吧！"

"你自己舒舒服服睡觉，叫学生子大热天气一定要写小楷，那你这种手段，不是太专制了吗？现在是什么时代？你这么行，我看了不入眼，明天告诉了我哥哥，请你滚蛋！"

白可卿因为恨他平日对自己色眯眯，所以此刻趁机会把他大骂一顿，是叫他以后不敢对自己再有非分的妄想。她一面怒气冲冲地骂道，一面拉了小龙的手儿，吃午饭去了。

可怜赵博文心中这一急，真是非同小可，意欲拉住她，但可卿已去远了。他两脚发软，"扑"的一声，竟跪倒地上，滚滚地落下眼泪来了。正在这时，阿秀端了饭菜进来，一见他跪在地上，不由"哟"了一声，笑道：

"赵先生，你这么客气干吗？我端饭给您吃，这是我应该的事情，您何必跪着迎接呢？"

"啊呀！你这个小丫头，嘴尖薄舌的，怎么取笑到老夫头上来了？可恶之至！我哪里跪迎你呀？你也太混蛋了！"

赵博文被阿秀取笑得真是不好意思，两颊好像血喷猪头似的，叫了一声"啊呀"，一面慌忙站起，一面佯做恼怒地骂她。阿秀对于这位寿三麻子的赵先生，心中根本也没有一些怕惧的意思。她把饭菜放在桌子上，秋波斜乜了他一眼，兀是笑嘻嘻地说道：

"那么你跪在地上闹什么玩意儿？莫非你有些神经病吗？"

"胡说！胡说！我……我跪在地上，好在……练习表演，哎！哎！我是在练习表演呀！"

赵博文被她问住了，他煞费苦心地动着脑筋，终算给他想出这一句话来回答。阿秀因为感到有趣，遂怔怔地问道：

"你在表演什么呀？"

"我吗？哈哈，阿秀，你不要看我年纪老，却很会出风头呢！一个话剧团里，请我去客串演戏。我饰的角色，当一个风流翩翩的美少年，剧中我还要向一位小姐求婚。我怕登台时候表演得不好，所以随时随地在练习着。阿秀，我登台时候，送票子给你去看好吗？"

赵博文鬼话连篇地说着，连他自己也忍不住好笑起来了。阿秀撇了撇小嘴，却吃吃地笑得花枝乱抖。赵博文见阿秀笑得这样厉害，而且胸前两堆乳峰也微微地颤动，心中这就暗想，这个小姑娘倒也已经成熟了。白白的脸儿，皮肤倒也细腻。我追求白可卿没有希望，倒不妨动动阿秀的脑筋看。假使给我达到目的，这个处女的幽美，真是太使人神魂颠倒了。这么一想，于是肚子也不饿了，望了阿秀的脸儿，色眯眯地笑道：

"阿秀，你为什么笑得这样起劲呢？"

"我听说你饰演一个风流翩翩的美少年，实在是世间少有的。赵

148

先生，唔……在我眼睛里看来，觉得你完全还是个小白脸！哈哈……"

阿秀怪淘气的，一面絮扎地说，一面益发大笑起来。赵博文听他这一番赞美，以为阿秀真的有爱上自己的意思，他心中一乐，把心花也乐开了。这就眯了眼睛，贼秃嘻嘻地说道：

"承蒙夸奖，真是太不敢当，太不敢当了！阿秀，你在我眼睛里看来，真好比是天仙一样！我来形容一些给你听听好吗？你的眉毛，淡淡的好像春山远隐；你的眼睛，活活儿好像秋波荡漾，赛过是芙蓉出水；你的小嘴，真所谓是樱桃那么一粒；你的胸部，高峰矗立；你的腰肢，好像是柳条那么的婀娜；你的头，你的脚，啊，没有一处不好，没有一处不美，真可说西子复生，王嫱再世。也许她们见了你阿秀，也要望尘莫及，自惭形秽了。"

"够了！够了！赵先生，你在念些什么？我竟一些儿也听不懂呢！"

"什么？你听不懂吗？……"

赵博文说了这么多赞美的话，自以为非常的得意，可是万料不到阿秀却这样回答，他自然感到大大失望，觉得这一番脑筋真是白费的了，因此皱了眉毛，向她急急地问。阿秀不作答，却是回身要走。赵博文慌忙又叫住她说道：

"阿秀，你别走！我……我……再念首诗给你听听。'关关雎鸠，在河之洲，窈窕淑女，君子好逑。'你懂吗？"

"你在读什么文章？那我就更加听不懂了。"

阿秀眨了眨眼睛，摇摇头儿，更加莫名奇妙地回答。赵博文心中又急又痛苦，叹了一口气，抓抓头皮，连连说道：

"可惜！可惜！这么好的诗，你竟听不懂吗？"

"我们做丫头的，连一个字也不认识，怎么能懂诗呢？赵先生，你自己本来在发寿呀！"

"那么让我解释给你听听好吗？'关关雎鸠，在河之洲'，这是'起兴'起兴两个字，你知道吗？"

"我不知道！什么'新鲜'，什么'陈旧'，你咬文嚼字的，等于在白说！"

"啊呀！这就尴尬了！你听错了！我说的不是什么新鲜不新鲜！好，算了算了！'起兴'就是'起兴'，好在上面这两句不太重要。重要的意思，还在后面这两句。'窈窕淑女，君子好逑'，'窈窕淑女'是说一个漂亮美丽的姑娘，这好比就是你；'君子好逑'，君子好比……好比就是我，我……见了窈窕淑女，我……就……非常……"

赵博文说到后面，神情显出特别慌张的样子，话声有些颤抖，他伸了两手，似乎要去拥抱阿秀的神气。阿秀连忙向后倒退两步，白了她一眼，说道：

"赵先生，你两只手做什么？是不是发鸡爪疯了？"

"哎！什么鸡爪疯？我……我……就是'君子好逑'。阿秀，你真不懂，还是假不懂？照说你年纪也不小了，这还有什么不懂的吗？"

"我真的不懂，赵先生！饭菜凉了，快吃饭吧！"

阿秀摇头回答，身子向房门外走出去了。赵博文深深地叹了一口气，觉得自己费了九牛二虎之力，才说出了这些话，谁知她一些也不知道，那真是辜负了我一番情意。一时在万分失望之余，不免有些怨恨，遂脱口骂道：

"真正倒霉，对牛弹琴，我是一番空高兴。"

"什么？赵先生，你骂我吗？我本来原不要听你念什么文章和什么诗句呀！谁叫你啰哩啰唆放什么狗臭屁的？自己说话吃栗子似的，活了这一把年纪，连话都说不清楚呢，还骂我对牛弹琴！你才是一只不懂道理的老黄牛哩！"

原来阿秀并没有走远，听博文骂她对牛弹琴，心中一气愤，仗了锦花平日很宠爱她的势力，就猛可返身奔进房来，恶狠狠地把博文大骂了一顿，还啐了他一口，方才匆匆地又奔出去了。这一顿骂，真是把博文骂得狗血喷头，两颊发青，要想争论，却是无话可说。况且闹到东翁面前，问起争吵原因，自己怎么能说得出口来？所以也只有自认晦气，闷闷地坐到桌旁来吃午饭了。

下午三点钟的时候，可卿拿了一盘子西瓜来给小龙解渴。因为博文也在旁边，遂叫他一同吃点。博文见可卿又对自己这么客气起来，心中忍不住又暗暗喜欢，想到："白小姐刚才一定是吓吓我的意思，她大概并没有真的讨厌我吧！和阿秀这种黄毛丫头谈恋爱，原是自己太无聊。她懂得了什么叫情？什么叫爱呢？"赵博文在恋爱圈子里倒也有百折不挠的精神，他此刻一面笑嘻嘻地吃着西瓜，一面望着可卿倒又在转她的念头了。

小龙吃完西瓜，便到花园里去游玩了。赵博文见四下无人，遂望着可卿，显着很谦和的态度，低低地说道：

"白小姐，刚才上午的事情，千万请你帮个忙，原谅我一次吧！假使你不跟东翁去告诉，那我心中就感激不尽的了。"

"放心吧！我不是这样喜欢管闲事的人，敲碎你的饭碗，这于我又有什么好处。"

"对！对！白小姐这两句话说得对极了，你真是一个大慈大悲的观世音菩萨哩！"

"不过，我要关照你一句话，你以后对小龙不要太认真，像刚才那种情形，叫我瞧了，实在很生气哩！"

"一定，一定听从白小姐的话，其实我对小龙一向是放松

151

的……"

"但太放松了也不好，叫他不是成个顽皮的孩子了吗？"

"是！是！我一定不太紧，也不太松！白小姐，你看怎么样？"

赵博文很会奉承地连声说是，他像小丑似的赔着笑脸，小心翼翼地问。可卿见他神情至少近乎有些滑稽的成分，这就忍不住又嫣然好笑起来。赵博文见她一笑，觉得真有说不出的妩媚好看，他心里荡漾了一下，遂笑嘻嘻地又说道：

"白小姐，我在这儿教了这么多日子的书，却还没有知道你到底有多大的岁数了？"

"你打听这个做什么？"

"没有什么！没有什么！就不过随便这么问一声。"

可卿这么一反问，赵博文自然红了脸儿，很不好意思起来，遂竭力镇静了态度，表示毫无作用的回答。可卿微微一笑，说道：

"我老了，已经三十七岁了。"

"啊？三十七岁了吗？我却一些儿也看不出来。"

"怎么？"

"我说你生得真嫩面，我以为你还只有二十七八岁呢！"

"嘿！赵先生，你开什么玩笑？"

可卿逗了他一个白眼，"嘿"的一声笑了。这白眼是很有些媚意的成分，赵博文心头忐忑了一下，却一本正经地说道：

"真的！我没有跟你开玩笑，你确实看不上有三十七岁的样子。比方说我吧，今年四十八岁了，那和你就差得远了。"

"你也还好，不怎么的苍老。"

赵博文对于可卿这句敷衍的话，认为是她有意思的了，他真有些受宠若惊起来，伸手摸了一下面颊，笑嘻嘻说道：

"真的吗？其实我就是因为多长了几根胡髭而已，假使刚剃过头的时候，人家都说我四十岁还不上呢！"

"嗯！"

可卿应是应了出来，但立刻又扑哧一声笑了。赵博文不知她笑的是什么意思，一时倒愕住了一会儿。他心里竭力想跟她说些亲密的话，但又不敢过分的冒昧，因此红了脸儿，真有些局促不安的神气。可卿站起身子，却预备走了，赵博文连忙送着出来，说道：

"白小姐，你找小龙去吗？我说你真能干，虽然还是个姑娘的地位，但东翁倒也全仗着你在家里照料着一切呢！将来也不知谁有福气能娶你这么一个好好贤德的太太哩！"

赵博文跟着她一同走到花园里来，笑嘻嘻地说，表示非常羡慕的样子。可卿听他越说越上来了，知道他又在老睡昏了，遂白了他一眼，却并不理睬。赵博文真不识趣，还啰啰唆唆地说道：

"我真怨恨，假使早在二十年之前跟你认识了，那是多好呢！"

"这是什么意思？"

"白小姐，我不瞒你说，我自从认识你之后，我心里就嵌上了你一个影子，觉得你这人太好了！假使我能够……爱……上你，我……就是死了也甘心哩！白小姐，你……不知也有和我同样的感觉吗？"

白可卿听到这里，心中已经十分的恼怒，意欲抢白他几句。谁知赵博文一面说，一面竟动手去拉可卿雪白的臂膀。可卿在这情形之下，真是忍无可忍，她愤愤地撩上手来，就在他颊上"啪"的一声，老实不客气地量了一计耳光。正欲叱喝，忽听后面有阵笑声先哈哈地送过来了。两人连忙回头去看，原来是牛依仁医生悄悄地跟在他们的身后呢！赵博文这时心中一羞愧，真是哭笑不得，无地自容了。

三　惊喜欲狂　谁知一场空

　　在月娟向锦花答应了这头婚事之后，锦花心中是非常的得意，她高高兴兴地打电话给牛依仁医生，告诉他婚事已经很顺利地成功了。牛依仁得到了这个消息，心里快活的什么似的，忍不住手舞足蹈地跳跃起来。当下他也急急地摇个电话给屠许明，说事情完全成功了。屠许明在电话里先送过来一阵哈哈的笑声，接着就说道：

　　"老牛，你真能干！你手段真高明！我心里太感激你了！"

　　"自己朋友，说什么'感激'两个字呢！那么……那么……"

　　"哦！我知道。不是一辆三轮车吗？闲话一句，我姓屠的说出了的话，绝对不会赖掉。明天上午，我准定亲自送过来。是飞轮老牌，我在前几天早已给你看定的了，你明天见了保险满意。"

　　屠许明听他说了两个"那么"，却支支吾吾说不下去，一时也早已明白他意思了，遂立刻先笑嘻嘻地说出来。牛依仁听了，正中下怀，他耸了耸肩膀，笑出声音来，说道：

　　"谢谢你！还要劳烦你的驾，那我真是太对不起你了！"

　　"哪里！哪里！你给我辛辛苦苦地做媒，我谢谢你是应该的，怎么你反过来谢我呢？老牛，你真是太客气了！"

　　"老屠，你现在得了这么一个娇妻，我当然代你高兴，可是一想到我的太太，我心里真是又惭愧又难过。唉！真要命！"

　　"怎么啦，你太太？"

"昨夜我们吵了一夜，而且还打起架来呢！"

"啊呀，这是为什么呀？老牛，我说你不要发牛脾气了。常言道，'宁可惊天动地，不能惊动玉皇大帝'，你……你……怎么能和太太打起架来？女人家怎么受得了？不是要哭死了吗？"

"但是……我也没有办法！她自己命苦，嫁不着一个好丈夫呀！"

"笑话！笑话！我们是多年朋友，你的脾气我也知道，在太太们面前的功夫原也不错呀，这次如何会弄僵的呢？我劝你千万忍耐三分，太太要什么，你就想法子依顺依顺她。女人家都是小心眼儿的多，一占到小便宜，不是什么都太平了吗？"

"老屠，你不知道我的苦衷，我没有能力可以依顺她呀！"

牛依仁说的其实是一篇谎话，他无非要达到他的目的而已。原来当初屠许明要求牛依仁做媒的时候，曾经有过这么一句话，说倘若婚事成功，除了一辆三轮车之外，还送三克拉钻戒一枚，送给牛太太。牛依仁记在心里，自然不会忘记。但今天婚事既已成功，而屠许明把钻戒的话没有提起。牛依仁觉得开口讨吧，那倒有些难为情，所以他不得不急中生智地绕了圈子说出这话来。当时，屠许明听他这样为难的样子说着，这就忍不住地急急问道：

"你太太问你要什么东西呀？你能告诉我听听吗？"

"女人家太爱虚荣心，她见人家都带着三克拉四克拉的钻戒，所以非常眼痒，也要我给她买一枚。你想，我哪儿来这么许多钱呢？因此，我们夫妻之间就发生感情上的破裂了。"

屠许明虽然是个不中用的纨绔儿，他的转机有时候也很灵敏，听了牛依仁的话之后，猛可记得曾经向他答应送钻戒的一回事，这就忍不住笑了起来，连忙说道：

"牛兄，你不要忧愁！一只钻戒，乃是区区小事。夫妻之间，为了这些儿感情劈裂，很是可惜。你放心，我明天送你一枚好了。三克拉，火油钻，保险你太太见了喜欢。"

"老屠，你跟我开玩笑吗?"

"孙子王八蛋跟你开玩笑! 我明天把钻戒和三轮车一块儿送到府上，你难道还不相信我吗?"

"相信! 相信! 那么我明天专诚恭候大驾。再见! 再见!"

牛依仁知道他有的是钱，说出来的话，当然不会赖掉，一时喜欢得鸭子叫似的笑了一阵，便搁了听筒。喜孜孜地走进太太房里，向牛太太连连拱着两手，笑道:

"恭喜太太! 恭喜太太!"

"瞧你这人又在发什么神经病了，我还有什么喜事呢?"

牛太太虽然还是个三十二岁的妇人，但生得满面麻皮，容貌是有些吓人的。不过常言道:"十个麻皮九个俏!"面孔虽是麻皮，腰肢儿却非常美妙，窈窈窕窕，走起路来好像杨柳弯来弯去，十分的婀娜动人。所以牛太太有时到外面去，上她当的浮滑少年很多。你道是怎么一回事? 原来人家看到她的背影，都以为她是个美人儿，一般浮滑少年大家争先恐后吃她豆腐。但当牛太太回过头脸儿来的时候，真是叫人大倒胃口，吓得一般吃豆腐朋友都逃之夭夭，一哄而散。

牛太太嫁了牛依仁，心里终不大称心，因为牛依仁这个医生，虽然是挂了牌，但上门来就医的病家很少，所以一天到晚，非常空闲。一个医生，假使忙得一分钟一秒钟都没有空，当然是汽车洋房也可以享受起来。现在呢，牛医生天天过年三十夜，全靠几个朋友家里活动活动，开几张草头药方，捞一些外快。在这么情形之下，牛太太自然很苦恼。偏偏她又是一个爱打扮的女子，麻皮只管麻皮，但胭脂香粉儿唇膏还是只管拼命地涂下去。至于身上呢，一定要穿好的衣料，脚上高跟皮鞋不算，还要穿玻璃丝袜。她说的也有理由，

156

脸上打扮不出花样来，一双脚非装潢得考究不可。假使让人家看到了，至少也可以发生一种美的感觉。牛依仁没有办法，只好自己身上哭死哭活地省下来，给太太花费。但牛太太仍旧不满足，对于牛依仁，可谓怨声载道。牛依仁今天好容易做成了一个媒，而且得到这样宝贵的酬谢，这也难怪他要快乐得忘形起来了。当时听太太薄怒娇嗔的样子，一时暗想："倒不要说我太太麻皮难看，那种意态也着实有些娇媚哩！"于是又笑嘻嘻地急忙说道：

"不！不！我哪里发神经病？我是发了财哩！"

"发财？哼！吹什么牛皮？你这种医生还会发财吗？瞧瞧人家做医生的，多威风！有些还当选了参议院！你……呀！黄包车也没福坐，两脚车、十一路无轨电车……"

牛依仁见太太没有喜形于色，反而滔滔不绝向自己讽刺起来。不过，他听了这一番冷讥热嘲，也哈哈地又笑了一阵，把大拇指一竖，说道：

"我的太太，你不要嘲笑我！你不要小觑我！从明儿起，我交鸿运了。汽车坐不起，簇新的三轮车，照样坐给你看。不是吹牛皮，我还要给你戴三克拉的大钻戒。哈哈，问你高兴不高兴？"

牛太太听他疯话满口，还以为他真的有了神经病，遂走上前去，伸手按了按他的额角头。牛依仁被太太这一下举动，倒是弄得目瞪口呆，望着她满涂着香粉的脸儿，怔怔地问道：

"太太，你……你……这是做什么呀？"

"我摸摸你的额角头有没有热度？"

"胡说！胡说！我好好儿的，哪儿来热度？你咒念我生病吗？"

"没有热度，如何说起热昏话来呢？什么簇新三轮车，什么三克拉的钻戒，你在做梦吗？我倒不想戴三克拉的钻戒，有三钱重的金戒子戴，倒也心满意足的了。"

牛太太一面说，一面把手怨恨地在他额头上一拍，便别转身子，走到沙发上去坐下了。牛依仁扑哧的一声笑，拍拍胸脯，说道：

"你以为我哄哄你吗？其实我说的都是真话，你不信，明天早晨，三轮车、钻戒一齐送到，那你就相信的了。"

那么我倒问你了，三轮车和钻戒是怎么得来的呢？

牛依仁说得那么认真的神气，牛太太也就有些相信起来了，遂皱了眉尖，怔怔地追问他。牛依仁于是把自己给屠许明做媒所得的报酬的话，向太太又一五一十详细地告诉。牛太太方才恍然大悟，一面大声地说道：

"依仁，我瞧你从今往后还是改行了吧，这短命医生有什么做头？还是专门给人家拉拉皮条吧！说不定倒可以拉进金条来呢！这个年头做人，终要做些新鲜的生意，那才有饭吃哩！"

"哎！哎！太太，你说的轻一些好吗？被王妈听见了，怪难为情的呀！什么拉皮条，我是正大光明给人家做媒。'拉皮条'三个字太下作，以后请太太说话留神些才好。"

"哼！别给我挣什么面子了！拉皮条和做媒，按诸实际，又有什么分别呢？我偏说拉皮条，你把我怎么样？好好儿向你贡献一些意见，讲讲就要讲出气来了。"

"好，好，你说，你说，你只管说拉皮条，何苦呢，弹眼落睛的，人家还以为我们又在相骂了。嘻嘻！太太，亮晶晶的钻戒，要是戴在你的手上，那是真漂亮哩！"

牛依仁忍耐功夫相当好，太太一光火，他便会嘻嘻地笑出来，还挨近了她身子，把她手儿拉来，欣喜地说。牛太太这时心中也好像手指上已戴有一枚钻戒那么的高兴，面孔上的圆洞洞更加笑得深一些儿了。

这天晚上，他们夫妻两人睡在床里，各自做着好梦。牛依仁梦见自己进进出出坐了三轮车，威风凛凛，觉得从今以后，不是蹩脚医生了，我也可算是一位名医了。牛太太呢，梦见手里戴着挺大的钻戒，光芒四射，和隔壁王太太、张太太比较着，光头是那个好。两人心里得意万分，在睡梦中都哈哈地笑了醒来。睁眼向四周一打量，室内还是黑漆漆的，时钟刚敲子夜一点钟。牛依仁问道：

"太太，你为什么这样大笑呀？"

"问你呀！你不是也在大笑吗？"

牛依仁这就没有话说，因为他怕把实情告诉了以后，太太会骂自己小局面，为了一辆三轮车，就会做起梦来。牛太太和依仁一样爱面子，所以也不肯实说。两人翻来覆去地直到钟鸣三下，方才合眼睡熟了。

第二天早上起来，牛太太和依仁都怀了火一般的情绪，等候着屠许明的到来。但等来等去，直到十一点敲过，还不见屠许明的人儿到来。牛依仁心中的焦急，真所谓像热锅上的蚂蚁一样，在室内团团地打圈子。牛太太有些不耐烦了，她忍熬不住，滔滔地骂道：

"我瞧你呀，这人说话一些儿信用也没有。吹什么牛皮呢？三轮车、钻戒，真是做梦！你算寻寻我的穷开心，倒叫我一夜没有好好儿地合眼。"

"太太，你不要冤枉我好吗？谁寻你开心呀！你不要性急，且等过了十二点以后，你再骂我好不好？"

牛依仁在大热天气里来回踱步，已经是汗冒如珠，再被太太一埋怨，他那件汗衫早已湿透的了，于是显现一副哭里带笑尴尬的面孔，低低地说。牛太太冷笑了一声，正欲开口大骂，幸而王妈匆匆奔上楼来，说道：

"老爷，外面有个屠先生来拜望你，他还叫人送来一辆簇新的三轮车哩！"

"哈哈！太太，你听！你听！我可会吹牛吗？屠兄果然来了。"

这消息立刻把室内形势恶劣的空气调和得欢愉起来。牛依仁把愁云拨开，露出兴奋的笑容，一面得意扬眉地说，一面早已三脚两步地奔到楼下去了。只见屠许明在客厅里坐着，拿了一把名人题着字画的折扇，不住地挥着，显然是热得厉害。于是连忙说道：

"老屠，你真是一个不失信用的老实人，真不愧是现代一个堂堂正正的参议院。你一登台后，为民喉舌，替我们造福无穷。快脱了长衫息息吧！王妈！王妈！拿手巾来！香烟也拿来！把汽水也开上来吧！"

牛依仁亲自给他脱了绸长衫，一面提高了嗓子，像酒馆店伙计那么一连串地吩咐着说着。屠许明慌忙摆手，连说：

"不用忙！不用忙！我们自家朋友，何必客气！"

一面拉了依仁走到大门口外来，果然见门口停了一辆天蓝色簇新三轮车。牛依仁不等他开口，先摇头摆脑地说了两声"好！好"，他有些迫不及待地跳上车子去坐下，哈哈大笑了一阵，说道：

"老屠，这辆三轮车好极了，我非常满意！"

"只要你满意，那就很好。因为你给我做成功这头婚事，我也非常满意啊！还有，还有你太太呢？我也给她高兴高兴。"

"哟，屠先生，什么香风把你吹来的呀？我们好久不见了，你又长得胖了，俊了啊！满面红光，给我们喝喜酒哪！你心里多热哪！比这五月里的太阳更热吧！"

两人正在说着，不料牛太太齐巧也走到门外来看三轮车。当下向屠许明斜乜了一个媚眼，把手向他肩胛上一搭，一连串地说出这几句喜洋洋的话。屠许明一见牛太太，心头跳一跳，因为她是取笑着说，所以很不好意思地红了脸儿。两眼眯成了一条线，满面浮涌着胖肉，赧然地说道：

"牛太太，你真会说笑，我……我还不是托你们贤伉俪的福气，才……有这个美丽的好妻子吗？"

"哪里！哪里！这是你自己体福无穷啊！"

牛依仁一面说着，一面俯着身子，把牛太太一把拖上三轮车来，并肩坐下。望着太太满面洞洞的粉颊，春风得意地笑道：

"太太，你……瞧，明儿我们这样坐着一同到外面去兜兜风，白相相，这不是太以舒服了吗？"

"很对！很对！老牛，我来给你做车夫，试试看。"

屠许明心里一高兴，他把两只格子纺绸衫袖子管一卷，那把折扇插到衣领上去，就跳到驾驶的坐垫上坐下，不过他并没有真的踏动，响了响铃声，却是装作驶行的样子。牛依仁夫妇见了这个情形，心中真是得意极了，这就忍不住哈哈大笑起来。牛太太说道：

"屠先生，你是堂堂一个参议院，怎么做起我们车夫来了？那我们真是太阔绰了。快下来，我们到屋子里去坐吧！"

随了牛太太这两句话，大家一面笑，一面便跳下车子，一同走进屋子里来。仆妇王妈已把汽水拿上，牛太太亲手接过，笑盈盈地送到许明手里，说道：

"屠先生，大热的天气，你一定口渴得很，快喝一杯汽水凉凉心！"

屠许明接了汽水杯子，一口气咕嘟咕嘟地喝完了后，方才伸手在袋内摸出一只小小蓝丝绒的盒子，打开盒盖，递到牛太太的面前去。牛太太这时眼睛仿佛见到太阳一般地明亮了一下，立刻眉开眼笑显出娇媚的样子，"呀"了一声，说道：

"屠先生，这……是一枚挺名贵的钻戒呀！你……真的送给我吗？屠先生，你太好了！我是多么感激你呀！"

牛太太说到这里，她也管不得你依仁在旁边，竟偎到屠许明的身旁，把手按住了他的肩胛，嗲声嗲气地说出了这几句话。一面取过钻戒，一面戴在手指上，横看竖看地看个不停。屠许明胖胖的身体，被牛太太这么的一来，全身顿觉痒丝丝起来。他通红了脸儿，慌忙倒退了两步，很不好意思地说道：

"牛太太，你不要这样的客气！小小一枚钻戒，那算得了什么呢？"

"太太，你看看这枚钻戒的光头好不好？"

"光头好极了，完全是火油钻！隔墙张太太那枚还没有这一枚好哩！"

牛依仁也走近太太身边来，笑嘻嘻地问。牛太太伸过手去，拉开了嘴儿，扬了眉儿，颊上的笑容这就没有平复的时候了。两人头并头地只管看着钻戒的好坏。屠许明见牛依仁并不把婚事提起，心中不免有些焦虑，遂连忙问道：

"老牛，你说宓太太打电话给你过的吗？"

"哦！哦！不错，她说宓小姐完全答应，宓先生那儿也毫无问题，婚事已经拿稳成功的了。"

牛依仁方才回过身子去，向他很兴奋地回答。屠许明嘴儿一掀，嘻嘻地笑出声来，把折扇挥了两挥，说道：

"那么她可曾说起聘礼聘金的问题吗？"

"这个倒没有说起，我想今天下午到宓家去进行谈判这一件婚事。反正你是有钱的人，他们要的聘礼聘金，你终有办法可以答应的。老实说，讨妻子最合算，聘礼聘金拿过去，他们又不会赖没你。像宓志万那么的身份，至少还要赔一副好嫁奁呢！所以老屠，你真是交上鸿运啦！"

屠许明听了依仁这些话，暗暗一想，觉得此话真有道理，一时乐得心花都开放起来。遂耸了耸肩膀，连说劳驾费心。一面又说那

162

么我要回去了。牛太太特别客气地留他吃了午饭再走，说已经是十二点半了。屠许明情意难却，遂也答应下来。

吃完午饭，时已一点半钟，屠许明正欲告别回去，忽然来了电话。牛依仁连忙走到桌子旁，拿了听筒，问道：

"你是谁？啊！……原来是宓太太吗？好极了，我正欲到府上来。你有什么事情吩咐吗？"

"昨天我打电话给你，不是说这头婚姻不是没有问题吗？"

"对呀！对呀！我跟屠许明已经说过了。屠先生非常喜欢，他预备马上拣个日子先来订婚哩！"

"可是，现在事情有了变化。"

"什么？有了变化！难道是谁不答应了吗？"

锦花在那边回答了这两句，仿佛是一枚尖锐的利箭，顿时把牛依仁的心儿刺痛了，他灰白了脸色，情不自禁地问她。站在旁边的牛太太和屠许明，听了牛依仁的话，也震惊得"啊呀"一声大叫起来。不料这时候牛依仁的两手发抖，额角上汗如雨冒，两眼定住，面如纸白，全身只觉软绵绵的，竟昏跌到地上去了。

牛依仁这么一来，急得牛太太和屠许明连忙把他带扶带抱地搀到沙发上坐下。牛太太一面摇撼他身子，一面几乎哭出声音来，连连地叫喊。过了好一会儿，牛依仁才悠悠醒转，泪流如雨般地说了两句"完了！完了！"牛太太急急问道：

"什么完了？你快告诉我呀！宓太太还跟你说些儿什么呢？"

"她说这头婚事有了变化，不知是谁不答应了。她叫我马上到她公馆里去一次呢！唉！想不到笃定泰山的事情又会发生枝节，那我们的命不是太苦了吗？"

牛依仁想到已经到手的那辆三轮车和钻戒，他一阵子心痛，几乎要失声痛哭起来。牛太太似乎也理会他这一句命苦的话，一时心

163

若刀割，红了脸儿，推着他的身子，恨恨地说道：

"啊呀，你这个死坯，你急又有什么用呢？既然宓太太叫你去一次，你还不快些儿去吗？或许事情还有挽回的地步呢！"

"对！对！那么我马上就去吧！"

牛依仁方才猛可跳起身子来，赞成地回答。一面高叫王妈，吩咐她把楼上自己的长衫短衫拿下来。屠许明这个人虽然带有些瘟生的成分，但他的门槛倒也相当的精，一听婚事有了变化，觉得成功的希望已经少了把握，那么，他当然没有这么发憨，白白地送给牛依仁三轮车和钻戒，这不是发神经病了吗？于是显现了一副尴尬的面孔，向牛依仁一本正经地说道：

"老牛，你昨天说得好好儿的，今天怎么会突然地发生变化起来？这叫我心中有些儿可疑，莫非你是存心来欺骗我的吗？"

"啊呀！老屠，你不要太冤枉我！我若存心欺骗你，我不是人，我是畜生，我是王八蛋，我是狗，我是猪猡，我是……"

"够了，够了！其实'畜生'两个字已经可以包括下面这几样东西，何必啰啰唆唆地多派下去呢！"

"那么请你相信我，我绝对没有欺骗你，我是完全真真心心来给你做月老的！老屠，你放心，凭我三寸不烂之舌，也许还可以把他们说得回心转意呢！你静静地等我的好消息吧！"

牛依仁哭里带笑的神情，向他急急地解释并安慰着说。这时王妈把长衫拿下，牛依仁连忙穿上。屠许明也披上了长衫，见牛依仁三脚两步向门外跑，遂一把拉了回来，说道：

"老牛，对不起，慢些儿走！"

"干吗？你还有什么话说？"

"我想……事情既然没有十分把握，那么……那么……嘻嘻，这枚钻戒和三轮车还是仍旧给我带回家去吧！"

164

屠许明连说了两个"那么"，还嘻嘻地一笑，方才认乎其真地回答。牛依仁和牛太太听了，那颗心好像吊水桶那么七上八下地乱撞起来，遂皱了眉尖，拍拍屠许明肩胛，说道：

　　"老屠，你的气派也太小了！事情到底还没有完全的绝望，你何必急急地要讨回去呢？等我到宓公馆去了回来之后，这头婚事，成还不成，那就完全可以明白了。假使成功的，我们立刻进行订婚手续；不成功，我再还给你也不迟呀！难道这几年我们朋友交情，连这一点点信用都没有吗？你只管放心，我绝对不会赖没你的。"

　　"老牛，你也不必生气，并非我屠许明不信用你，实在因为手续如此。假使婚事没有问题，那我仍旧会把这两件礼物送过来的。现在呢，很对不起，我非带回去不可！"

　　屠许明见牛依仁有些生气的样子，这就把面孔一板，很严肃地回答，表示铁面无私的一些儿也不卖交情。牛依仁这就望了望太太的脸儿，怔怔地愕住了。牛太太气得脸孔上圆洞洞更加深凹起来，不由冷笑了一声，恨恨地说道：

　　"依仁，还他就还他好了，有什么大不了呢！我瞧你这个媒索性不要做了，一个人没有钻戒又不是活不了了的。哼！神气什么？"

　　牛太太说到这里，把那枚钻戒脱下来，在桌子上恨恨地一丢，表示闹决裂的样子。牛依仁正欲打圆场，弄一个两全其美的办法，不料屠许明却拿了钻戒向外就走，在大门口方又回过头来，向牛依仁说道：

　　"老屠，不要当我洋盘！你有本事做成功这头婚事，我马上再可以送过来的，否则，我不能受到这种无名损失。再见！"

　　牛依仁追到门外，只见屠许明亲自把那辆三轮车推到弄门口去了，一时忍不住叹了一口气，耳听太太的哭声却播送到耳朵里来。于是慌忙又走进屋子，见太太倒在沙发上，哭得十分的伤心，遂埋怨她说道：

"你……你不应该这样强硬的态度对付他，现在你又肉疼哭起来了，否则，照我意思，恳求他留下一样在我这儿，说不定他也肯的。现在……唉！什么都完了！"

"我……想想真正肉疼，偷鸡不着蚀一把米，一瓶汽水、两支香烟、一顿午饭，偏偏这发胖浮尸胃口又好，一连串地就吃了五碗饭，我们不是也无名损失吗？你真是死人，还来埋怨我，竟会老老实实把钻戒、三轮车让他拿回去。要知道我做了红面孔，你是应该做白面孔的，难道打圆场也不会吗？我终算戴了两个小时的钻戒，这不是在做梦吗？昨夜梦中的时间也要长一些哩！嗬！嗬！我真是太命苦了！"

牛太太一面骂，一面眼泪鼻涕地又哭泣起来。牛依仁一时连连搓手，垂头丧气地叹息一会儿，忽然又略作喜色地和他说道：

"太太，你且不要伤心呀！我此刻马上到宓家去，也许事情还有希望呢！只要婚姻成功，不怕他不把钻戒、三轮车送过来。"

"短命死坏！那么你快些去呀！还在这儿啰嗦些什么？"

也算是牛依仁倒霉，被牛太太骂得哑子吃黄连般的有苦说不出，只好三脚两步急匆匆地赶到宓公馆来了。牛依仁在会客室里见到了锦花，急问婚事变化的原因。锦花叹了一口气，说道：

"我告诉你，月娟这孩子太糊涂，竟跟了胡先生逃走了。"

"啊！逃走了？"

牛依仁全身的冷汗好像蒸气水般地冒出来，他觉得事情是完全地绝望了，他眼前仿佛见三轮车和钻戒被火烧了，烧得他两颊发红，有些忘其所以然地猛可站起身子，伸张两手，接着叫道：

"啊！天哪！我的三轮车！太太的钻戒！完了，什么都完了！"

"牛医生，你……你在说些什么呢？"

锦花见他痴痴颠颠的表情，倒是感到了莫名其妙的骇异，她凝眸含睾地连忙急急问。牛依仁被她一问，这才警醒过原有的知觉来。因为这些隐情，除了自己肚子里明白，是很好不意思告诉别人的。这就慌慌张张地又圆了一个谎话，支支吾吾地说道：

"宓太太，你不知道，我女人昨天乘三轮到外面去买东西，在半路上竟掉落了一枚钻戒呢！我因为心里很肉痛，所以一想到了，忍不住口里就说出来。"

"哈哈！你这人真也有趣，没头没脑缠夹二先生似的竟又缠到这头上来了，那叫我听了不是莫名其妙吗？"

锦花方才恍然大悟，一时扑哧的一声，忍不住笑了一阵，低低地说。牛依仁这时忽然又显出愤怒的表情，握了拳头，说道：

"他妈的！这小子真是太可恶了！"

"牛医生！你在骂谁？"

"宓太太，我骂的就是这个混账胡宗林呀！他竟然胆敢拐骗良家女子。他……不是犯了罪吗？我想宓先生不能太老实，非追究他不可！"

牛依仁听问，遂回头向锦花望了一眼，表示代抱不平地说。锦花淡淡地一笑，摇了摇头，说道：

"那又何必小题大做呢？月娟也无非是我们买来的养女而已，她自己没有福气做大小姐，走了就走了，稀罕她什么海宝贝！"

"可是，可是……那就急坏了一个人了！"

牛依仁心中暗想，你把她当作海宝贝，但我却把她当作三轮车和钻戒看待呢！她走了，我就一些儿希望就没有了！他这样想着，急得满头大汗地回答。锦花奇怪地问道：

"急坏了谁呀？"

"咦！就是屠许明啊！他本来心里是多么的高兴，现在好像兜头泼了一盆冷水，他……真的快要疯了呢！"

牛依仁不能说是急坏了自己，眼珠一转，便说到屠许明上去。锦花吸了一口烟，噘了一小嘴儿，把烟慢慢地喷去了，淡然地说道：

"本来嘛，癞蛤蟆想吃天鹅肉，痴心妄想！"

"宓太太，你这是什么话？屠许明是现代的红人物，而且家里有的是钱。月娟小姐嫁给他做妻子，难道说是委屈她了吗？"

"但是有钱没有用，常言道'黄金难买美人心'。爱情这样东西，在年轻人的眼光看来，那是多么的宝贝！我也仔细地想过，我现在倒很同情月娟起来。唉！爱情是太伟大了！"

锦花很有感触地回答，她忍不住微微地叹了一口气。牛依仁却并不以为然，握了拳头，在自己手心上一击，说道：

"宓太太，难道你还赞成胡宗林这样拆白党似的行为吗？他把大小姐拐骗了去，一同逃走，这是最可耻的行动，根本就谈不上什么'爱情'两个字呀！"

"牛医生，你是只会开几张药方而已，你怎么能了解小儿女们的心理。这些你是不懂的……"

"我不懂，你懂吗？"

"唔！我多少有些儿懂。牛医生，我们别谈这些了，请你去回绝屠先生一声。此刻我要去洗澡了，你自己随便坐一会儿吧！"

锦花点点头，站起身子，她便管自地回到卧房里去了。可怜牛依仁的心是碎了，他流着汗，流着泪，他几乎要哭出声音来。暗想："我和太太终算在自备三轮车上坐过一分钟的时间，这好比是昙花一现，这简直是做了一个春梦。"

牛依仁一面想，一面垂头丧气地跨出了会客室，来到了花园里。忽然给他瞥见前面走着一男一女两个人，似乎在谈情说爱的样子。牛依仁仔细一看，原来是赵博文和白可卿小姐，这就暗想：赵博文这个老甲鱼色眯眯的一定在追求白小姐了。他妈的！这种老不死也想跟女人谈爱情，那真是太自不量力了。一面想，一面偷偷地跟了上去。当他听到赵博文向白可卿求爱的时候，猛可见可卿量了他一下子耳光，真是怪清脆的。牛依仁感到一阵子痛快，此刻他把三轮车的悲哀倒又忘记了，忍熬不住哈哈地大笑起来了。

四　煞费苦心　再度有失望

当时赵博文被可卿量了一记耳光，心里已经非常难堪，不知怎么才能掩饰自己的难为情。谁知此刻又被牛依仁哈哈的一阵大笑，那就更加惶恐得无地自容。他情急智生地弯了腰儿，一面连说"哎哟，哎哟，肚子痛"，一面便一溜烟似的逃回到书房里去了。可卿见他这个神气，真是又好气又好笑。因为牛依仁在旁边，遂恨恨地说道：

"这个老东西真是老热昏了，胡言乱语的把我当作什么人看待？简直是疯了！若不给他一点教训，醒醒他的头脑子，恐怕他更会糊涂起来呢！"

"可不是？他也不拿面镜子来照照他的面孔，像他这种人样儿，也配跟白小姐来谈爱情吗？这真是痴心妄想！打得好！打得好！白小姐，你不要生气，当他在放屁好了！"

牛依仁表示很同情的态度，含了笑容，附和着说。可卿由不得红晕了两颊，很恼恨地说道：

"唉！活了这一把年纪的人，尚且这样老不正经，那何况是年轻的人呢？这年头儿越弄越不成样子，人心简直全变的了。"

"白小姐，你是说胡宗林吗？这小子把月娟小姐拐走了，可是真的？"

"怎么不真？他们人儿全走了。牛医生，你想喝这一杯喜酒，那

170

是喝不成的了。"

可卿为了不愿再提起自己这一件可恨可耻的事，所以把话题又拉扯到别的事情上去。这使牛依仁又触动了心中的创伤，不由得深长地叹了一口气，说道：

"喝不成这杯喜酒，我真觉得可惜！因为像屠许明那么有财有势有名望的人，简直在万人之中也挑选不出一个来。月娟小姐会跟胡宗林一个穷小子逃走，那真是一件意想不到的事情。可惜！可惜！真正可惜！"

"你可惜又有什么用呢？人家自己倒一些不觉可惜，所以才跟着胡先生走了。我想年轻小姑娘她有她的想头，月娟一定讨厌屠先生长得不俊，所以不肯嫁给他，情愿冒着危险出走了。其实，她这种行动也不好，社会上有多多少少的青年男女，为了情奔而发生悲惨的事情呢！所以我非常担忧月娟的前途，他们在这世态炎凉的社会上，一定会受苦的。"

"受苦也是该死，谁叫她没有主意，跟人逃走的。"

牛依仁怨恨地咒念着说。这倒叫可卿望着他愣住了一会子，微微地一笑，说道：

"你不要以为做不成媒，就这么怨恨月娟了。其实我的意思，这次月娟跟人逃走，完全是你害了她的。"

"什么？我害了她的？"

"嗯，是的！"

"白小姐，你开什么玩笑？孙子王八蛋才叫她跟人逃走的。"

可卿听他念起誓来，而且急得满头大汗的样子，一时瞟了他一眼，不觉抿嘴儿笑了。但立刻又一本正经地说道：

"我没有跟你开玩笑，都是你来做媒起的祸。假使你不来做媒，我相信月娟不至于会与胡先生走的。"

"不过，我终是一番好意，女孩儿家，早晚终要嫁人的。"

"你好意恶意我且不管，但月娟是个只有十七八岁的女孩子，而屠先生是个三十朝外的男子了，这种婚姻岂是美满的配偶？所以我同情月娟，她的走还不是你们把她硬生生地逼走的吗？"

可卿在锦花面前不敢说的话，她在牛依仁那里，终于埋怨地说出来。原来可卿平日对月娟感情很好，所以她为锦花逼婚这一回事感到不平，但为了自己也是寄人篱下，因此，在锦花面前反而附和着怨恨宗林、月娟了。当时牛依仁被可卿说得哑口无言，倒是愕住了一会儿，但接着又理由充足地说道：

"这种思想是错误的！老实说，嫁丈夫第一要紧，就是钞票多，年纪轻有什么用处呢？不会赚钱那就要苦死了！小姑娘只知道爱漂亮，要晓得漂亮是当不得饭吃的。比方那么说，宓太太和宓先生的年龄，不是也相差将近二十年吗？但宓先生有钱，宓太太生活得多舒服——住的洋房，坐的汽车，吃的山珍海味，穿的呢绒哔叽。今天高兴，玩玩跳舞厅；明天高兴，看看电影院。这种福气，谁能享受得到？即使嫁给屠许明的话，那边也可以享受这种舒服的生活了。现在月娟跟了胡小子，只怕连住的地方都没有着落哩！你想，她是多么地想不明白呢！"

"你懂得什么？"

牛依仁唾沫横飞地说了这么一篇大道理，但可卿回答的却只有短短的五个字，一面别转身子，预备要走的样子。牛依仁在锦花那儿已经听到说自己不懂的话，谁知此刻又被可卿这么地说，他心里有些不服气，遂连忙说道：

"白小姐，你慢些儿走，我们再谈一会儿好吗？"

"还有什么可谈呢？"

"我希望你明白地答复我。你怎么说我不懂呢？并非是我倚老卖

172

老，我今年也有四十一岁了，照年龄说，我也比你懂得多一些呀！"

可卿听他这样说，一时也很不服帖，遂回过身子来，冷笑了一声，逗给他一个娇嗔似的白眼，说道：

"你说我兄嫂也相差二十年，这话固然不错，但你要晓得，一个女子在十七八岁的时候，她最出风头。她尽管可以嫁给一个十七八岁同年龄的男子，至少可以嫁个二十岁以上的男子，她为什么要嫁三十朝外的男子呢？至于我嫂子，她和志万哥结婚的时候，已经有二十七八岁了。我问你，一个二十七八岁的女子，她是否还可以嫁一个十七八岁的小伙子呢？不要说十七八岁的男子，就是二十三四岁的男子，也不可能哩！所以女子到了二十七八岁的时候，她要嫁称心如意的丈夫是太不容易了。配头婚是绝对没有希望，配填房至少在四十岁以上，那是没有办法的事情。所以和月娟姑娘，绝不能同日而语的。"

可卿这一番话说得非常透彻，她因为是身历其境的人，所以完全是经验之谈，也无非表白女子青春的宝贵。她们和男子是不同的，所谓男女不平等就在这个地方。牛依仁听了，倒也点了点头，暗想：不错呀！世界上只有老夫少妻的很多，从来没有见到一个十七八岁的少年，娶了一个三四十岁的女人做妻子啊！于是连忙说道：

"白小姐，我心里倒有些奇怪起来。"

"你奇怪什么呀？"

"你既然这样知道女子是全靠青春而嫁的人，那么你本身为什么至今还不嫁人呢？"

牛依仁这两句话把可卿问得两颊红起来，不过她还显出很老练的口吻，微微地一笑，说道：

"我是想穿了，所以预备一辈子也不嫁人，这样不是很舒服？老实说，嫁一个不好的丈夫，那倒还是一个人清清静静的没有烦恼没有痛苦哩!"

"不过常言道,'叶落归根',一个女子,终要找个归宿才好。"

"那又何必呢?我在这儿虽是寄人篱下,但志万哥把我当亲兄妹一样,我也给他尽心照顾家务,他也不会多我一个人吃饭。我想我就是老了,也不至于就会饿死吧!"

"话虽不错,但我终觉得……哎哎!哎哎!白小姐,假使我给你做媒,配一个很有地位的丈夫,不知你心中喜欢吗?"

牛依仁为了念念不忘这辆三轮车和钻戒,所以他又触动灵机,在白可卿身上动起脑筋来。

"牛医生,你太会开玩笑了!我是快进坟墓的人了,还嫁人吗?那真是让人笑掉了门牙呢!"

"白小姐,你这是什么话?你今年几岁?怎么说快进坟墓的话呢?"

牛依仁却一面显出十二分正经的样子,很关怀地问。可卿却似乎感到了老之将至的悲哀,微微地叹了一口气,说道:

"三十七岁了,再过三年,便是四十岁了。你想,我还谈得上'嫁人'两个字吗?"

"可是你生得真嫩面,我却一些儿也看不出你有三十七岁了,我还以为你只有二十七八岁哩!哎!白小姐,我跟你说正经话,屠许明这个人你也见过了吧,他这人生得却不坏,而且家里有钱。我的意思,你若喜欢的话,我可以拍胸,说你还只有二十六岁,他见你这样幽静美丽,保险也很高兴和你结婚了。白小姐,你说好不好?"

可卿做梦也想不到牛医生会说出这些话来,一时两颊热辣辣的,连耳根子都通红起来,遂逗了他一个娇嗔,说道:

"牛医生,你不要胡说八道了,我瞧你不是行医的,倒变成是个媒婆了。但你这个媒婆也没有眼睛,十七八岁的姑娘去撮合撮合吧!

174

怎么做媒做到我老太婆的身上来，那不是笑话吗？"

"白小姐，你太客气了。我觉得你一些儿也不老呀！你的青春还很丰满，你的前途实在更有光明。老实说，你在这儿看看孩子，保姆不像保姆，小姐不像小姐，这样住下去，终究不是一个根本解决的办法。你要如嫁了屠许明，你就是参议老爷的太太，不但可以坐汽车进出，而且还可以享受最舒服的生活。譬如，吃大菜啦，玩舞厅啦，上戏院啦，坐坐三轮车哩！"

"牛医生，你莫非喝过了酒，所以才有这么许多醉话了。我哥哥都不讨厌我，难道倒要你来多着我吗？"

"不！不！这是哪儿的话？我无非完全是一番热心好意而已。"

"谢谢你的好意，但我告诉你，我就是不愿意嫁人。哼！真是活见鬼！碰来碰去，碰着两个倒霉鬼！"

可卿恨恨地说着话，一面别转身子，便头也不回地走开去了。牛依仁呆呆地望着她消失了影子，想着自己的计划失败，三轮车、钻戒都成泡影，他深深地叹了一口气，额角上的汗水滚滚地流了下来，怀了一颗失望的心，垂头丧气地也只好回到家里去了。

这晚志万回家，脸上显出闷闷不乐的样子。锦花知道他是为了月娟逃走的缘故，遂亲热地在他身旁坐下来，秋波逗给他一个媚眼，微微地问道：

"你为了月娟这孩子，心中又在难过了吗？"

"不！我没有难过。"

"那你怎么愁眉不展的神气呢？我劝你想开一些吧！这种贱东西不配做我们女儿，所以才跟穷小子逃走呢。她既然没有义气，你还去难受她，我觉得你也太犯不着了。"

锦花恨恨地说，却有些生气的样子。志万没有作答，却呆呆地出了一会子神。原来志万今天在办公室里想了一整天心事，对于月

175

娟信中那两句话，起了无限的怀疑。她说宗林是个好人，他救了一个人的贞节，他救了一个人的声誉，这话中不是有着无限的隐情吗？难道锦花对宗林有不正当的思想吗？志万因为心里有了这一个疑问，所以他非常的纳闷。锦花见他听了自己的话，并不作答，今天的神态，显然和从前大不相同，于是也暗暗地猜疑起来："难道自己有什么秘密被他窥探出来了吗？"遂故意又说道：

"志万，你陪我一同瞧电影去好吗？"

"今晚我没有兴趣。"

志万取了烟卷，划了火柴，闷闷地吸烟。锦花冷笑了一声，站起身子，走到床边去坐下，逗了他一瞥怨恨的媚眼，说道：

"你也不必这样难过，我已经明白你的意思了。"

"你明白我什么意思呢？"

"我知道，你一定恨我逼走了月娟是不是？"

"不！我没有这个意思。月娟信中自己也说妈是一番好意呢！我怎么会恨你？你可不要多心吧！"

"哼！多心？从你今天这副情态看来，无怪人家背后都有这一种议论了。"

锦花冷笑了一声，她也连连地吸着烟卷，虎起了粉脸，大有薄怒娇嗔的表示。志万听了心中别别一跳，忙问道：

"什么议论？谁在背后说我坏话呀？"

"照一般人的观察，都说你上次从南京带来月娟姑娘是预备把她当作小老婆的。我起初还不相信，因为我知道你是个不大爱色的忠厚长者。但今天见你这样闷闷不乐的神气，我才有些相信了。你的心里是多么失望，白白辛苦了一场，一块心头肉被人家拐走了。"

志万听锦花这样说，一时由不得急了起来，遂站起身子，连连说了两声"真是胡说八道！"一面很恼怒地说接着说道：

"这是哪一个在背后搬弄是非？真岂有此理，我非量他几个耳光不可。"

"是我说的，你来打我好了！"

锦花气呼呼地回答，大有眼泪汪汪的样子。志万满腔的怒火，一时又熄了下来，忍不住微微叹了一口气，暗暗想道："我在疑心她有不端的行为，谁知她也在疑心我有非分的妄想呢！可见彼此疑心是最不好的事情，不但会发生误会，而且还会破裂感情，因此造成不幸的事来。"志万在这样一想之下，他把疑窦涣然冰释，到底先软了下来，含笑走了上去，在床边和她并肩坐下，拍拍她肩胛，说道：

"好太太，你不要冤枉我了！我是个五十多岁的人了，难道还会存心去糟蹋一个十八岁的女孩子吗？那我还能算一个人了吗？"

"谁知道，人老心不老，真正不爱女色的能有几个人？"

锦花把烟蒂头在痰盂罐内恨恨一丢，仍旧冷笑着回答。志万偎过身子去，把她手儿拉来，笑嘻嘻地说道：

"假使你是一个黄脸婆，那我想讨一个漂亮的小老婆，这也许还有些说不定，如今你也是个花朵儿般的美人，我早已心满意足了，如何还有别的野心呢？所以请你相信我，我是一个忠实的丈夫，决没有另外再去爱上女人的存心，你千万别多疑吧！"

"你是个忠实的丈夫，难道我不是一个忠实的妻子吗？"

锦花心里虽然是这样问，但心中是惶恐得有些儿隐隐作痛，她眼泪忍不住滚滚地落了下来。志万却把她抱在怀内，吻着她的粉脸，把心中怀疑的怒意消失得一干二净，还温情脉脉地说道：

"谁说你不是个忠实的妻子呢？好太太，大热的天气，何苦来伤心呢？这是我不好，请你原谅我吧！"

"请你不用和我这样假客气，我知道你心中一定会恨我的。早知月娟不肯答应婚事，要和胡先生一齐逃走，我就悔不该管这些闲事了。好心反成恶意，我是多么蠢呢！"

锦花偎在志万怀内，柔顺得像头绵羊似的，微仰着粉脸，哀怨地说，她的表示是显得那份儿楚楚可怜的样子。志万见了她高耸的胸部、红的嘴唇，他不由心头乱跳，真有些情不自禁起来，遂凑下嘴去，和她紧紧地吻住了，笑嘻嘻地说道：

"好太太，我绝对没有怨恨你！月娟这姑娘不受抬举，我非常恨她哩！不过我早晨已经说过，譬如我没有把她从南京带来，那不是完了吗？哈哈！从今以后，我们不要提起月娟、宗林这两个坏东西好不好？"

"好！我们不要再提他们吧！唉！"

"太太，你干什么又叹气呢？"

"我想月娟这孩子也很可怜，她上了胡宗林的当。我知道月娟将来一定会后悔的。"

"你也太慈悲了，还代她忧愁哩！这个贱东西，吃苦也是活该受的。太太，你不是说要看电影去吗？我就陪你去吧！"

志万见锦花娇媚不胜的表情，他心里倒又疼爱她起来，遂微微地笑着，要依顺她刚才的意思。但锦花此刻却又摇摇头，秋波斜乜了他一眼，"嗯"了一声，发嗲地说道：

"我不高兴去了，还是早些睡吧！"

"也好，我们早些睡吧！"

志万觉得她这句早些睡的话，至少包含了一些神秘的成分，遂笑嘻嘻地附和着说，他抱着锦花的娇躯躺到床上去了。

室中的电灯虽然是熄灭了，但窗外的月光却很明亮。一缕柔软而清幽的光芒，照映得房内一切景物，都隐隐约约地透露出来。床上的锦花，她那雪白的肌肤，自然也很清楚地显现在志万的眼帘下。志万今夜的精神很强，兴趣也好。尤其看着锦花那样羞答答、娇怯

178

怯的令人感到心醉神飘的意态，他是更加兴奋得了不得。两人这时好像池塘里的一对鸳鸯，卿卿我我，恩爱得如胶似漆，而且在寂静的空气里还流动了他们细碎的笑声。

第二天早晨，锦花却感到有些头昏眼花的不舒服。志万见了倒很着急，连忙摸她额角头，低低地说道：

"昨夜不知会不会受了凉吗？"

"不会的，你放心！我睡一会儿就好了，你只管办公去。"

锦花瞟了他一眼，赧赧然地回答。志万因为觉得她并没有什么热度，遂低低地说声"大概你太辛苦了"，他便含笑到市府去了。锦花听他这句太辛苦的话，芳心倒是别别一跳，全身一阵子发烧，两颊顿时热辣辣起来了。暗想：我确实是因为太辛苦的缘故，因为前两天接连和学海在外面寻欢。这样荒唐下去，也很不好，我是应该珍惜自己身子才好。锦花似乎有些悔悟了，她闭了眼睛，遂又熟睡了一会子。也不知经过多少时候，忽然听阿秀在耳边低低唤道：

"太太！太太！牛医生来了。"

"牛医生做什么来呀？"

锦花微微地睁开明眸，很奇怪地问。但牛依仁已经在房中了，他听锦花这样说，便站起身子，走到床边来，说道：

"宓太太，是宓先生打电话给我，说您有些儿不舒服，叫我来给您开一张药方。"

"哦！志万真也太小心了！其实我没有病，大概是少睡眠的缘故。"

"您倒不要说宓先生太小心，他无非也是关怀你、疼爱你的意思。来，给我按脉息，我给你吃一帖方子，就没有事了。"

牛依仁笑嘻嘻地亲自端过一把椅子，在床边坐下。他叫阿秀取了一本书，给锦花垫了手腕，然后自己把三个手指按到她脉息上去。

锦花见他贼秃嘻嘻的样子，一时有些儿心虚，不免红了两颊，低低地问道：

"没有什么病是不是？"

"虽没有什么大病，但脉息很浮，是体虚的现象。我给你开了一张药方，吃两帖就好了。但需要静养，不能太操劳。"

"你这话不用对我说，我一天到晚，这么空闲的人，如何会操劳呢？"

"不是说做事情就算操劳，比方说打牌、跳舞也很吃力。这几天之中，你需要静静地休养才是。"

牛依仁说时，已站起身子，走到桌旁坐下，开了一张药方。阿秀接了药方，便先出门去撮药了。这儿牛依仁又和锦花谈了一会儿空话，方才告别回家。谁知回家后不到一个小时，屠许明也来电话，说他病了。牛依仁听了，便急急赶到屠家。当他见到许明躺在床上的时候，便哈哈地笑了一阵，说道：

"老屠，你这病不用诊治，我知道你患的是相思病，对吗？"

"牛兄，不瞒你说，你真是神医，我确实是为了月娟小姐病了。她……这样娇怯的身子被人拐到外面去，要如受了苦楚，叫我心中多么的肉疼呢！"

屠许明微红了脸儿，他很老实地说了出来，还微微地叹了一口气。牛依仁听了，不由暗暗好笑，肚子里骂了一声，"这小子，真是自作多情！"但口里却笑着说道：

"你既然是真的患了相思病，那我可没有办法开药方了。"

"老牛，你不用生气，我今天请你到来，是希望你能再给我做个月老，介绍一个美丽的姑娘给我，三轮车、钻戒，决不失信用。"

"谢谢你！你这样小气派的人，我三轮车也不要，媒也不高兴做。"

"这……不是我气派小，君子一言为定，婚事没有成功，我如何能白白送给你三轮车和钻戒呢？"

屠许明表示理直气壮的样子，急急地辩白。牛依仁想了一会儿，忽然计上心来，遂又嘻嘻地说道：

"还有一个姑娘，容貌不亚于月娟，而且年纪还只有十七岁。"

"真的吗？姓什么？叫什么？能不能给我做媒呀？"

"做媒也不难，但三轮车、钻戒今天得先给我拿去的。"

"这条件太苛酷了，人也没有见过，婚姻还没有谈过，怎么就要酬劳了呢？老牛，只要你婚事成功，我绝不会赖掉三轮车和钻戒。"

牛依仁见他这样可恶，心里非常着恼，遂转了一个念头，立刻一本正经的模样，望了他一眼，说道：

"可是这位姑娘不在上海。"

"在什么地方呢？"

"她是住在北平的。北平姑娘说话真清脆，好像出谷黄莺一般。你听了她的话，也会忘记睡眠、吃饭哩！"

"哦？那么你能把她接到上海来吗？反正我家地方很大，就给她住在我家好了。我对于北方姑娘倒也很心爱，因为北方人比南方人要爽快，不会有刁钻古怪的脾气。"

"你倒也说得好容易，可是这笔火车钱谁负担？我去接她，再和她一同到你家，来去三次旅费，我可没有钱。"

屠许明哈哈地笑起来，他非常高兴的样子，在床上坐起来，拍拍胸部，说道：

"这是为了我的事情，旅费当然我来负担，你急什么？那么你预备几时动身呢？"

"我马上就可以动身，这不成问题。"

"那么我马上给你五百万现钞，你瞧怎么样？"

"也好，有得多还给你，没有多问你要。这位小姐姓林名美丽，是我表妹的女儿，你见了保险喜欢。"

牛依仁扬了眉儿，又认乎其真地回答。屠许明笑嘻嘻地立刻跳下床来，在银箱里取了五百万现钞，捧给依仁，嘱他连夜动身去接林小姐。牛依仁连声答应，遂很快地告别回去。当他走出屠公馆，不由暗暗笑出声来，自言自语说："这狗养的，今天可上我的当了。"

过了五天，屠许明等得性急，遂打电话给牛依仁，问他北平可曾回来没有。不料牛依仁亲自回答他，说林小姐已经死了，所以没有一同到上海来，真是非常可惜。五百万旅费，还少二十五万元，过几天再来算账。屠许明一听这话，细细一想，方知大上其当，不由暗暗连叫"硬伤"，遂恨恨地把电话挂断了。

从此以后，屠许明便时常到舞厅去跳舞，舞女大班给他介绍一个姑娘。屠许明一见那个姑娘之后，不由"啊呀"一声叫起来。你道为什么？原来这姑娘不是别人，却是自己日日夜夜相思的月娟姑娘呢！

五　光明正大　组织新家庭

诸位读者心里一定很奇怪，月娟怎么又会在米高美舞厅做舞女了呢？原来那天夜里，月娟和宗林悄悄地出来了宓公馆，但茫茫大地，到什么地方去安身才好？两人在黑夜之中的人行道上，踱着踱着徘徊了一程路。宗林皱了眉尖，回眸望了月娟一眼，低低地说道：

"月娟，我瞧你还是回去吧！"

"你叫我回到哪里去啊？"

月娟芳心有些莫名其妙地感到奇怪，乌圆眸珠怔怔地怔住了，向他急急地问。宗林很颓伤的口吻，说道：

"你还是回到宓公馆去吧！好在我们曾跟门房说过，你原是送我上火车站去的。我觉得你跟了我毫无目的地受苦，这是犯不着的。"

"大哥，你说这句话是什么意思？难道你讨厌我吗？"

月娟有些悲哀，她眼角旁顿时浮现了晶莹莹的一颗。宗林紧紧握着她的玉臂，摇摇头儿，急忙说道：

"不，我怎么会讨厌你？月娟，你……难道跟着我就在马路上做流浪者吗？那我心中怎么对得起你？"

"大哥，不要难过！我们要想法子去挣扎，在这恶劣的环境里奋斗做人。我想我们只要肯吃苦，我们是不会饿死的。"

宗林眼皮儿也有些润湿，月娟却用了真挚的口吻，向他鼓励地安慰。宗林听了，也非常感动，遂紧紧地握着她的手，说道：

"是的，我们都是生长在大地上的人类，我们如何会饿死呢？我们要和环境奋斗，我们要努力前程！但眼前叫你受苦，我心里感到不安！"

"大哥，你这话说错了！我并非是为了你而出走的，我是为了求自由、求幸福，才毅然离开宓家的。大哥，你难道叫我嫁给一个蠢货吗？那我情愿饿死在马路上。老实说，我倒喜欢在社会上多经历一些磨折，这样对于人生才有一些意义。"

"月娟，你说得真有思想！我没想到一个娇怯的小姑娘，会有这么勇敢的精神，我真是太敬爱你了。"

月娟被他这么一称赞，她是感到十二分的得意，这就扬了眉毛儿，秋波活活地一转，掀着酒窝，破涕笑起来，娇媚不胜地说道：

"大哥，你说得我太好了，真叫我有些儿难为情。我以为做人，最要紧的就是自由。失去了自由的人，生活再舒服一些，那也等于犯罪一样。比方说，我叫你大哥，你叫我月娟，这都是我们应有的自由。谁知妈听到了，她却不许我们这样称呼。你想，我们连这一点点自由都被束缚了，这个人生还有什么乐趣呢？现在我们离开了他们的家，他们就没有权利来干涉我们了。我们虽然生活上受到一些清苦，但我们是多么自由，精神上有多么的愉快呢！大哥，你以为我这些话可说得对吗？"

"对极！对极！月娟，不，我应该叫你一声娟妹！你这些话说得太有道理，我们为了争取自由，我们是不能屈服的。你瞧这四周黑漆漆的前途是多么可怕，但我们抱了大无畏的精神，一直向前猛进，光明一定会展现在我们眼前的。"

宗林把她敬佩得五体投地的样子，含了满面的笑容，兴奋地说。月娟听他这一声娟妹的叫呼，她芳心是只觉得甜蜜蜜的，秋波含了无限的娇情，逗了他那么羞答答的一瞥，红晕了两颊，她的酒窝儿

184

这就没有平复的时候了。

两人在马路上踱着、谈着，忘记了已走到什么路，是到了什么时候。直到东方微微地透露了鱼肚皮的颜色，宗林这才惊叫道：

"啊，想不到天亮了！娟妹，你看，光明已降临大地了。"

"是的，光明是可爱的。真奇怪，我们一夜没有睡，但精神很好，我竟一些儿也没有疲倦哩！"

"这是我们因为过分兴奋的缘故。娟妹，虽然是五月里天气，但你身上这么单薄衣服，吹了晨风恐怕也会受寒吧！我们还是坐车到小客栈里去暂时安身，慢慢地再找工作做，你觉得怎么样？"

月娟听了，点头说好。于是两人叫了一辆三轮车，坐到昼锦里的谦泰旅馆去了。他们开了一个房间，宗林填了吴钟陵三个化名字，说是刚从苏州到上海的。一面又付了两天的房金，茶房便拿到账房间里去了。这时还只有七点左右，夏令时间，七点实在还只有六点，因为为了节约时间，所以拨快一小时的。上海的旅馆，越是夜里，越有市面。那么清晨六七点钟，每个房间相反的却是冷清清的十分静寂。月娟这时伸手按了小嘴儿，打了一个呵欠，倒有些倦意了。胡宗林望了她一眼，笑道：

"娟妹，我瞧你很累了，快些儿到床上去睡吧！"

月娟听了，回头向房中一打量，见室内只有一张床铺，这就蹙了翠眉，暗暗沉吟了一会儿，有些赧然地说道：

"那么你怎么办？也睡一会子休息休息，不要累病了，倒不是玩的。"

"我睡在那张沙发上好了。"

"这是单人沙发，怎么好睡呢？况且你个子又高大，两只脚放哪儿？我说还是你睡在床上，我睡沙发吧！"

"不要紧，用一张椅子给我搁脚，那就很舒服了。"

185

宗林一面笑嘻嘻地说，一面拿了椅子，放在沙发旁边。他坐下沙发之后，又把两脚一伸，就这么躺下了。月娟这就无法再和他客气推让，遂和衣倒向床上。两人没有说话，不上三分钟后，因为一夜未睡，所以精疲力竭，也就呼呼地睡熟了。等两人醒来的时候，已经午后一时了。宗林揉揉眼皮，只见月娟也坐在床边出神，遂微笑着问道：

"娟妹，我们这一睡下去倒也有六七个钟点，你可曾睡畅吗？"

"睡是睡畅了，但肚子却有些饿起来。"

月娟两手理了一下头发，笑盈盈地回答。宗林站起身子，两臂向上一举，伸了一个懒腰，笑道：

"我们先洗个脸，到外面吃点心去吧！"

"已经午后一点了，还吃什么点心？我们就吃饭吧！"

月娟看了一下手表，低低回答。宗林已到房门口去按了电铃，叫茶房端上洗脸水，两人匆匆漱洗完毕，遂一同到外面去吃午饭了。他们当然是拣最小最经济的小饭店里去吃了两客经济饭，然后买了一份报纸，回到旅馆内来。宗林先在招考栏内翻阅了一会儿，见了好几家公司的职位，自己很有能力去担任的，于是高高兴兴地说道：

"娟妹，你好好在旅馆里等着我，我马上去应考，也许天无绝人之路，他们肯录用我，那我们的生活就不成问题的了。"

"大哥，那么你快些儿去吧！但愿老天可怜，事情会成功的。"

宗林于是拿了报纸，和月娟握手，匆匆别去。直到黄昏的时候，宗林才跑得满头大汗的回来。他去的时候，是抱了满腔的热望，但回来的时候，却是垂头丧气，脸色灰白，好像一些儿精神都没有的样子。月娟当然吃惊不小，遂急急地问道：

"大哥，怎么啦？不成功吗？"

"上海，这万恶的上海！黑暗！欺骗！奸诈！唉，太使人失望了！娟妹，原来他们是要拿我们现金保来做资本，给他们创办事业呢！假使我们拿得出巨量的现金保，我们自己不会做生意吗？老实说，胜利后的中国，情形和过去一样恶劣，物价还是一个月一个月地涨上去，法币的价值，一天一天地降低下来。富翁们囤积居奇，越弄越有钱；贫苦的人们，这就一天一天地苦恼起来。这年头儿做人，有学问，有才干，有什么用？唉！这样局面，太叫人感到痛心了。早知如此，我为什么要读书？我更不必读到大学毕业。辛辛苦苦读到大学毕业，还是连一口苦饭都找不到吃。这……这还成个什么世界呢？"

宗林坐在沙发上，滔滔不绝地说，大有痛心疾首的样子。他额角上流着汗，眼角旁边流着泪，神情是悲愤到了极点。月娟的芳心，虽然也感到无限的焦急和凄惶，但事到如此，也只好先拧手巾给他揩汗，又倒了一杯茶给他喝，低低地安慰他说道：

"大哥，你不要灰心呀！我们要有百折不挠的精神，那么才能战胜环境呀！找职业本来没有这么容易的。今天找不着，明天再找；明天找不着，后天再找。我想，终有一天，会找到职业的。你且息息吧！"

"娟妹，你这话虽然不错，但上海是寸金之地，多住一天旅馆，就得多一天开销，所以……我……想到往后，我们能不着急？"

宗林听了月娟的劝慰，他的脸色虽然是缓和了一点，但他皱了眉尖，仍旧表示忧心煎煎地回答着。月娟在他身旁坐了下来，一手按了他肩胛，秋波脉脉地望着他英俊的脸儿，低低地说道：

"我知道你的意思，你是怕用完了有限的钱，而要流落到街头为乞丐吗？我想这是不会的，况且我身边还有一副二两重的金镯，这是爸爸给我兑进的，万一在必要的时候，我们可以把它变卖了派用

187

场呀！"

"可是……我终不好意思用你的钱呀！"

"啊呀，什么你的我的，你倒还分得这么清楚吗？我们这次一同出走，流浪外面，也可算是患难之交，那么有福同享，有难同当，这是应该的事情。难道你明儿发了财，就预备把我丢了吗？"

月娟说到后面，心中有些悲酸，眼皮儿一红，泪水便夺眶流了下来。宗林慌忙握住她纤手，急得涨红了两颊，说道：

"娟妹，你这是什么话？我……到死都忘不了你！……"

"大哥！……"

月娟挂着泪水，微仰了粉脸，显出那么楚楚可怜的意态，温情地说。宗林把她爱到了极点，这就情不自禁地低下头去在她小嘴儿上紧紧地吻住了。

晚上，两人在外面吃了夜饭回来，为了睡的问题，彼此起了争论。不过，他们的争论，并无一点自私自利的意思，原来月娟向他说道：

"大哥，今夜你睡到床上去吧！因为你身子生得高大，睡沙发太不舒服了。"

"不！我觉得很舒服，还是仍旧给我睡沙发吧！"

"嗯，我不要！一个人睡一夜沙发，那才显得男女平等。"

"不是这么说，我们要提高女权，这床是应该给你睡的。"

宗林摇摇头，笑嘻嘻地回答。月娟雪白的牙齿，微咬着红红的嘴皮儿，憨憨地微笑了一会儿，忽然羞答答地问道：

"大哥，你到底是不是真心爱我呢？"

"咦？你这话是什么意思？我要没有真心爱你，那我一定不会好死。"

宗林把月娟拉到身旁坐下，表示有些奇怪的样子，向她认真地

188

说。月娟把纤手向他嘴上一按，逗了他一个妩媚的娇嗔，恨恨地说道：

"你又来这一套了！"

"可是，你为什么要这样问呢？见我心里不是很难过吗？"

"既然大哥真心爱我的，那么我喜欢说老实话……"

"你说呀！为什么又停止不说了？"

月娟说到这里，两颊一阵绯红，却赧赧然地又低下头来不说了。宗林弄不懂她是什么意思，遂急急地向她催问。月娟瞟了他一眼，嫣然地一笑，方才低低说道：

"我们早晚不是要做夫妻的吗？"

"那当然啰！你是我的爱妻，我是你的好丈夫。"

"我想……彼此有真心的爱，那么我们就不妨同睡一张床上，这样大家不是都可以睡得舒服一些儿吗？"

月娟瞅了他一眼，红了脸儿，娇羞地说。宗林有些惊喜欲狂的神情，搂住了她的娇躯，甜蜜地笑道：

"只要妹妹肯允许我同睡一床，那我还有不赞成的道理吗？"

"不过，有一个条件，你要遵守的。"

"是什么条件呀？"

"个人睡半张床，谁也不可以侵占谁的地位，否则，要重罚。"

"可以！可以！妹妹，你若不相信我，我们中间可以放一杯茶的。"

"那我可不是祝英台……"

宗林这么地说，月娟感到了风趣，忍不住咯咯地一笑，说出了这一句话。但既说出了口，却又懊悔起来。因为祝英台和梁山伯是没有团圆做夫妻，所以慌忙又掉转话锋，白了他一眼，笑盈盈说道：

"只要你老实一些好了，茶杯是用不到放的。万一不小心翻了，湿了衣裤，那可不是玩的。"

"也许你以为撒尿在床上了呢？"

"嗯！你这样说话怎么浮滑起来了？"

月娟恨恨地白了他一眼，却撒娇地滚到他怀内去。宗林这时已忘记了环境的恶劣，他心里是觉得无限的兴奋，这就偎了她粉脸，又亲亲热热地接了一个吻。

今夜天气更觉闷热，宗林脱了西装裤子，穿了汗背心、短裤，还是连连叫热。月娟笑着白了他一眼，低低说道：

"你静静地坐着，自然会凉快的。谁叫你对我怪顽皮的，所以就热燥起来。时候不早了，还是睡吧！"

"好的，我们睡吧！明天早起又可以想法子找工作去。"

宗林点头回答，遂先睡到床上去了。可是月娟坐在沙发上却又呆呆地出神，好像想什么心事的样子。宗林奇怪地道：

"娟妹，你不是说早些睡吗？怎么又在发愕了呀？"

"你性急什么？快把电灯熄了吧！"

月娟羞答答地抬起头来，逗给他一个媚眼，低低地说。宗林知道她是怕难为情的缘故，遂笑了一笑，把电灯熄灭了。因为今夜有月光的缘故，虽然室内没有了灯光，但隐隐约约地也可以看到房中的一切家具。宗林偷偷地望到月娟的身上，见她已经在脱旗袍了。她慢慢地走到床边，却站住了。宗林到底还是一个年轻的童男子，他觉得今夜要和一个姑娘同床而睡，这是一件多么兴奋而紧张的事情。所以月娟走到床边站住的时候，他那颗心儿越跳越快，几乎要从口腔里跳出来了。

而月娟呢，她所以站住的原因，也是为了内心太紧张、太恐怖的缘故。虽然自己是非常的爱宗林，但要和他同床而睡，那到底觉得太难为情，而且自然而然地会感到害怕起来。宗林这就情不自禁地开口说道：

"娟妹，你怎么啦？站到床边发呆了？"

"我……我……想，我……我还是睡沙发的好。"

月娟由于心跳的缘故，使她说话都带有一些颤抖的成分，好像非常迫促的样子。她回过身子，表示要睡到沙发上去了。宗林心中一急，他就不管什么猛可跳起床来，把月娟身子紧紧抱住了。因为是在昏暗的光线中，他的手指并没有眼睛，所以正好按在月娟的乳峰上，软绵绵像面包那么一团，宗林几乎迷醉起来了。月娟急道：

"大哥，你……你……无礼吗？"

"不！你为什么悔约？原是你自己提议的事情，谁知却又不实行了，这是什么道理？"

"我……我……怕你会不老实，你会欺侮我的。"

月娟口里这么说，但人儿已被宗林拉到床上去了。宗林究竟不是一个柳下惠，他已经刺激得全身热情都爆发出来了，遂气喘喘地说道：

"娟妹，你……不是答应做我的妻子吗？"

"可是，我们到底没有结过婚呀！"

月娟已经没有挣扎的力气了，她缩了身子，躺在床上，大有害怕的神气。宗林却亲热地偎过身儿，把手按着她腰肢，笑道：

"结婚也无非是个仪式而已，这也没有什么重要的。娟妹，只要我们有真心的爱，我们不结婚也可以做夫妻呀！"

"你不要动手动脚的，我怕肉痒呢！"

宗林听她低低地回答，还把身子一缩一缩地躲让，这就偏把她紧紧地搂抱住了，在她小嘴儿上热吻了一会儿，笑嘻嘻地说道：

"你要怕肉痒，你除非永远不嫁丈夫。"

"好哥哥，你安安静静地睡吧！我没有想到怪斯文的你，也会这样的不老实，那我悔不该有这个提议的了。对不起，你还是睡到沙发上去吧！"

"可是，事到如今，你要赶我也赶不走了。"

"那么你预备怎样呢？"

月娟是个情窦初开的姑娘，她怎么经得住让自己心爱的男子搂抱了热吻呢？所以她整个的身子也完全软绵无力了，偎在宗林怀内，低低地问。宗林知道她完全屈服了，假使自己有更进一步的要求，她也决不会拒绝的，一时倒感觉她的可怜，遂微笑着说道：

"我们安安静静地睡吧！"

"嗯！……"

月娟见他忽然又放下了抱住自己身子的手，一本正经地回答。一时倒不觉奇怪起来，口里答应了一声"嗯"，心中却在暗想：莫非他是生气了吗？女子终是痴心的多，她认为自己身子早晚终是属于宗林了，何必还刁难他呢？假使男女同床，而毫无一点春情的激动，这还能算是一个有感情的人吗？月娟在这么思忖之下，她的芳心软了下来，遂温情地偎上去，低低地问道：

"大哥，你心里恨我吗？"

"不！我……我怎么会恨你？我很惭愧，因为我到底是个社会上最普通的青年，我觉得不应该这样对待你。"

宗林很羞愧地回答，他要落泪的样子。月娟听了，倒忍不住又好笑起来，遂扳转他的肩胛，低低地说道：

"你不要这样说，我原谅你的顽皮。因为环境逼成我们到此地步，这又有什么办法？大哥，我们的爱是正大光明的，我并不承认我们没有结过婚而睡一床就算是对可耻的男女，因为我们没有经济能力，我们更没有诸亲好友，我们就只有孤零零的两个人，所以我们用不到什么结婚的仪式来告诉大家我们是一对夫妻了。因为这对于我们没有关系，只要我们心中已认为我们是一对夫妻了，那不就完了吗？大哥，从今夜起，我对天上的神明宣誓，蒋月娟便是胡宗林的妻子。"

"娟妹，你肯这样的原谅我，我心里太感激你了。你这话说得对的，假使一定要堂堂皇皇地假座什么酒楼、酒家举行婚礼，这么的铺张浪费起来，那么社会上像我们这样贫苦的青年男女是永远没有结婚的日子了。我就不相信有钱的人，个个都是人格高尚、品行兼优的吗？我们穷人都是卑鄙无耻的吗？不！不！我们决不承认我们是对苟合的青年，我们不必用法律来证明我们是对夫妻，我们用良心来证明我们是对夫妻。娟妹，我也对天上的神明宣誓，从今夜起，胡宗林便是蒋月娟最忠实的丈夫，日后若有对不住将月娟的地方，那就得……"

"大哥，你不用说下去了，我相信你是我的好丈夫。"

月娟听他滔滔不绝地回答了这一篇正义的话，她芳心真是万分的得意，遂笑了一笑，把小嘴儿凑上去，吻住宗林的嘴儿，是不愿他再有发咒的意思。宗林是甜蜜极了，他把月娟紧吻了一阵，说道：

"娟妹，我们是一对正大光明的夫妻了，那么我们得去租一间房子来安居才好。因为这么的下去，到底不是一个根本的办法。"

"是的，你这话很有道理，我们明天还是一同找房子去吧！"

月娟低低地回答，宗林点头答应。两人又谈了一会儿，方才各自沉沉地睡去。到了次日，两人便出外去找寻房子，在小花园一个仁德里十八号内的亭子间，向二房东花了一两金子租下来。月娟当下给她一只金镯，彼此签了合同。大家又到北京路，把另一只金镯兑去的钱，在旧货木器店里买了几样实用家具。匆匆忙碌了三天，月娟、宗林方才迁入新屋子去了。

这天他们点了一对高大的红烛，还买了一副糕桃面食，表示请请地主菩萨的意思。宗林是忙着布置房间，月娟忙碌地烧饭煮菜。直到晚上，两人洗了浴。宗林瞧着那对红烛还没有烧完，融融地十分明亮，这就笑嘻嘻说道：

"娟妹，这也可以算是我们的洞房花烛，今夜才是我们的新婚之夜哩！"

"唔！从今以后，我们已经脱离黑暗，步入光明大道，永远在幸福的乐园中沉醉！希望我们不要再受痛苦。"

"但我们需要努力，否则，环境这恶魔是会压迫我们的呀！"

两人谈了一会儿，也就熄灯安睡。静悄悄地过了好一会儿，忽听月娟细声地笑着，好像低低地在说："大哥，你今儿是做了人上人哩！"又听宗林得意的笑声，也哈哈地在黑夜的空气中流动。

六　为郎憔悴　伴舞求生存

　　月娟和宗林在仁德里十八号亭子间里同居之后，光阴匆匆过了半月。在这半月的日子中，宗林东也在寻生意，西也在找工作做。可是胜利后的上海，贫穷的人，到处碰壁，竟然一些儿出路也没有。可怜宗林在无限羞涩之下，真有说不出的痛苦。每次和月娟说话，终是愁眉不展地显出很抱歉的表情，说害你吃苦，我非常对不起你。月娟却温情蜜意地竭力安慰他，说千万不要灰心，终要忍耐才好。两人在无可奈何的情形之下，宗林只好在书店里批发了一些小说书，到马路旁边去摆书摊，兼卖报纸等物。宗林一个大学生的资格，竟弄到如此狼狈的地步。唉！这个年头儿，岂是文人的末路吗？

　　上海的房子，亭子间终是朝北造的，所以六月里的亭子间，西晒太阳照逼进来，好像蒸笼一样。人住在其中，身上的流汗是一刻都不会停止的。月娟的耐心很好，她不但不怕热，而且还静静地干着活计。虽然房东王太太请她到前楼去闲坐，她却不肯去。在她意思，自己房间虽然热得厉害，但终是坐在自己的房中来得舒服。她不喜欢跟人七搭八搭，这也是月娟本性幽静淑娴的地方，这种女子是很能博得人家可爱的。

　　黄昏的时候，天空中忽然乌云四聚，室内也昏暗得可怕。月娟心头非常着急，暗想：看这样子，竟是要落雨的光景。万一落了大雨，那可怎么办呢？宗林在马路旁摆书摊，固然没有地方可以躲雨，而且这些书报不是都要被雨淋湿了吗？想到这里，急得心头乱跳，几乎要流下泪来，遂合十了双手，暗暗祈祷上苍，但愿可怜我们贫苦之人，千万不要落雨才好。但是木然无知的老天，却是一些儿没有同情之心。月娟正在祈祷，忽然哗啦啦的一个霹雳，接着一阵凉风飕飕地吹过，那黄豆般大的雨点顿时倾盆般地落了下来。

月娟一面关上窗户，一面忍不住暗暗地叹了一口气。约莫十分钟之后，忽见宗林匆匆地背了书箱回家来了。月娟见他淋得落汤鸡一样，心里一阵子肉疼，连忙急急地说道：

"林哥，你……怎么淋了雨回家来呢？你……为什么不坐一辆车子回家呢？你也太节省了！淋出病来，那可怎么办？"

"不要紧！老天真是不肯帮忙，再熬上十分钟，我不是太太平平回家了吗？"

宗林放下书箱，他倒不管身上被雨淋得湿透，第一要紧先看箱子里有没有雨水漏进去。月娟却急急地把他衣裤都脱下来，又给他倒了一面盆热水，叫他快点洗身擦脸，免得受寒生病。宗林说道：

"我一见天空乌云盖下来，知道事情不妙，所以急急收拾回家。谁知到了半路上，老天却来不及地落雨了。"

"你坐一辆车子回家，就没有事了。"

"上海车夫真坏，一见天快落雨了，他们便大敲竹杠。一些些路程，八千一万地乱说。我想省下来，有一天小菜好买，所以便不管一切地走来了。"

宗林一面洗脸揩头上的雨水，一面恨恨地说。月娟听了，非常感触，忍不住深深地叹了一口气，大有眼泪汪汪的样子，说道：

"可怜你为了妻子，累你吃尽辛苦了。"

"娟妹，你不要这样说，我苦不了什么。倒是你，真受了许多的委屈，这是我做丈夫的太没有能力，我真觉得惭愧。"

"嗯，你又这么说了，我不许你说这些话。"

月娟撒娇地扭动着腰肢儿，逗他一个媚眼，却又微笑着说。一面接了手巾，给他擦背。宗林回身抱住月娟脖子，要吻她的面孔。月娟把嘴向外一努，低低笑道：

"当心房东太太走进来看见。"

"有什么关系？娟妹，我一见到你的脸儿，我什么忧愁、烦恼、痛苦，便统统都忘记了。你真是忘忧草，我是多么的爱你！"

宗林笑嘻嘻地说着，他把月娟拉到房门旁来，把自己身子倚着房门，是防人推进房来，然后把月娟小嘴儿甜甜地吻了一个够。月娟轻轻地推开他，秋波白了他一眼，又羞又喜的表情，红了脸儿，说道：

"你真太顽皮了！难道这半个月来的日子，你还没有吻畅吗？好了，时候不早，我做夜饭给你吃吧！"

"这颗小樱桃，给我一天吻到夜，我都不会厌哩！如何有吻畅的时候吗？好妹妹，给我再吻一吻吧！"

月娟因为宗林这样辛苦地在外面做小生意，为的是要维持这一个家庭，那么我做妻子的不是应该要给他一些儿安慰吗？所以宗林像孩子那么的缠绕她，她也只好羞答答地依顺他了。两人正在热吻的当儿，忽听门上有人笃笃敲了两下。月娟、宗林慌忙离开身子，只见房东王太太已推门进房。见他们两口子脸儿红红的，好像有些难为情的样子，一时嘻嘻嘻地瞟了他们一眼，说道：

"原来胡先生已经回来了！胡家嫂嫂，我送一碗阴凉绿豆汤来给你吃呀！"

"啊呀！王太太，你太客气了！时常送东西给我们吃，你们自己可以吃呀！"

"我们有很多哩！"

"谢谢王太太，请坐一会儿吧！"

月娟一面拿碗倒了，把空碗还给她一面招呼她说。王太太因为宗林赤着膊，穿了短裤，似乎正在洗浴，遂也不便坐下，拿了空碗，退出房外去了。月娟瞟了宗林一眼，笑道：

"青天白日，原不该这样子，险些儿被王太太撞见了。被她传扬出去，那叫人多么的难为情哩！下次可别这样子！"

"想不到碰得这样凑巧，王太太真会捣蛋！"

"人家送绿豆汤给我们吃，你还恨人家哩！"

"我情愿不要吃绿豆汤，你那个小樱桃就比绿豆汤有滋味得多哩！"

宗林一面穿上汗背心，一面望着她娇靥贼秃嘻嘻地笑。月娟白了他一眼，忍不住也嫣然起来，遂低低说道：

"你就把绿豆汤当作点心吧！我给你先把衣服去洗出了。"

月娟不等宗林回答，就拿了衣裤，浸在面盆里，端着走到楼下去了。等月娟洗好衣裤上来，见那碗绿豆汤，宗林还没有吃掉，这就"咦"了一声，问道：

"你为什么不吃呀？"

"我要和你一起分而食之，我一个人吃了有什么滋味？"

月娟听他这样回答，心头自然有些甜蜜蜜的成分，遂含笑说道：

"一共也只不过那么一碗，你就一个人吃着算了。"

"不！大家吃一点，我心里喜欢！"

宗林拉了月娟到桌旁一同坐下，他先把调羹舀了一匙，送到月娟口边。月娟见他那么的多情，因为不忍拂他的意思，遂就口而吃了。宗林方才自己吃了一匙，望了月娟白里透红的粉脸，笑道：

"这绿豆汤甜得很！"

"也许是糖放得太多了。"

"不是这个缘故。"

"那是什么缘故？"

"是因为你先喝过了的缘故呀！"

宗林扑哧一声笑出来，还把月娟粉脸吻了一下。月娟"嗯"了一声，逗他一个白眼，也赧赧然笑了。两小口子柔情绵绵地调笑着，这真所谓是闺房之乐。虽然生活是那么的清苦，但他们的精神却是愉快十分哩！

晚上，经过了一场雷雨之后，天气倒是凉快了许多。宗林、月娟躺在床上，眼望着窗外邻人家里的电灯是开得仗亮的，除了无线电播送过来的一阵阵音乐歌唱之声，还有噼噼啪啪雀战的声响，不时地触入耳朵。宗林叹了一口气说道：

"上海社会上的情形，真是太不平等了。有钱的人多么的舒服，无线电听听，麻将搓搓，哪里知道物价飞涨，百物腾贵的痛苦呢？"

"你这话，他们有钱的人，物价越涨，他们也越发财，所以货色涨价，我们穷人感到头痛，在他们心中是还希望涨价哩！"

月娟也感触地回答。宗林回眸望着她穿了鸡心领的衬衫，雪白的酥胸，高耸的奶峰，真是非常的可爱。一时把忧情又忘记了，伸手去摸她紫葡萄那么的一粒，笑道：

"有钱人涨家产，我们穷人涨些什么呢？"

"我们穷人涨年纪，过了一年涨一年，这些资格是有的。"

"不过婚后的你，还会涨出一个小宝宝来。那时候我们两个人，也许会变成三个人哩！"

"你终是那么贼秃嘻嘻的，难道不怕难为情吗？"

月娟羞红了粉脸，把手儿恨恨地摔开了，低低地说。宗林却搂住她软绵绵的腰肢，听了隔壁无线电内的乐声，笑道：

"娟妹，你听这音乐那么幽静动听，我们还是跳舞吧！"

月娟啐了他一口，两人嘻嘻地一笑，于是室内便静悄悄地没有什么声息了。到了第二天早晨，不料宗林全身发热地生起病来。月娟见他脸儿红红的，额角头上烫手得厉害，一时着急起来，便问道：

"怎么？你不舒服了吗？"

"嗯！头痛得厉害，恐怕昨天淋了大雨，受寒了吧！但你不要着急，没有关系，给我到药铺里去买一块神曲茶来，煎了我喝，就会好的。"

宗林要想支撑着起身，但一阵眼花缭乱，却又躺下床去。他知道自己病了，虽然心中很急，但恐怕月娟忧愁，所以竭力还拿话去安慰她。月娟不敢怠慢，急急到药店里去买了神曲茶回来。生了炭风炉，把药茶煎好，亲自服侍他喝下，一面逗了他一瞥哀怨的目光，低低地说道：

"叫你不要太顽皮，你偏不听，现在可乐极生悲了吧？"

"这不是为了那个缘故……"

宗林被月娟这么一埋怨，他辩说了这一句话，以下的话似乎很不好意思说，望着她也微微地笑了。月娟更羞得满面通红，她便走到楼下烧早点心去了。宗林睡在床上，起初以为偶然感冒，过两天就会好起来。谁知一连地躺了一个星期，寒热却不肯退去。月娟恐怕他变成伤寒，这可不是玩的，遂给宗林到张聋耳医生那儿去诊治，倒被张聋耳大夫说了几句笑话，说你们年轻夫妻，不该太以亲人，因为保重身子，也是很要紧的呀！说得宗林、月娟满面通红，回到家里，又忙着撮药、煎药。

穷人不生病，已经是很难维持的日常生活了。如今再生了病，在贫病交迫之下，月娟一个弱女子，如何能应付这恶劣的环境呢？所以愁眉不展，心里非常难过。王太太见了这个情境，遂对月娟说道：

200

"胡家嫂子，您先生这么病下去，没有进益，只有出账，那可不是一回事呀！不要说你们是做一日度一日的，就是稍微有些积蓄的，恐怕也会吃光用光的呀！所以你得想个办法才好哩！"

"可不是？但这个年头儿，粥少僧多，又有什么办法好想呢？老天也太不肯帮助穷人，已经是穷得这个样子，还要给他生病，这我们的命运真太苦了！"

月娟听王太太很关心地说，一时倒也非常地感激她，遂皱了眉尖，叹了一口气，轻轻地回答。王太太向月娟打量了一下，说道：

"胡家嫂子，你不要忧愁，照我的意思，胡先生既然卧病在床，那么你也应该想法子去赚些钱来贴补家用才好啊！"

"他是一个大学毕业生，尚且找不到一个好职业做，更何况我是一个没有学问的女子，叫我有什么工作好做呢？"

王太太见月娟搓手，表示很困难的样子。这就微微地一笑，拍拍她的肩胛，很有把握的神气，说道：

"胡家嫂子，你不知道这地方的环境，男子找事情做很不容易，但女子要赚几个钱，真是十二分的便当。尤其像你这样美丽的女子，老实说，要发财也是不放在心上的事。"

"王太太，你和我开什么玩笑？我们穷人只有口苦饭吃，已经够好的了，还想发什么财呢？"

"这不是开玩笑的事情，我完全是正正经经的话呀！"

月娟见王太太认乎其真地说，并不像开什么玩笑。这就凝眸含颦地望了她一眼，有些猜疑的样子，低低问道：

"那么我倒要请教你了，像我这种人有什么工作可做呢？做厂吧，又是生手；帮佣吧，家里没有照顾，这……实在是左右为难的事，唉！"

"你不要叹气呀！做女工、帮佣这都不是适当的工作。我问你，

201

你会跳舞吗?"

"跳舞?我从前跟我妈到舞厅里去玩过几次,她曾经叫我学,我虽学会了一些,但跳得并不好。怎么啦?跳舞能赚钱吗?"

王太太听月娟这样问,倒忍不住笑起来了,遂点点头儿,说道:

"不错,你会跳舞的,那更好了。我正经地跟你说,你在这样困难的环境之下,你还是做舞女去,我想你一定会发红的。"

"做舞女吗?那不是去做男子的玩物吗?我……有些不高兴。"

月娟方才明白王太太的意思,遂摇了摇头,表示并不情愿。王太太笑了一笑,斜瞟了她一眼,说道:

"做舞女你以为丢脸吗?胡家嫂子,你的思想太陈旧了!老实说,你只要把生意拿得稳,不上人家的圈套,用你两脚去跳来的舞票,这工作也是很高尚神圣的。假使男子在职业上舞弊,私用公款,或揩油,这比做舞女更可耻哩!这几天报上不是常登国家机关里职员舞弊案吗?哼!这些人才是不要脸呢!"

"王太太,你这话说得很有道理,不过……我和舞厅根本并不认识,难道叫我自己走上门去要求他们给我做舞女吗?"

经王太太这么一解释,月娟也认为做舞女是没有什么可耻的了。但一想到入门无路,她立刻又忧愁地说。王太太笑道:

"假使你有这个意思,我当然可以介绍你进去的。"

"王太太,你和舞厅熟悉吗?"

"我告诉你吧,我的儿子小王,他是在舞厅里办事的。"

月娟"哦"了一声,她暗暗地沉吟了一会儿。雪白牙齿,只管微微咬着她微薄的嘴唇皮子。一会儿又撩眼皮,瞟了她一眼,说道:

"王太太,我想跟胡先生去商量商量,也不知他心里赞成不赞成,回头我再给你回音吧!"

"也好,不过胡先生他也要忖忖自己的环境,已经是困迫到如何的地步？假使他不赞成的话，那么他也只有等死的了。胡家嫂子，你听了可别见怪。我是直肚肠，无非是一片好意。"

"我知道王太太的好意，所以我很感激你。"

月娟一面说，一面和王太太分手，就匆匆回到亭子间里来。只听见宗林睡在床上不住地呻吟，显然是很痛苦的样子，于是挨近床边，低低问道：

"你要喝口茶吗？"

"好的。"

"林哥，你的热度不肯退去，那可怎么办呢？"

月娟扶了他身子，服侍宗林喝茶。当她摸到宗林额角上像火炭似的一团，忍不住又忧煎地说。宗林叹了一口气，有气无力地说道：

"管他呢！有命的终会好，没命的，也就不用再说了。"

"林哥，你说得好爽快的！可是，叫我……"

宗林这两句话仿佛是一个催泪弹，投掷到月娟的心坎里，她忍不住无限悲酸起来，带了哽咽的成分，说到这里，再也说不下去，眼泪像雨点一般地滚落下来了。宗林见了，也很难过，遂含泪说道：

"娟妹，这是我害你的了！"

"不！你不要说这些话，你的病是会好起来的。"

月娟这会子偎了他的脸儿，忍不住呜呜咽咽地哭泣起来了。宗林把手颤抖地抚摸着月娟的头发，眼泪也像珍珠似的落下了两颗，说道：

"娟妹，不要伤心，我不再说这些话了。但是，几天来的家用开销，外加医药费用，恐怕一些儿钱已用得差不多了。而我的病还没有好起来，那么这以后的日子，将怎么地过下去才好呢？这不是叫你急煞人了吗？所以我心里想想，实在太对不起你了。"

"林哥，我现在有一个办法，可以赚钱维持生活，而且还可以医

203

你病体，但不知你心里可赞成吗？"

"是什么办法呢？"

"王太太的儿子，他在舞厅里做事情，王太太很热心地关怀我们的生活，所以劝我做舞女去，他儿子会介绍我上舞厅的。我想做舞女虽然不太好听，但为了生活，也只好上火山啊！况且我是为跳舞赚钱而给人家跳舞，这不是和男子做生意一样的高尚吗？林哥，等你病好了之后，你可以出外做生意了，我再不做舞女了，你瞧我这办法好不好呢？"

宗林听了月娟这些话，他悲酸儿惭愧，忍不住泪如雨下。月娟忙问他为什么这么伤心，宗林摇摇头，叹息道：

"我枉为是个堂堂正正的男子汉，竟连个妻子都养不活，那我还做什么人呢？唉！我太委屈了你。我……怎么能对得住呢？"

"林哥，你不要这么说，怀才不遇，这是社会的不良。昔日，韩信受胯下之辱，也是英雄无用武之地。只要渡过了眼前难关，将来时机一到，你自然会扬眉得意的。不过，最要紧的就是身子健康，所以我非设法医治你的病体不可，那么我只有做舞女去了。"

宗林紧紧地握着她的手儿，他除了流泪之外，已说不出感激的话来了。月娟接着又低低地声明道：

"林哥，不过你得相信我，我决不会出卖我的肉体，我也决不会跟任何一个男子发生恋爱。我把我两脚去跳舞，换来的舞票，给你医病。"

"娟妹，我相信，我相信！你不但是我最亲爱的妻子，而且还是我的救命恩人。我这次病体若能够好起来，这世做人，完全是你恩赐给我的啊！"

"我们夫妻何必说这些话，老实说，你身体健康起来，这是我的幸福；你有得意的日子，这是我的幸福。终而言之，我们两个人痛痒相关，完全是有连带关系。"

月娟含了真挚情意的目光，脉脉地凝望着她，诚恳地回答。宗林没有再说什么，脸上沾了无限的眼泪。他们小两口子既然决定了之后，月娟便回复了王太太，由王太太的儿子介绍，便上米高美舞厅做舞女去了。

王太太儿子小王，原来是个舞女大班，他是专门靠女人吃饭的。平日之间，西装笔挺，神气活现，大家都以为他是银行经理、洋行买办，但事实上却类如妓院中的乌龟一样。上海的社会，真是令人有捉摸不透的神秘呢！

月娟的舞步虽然并不熟娴，但是脸蛋儿生得非常漂亮。兼之婚后的月娟，无论胸部、手臂都胖了不少，因此在色情狂的男子眼中看起来，更觉肉感动人，引起了无限的性感。第一夜进舞厅，由小王在舞客面前极力地推荐拉台，居然坐了十只台子。除了好几万舞票之外，还进益了两万多元的现钞。月娟想不到女子在这个社会上赚钱竟是这么的容易，心里欢喜得了不得，第二天就给宗林去看牛中林西医。这牛医生和牛依仁医生大不相同，他是英国留学医科博士，医道高明，经他打针吃药之后，宗林的病情就慢慢地减轻起来。月娟在顾客面前虽然受了很多的委屈，因为有些色眯眯的舞客，既然花费了钞票，当然对花朵般的月娟不免有了轻薄的举动。月娟为了宗林的病体，还需要服药调理，那有什么办法呢？也只好含着眼泪强颜欢笑的敷衍着罢了。

这天晚上，月娟在家里吃过夜饭，她对镜梳妆，又要到舞厅里去了。宗林望着月娟的粉脸，颇有惭愧的颜色，低低地说道：

"娟妹，光阴真快！一忽儿，我病了快近半个月了。可怜你为了我，每晚这样的辛苦，叫我心中真是不安。我想再过几天，我的病体完全复原了，你就不要再上舞厅去了。"

"好的，不过小王先生说，舞厅的规矩，非做满一个月不可，否则，要赔偿他们的损失。"

"他妈的，舞厅又有什么损失呢？我想这是小王先生的噱头。"

"因为你生意很好，他是介绍人，在舞厅方面，他有酬劳的，所以故意这么说罢了。虽然你做了近十天的舞女，进益胜过我一年的日子，但我终不情愿你去赚这种钱。虽然你是清清白白的，不过我做丈夫的心中似乎难免有些刺激。"

"好在一个月的日子也很快，做满一个月，我也不高兴再做，情愿吃一口苦饭。谁愿意在这灯红酒绿中混天糊地地疯狂呢？"

"月娟，你真是我的好妻子，像你这样贤德的女子，我可以骄傲地说，除了你之外，再也找不出第二个人来了。"

宗林点点头，万分感动地说。月娟化妆已毕，坐到床边去，偎了她的脸儿，笑盈盈地说道：

"林哥，你说得我这么好，我心里太高兴，但也很惭愧，因为，夫妻在家庭中本应该和衷共济的，假使患难的时候不合作，这种家庭永远不会有幸福的日子。一个家庭如此，一个国家又何尝不是如此呢？瞧我们国家，胜利之后，照说应该团结一致，努力建设，努力创造，那么才会产生一个新的中国。现在呢？'建设'两字谈不到，工商业凋零惨落得可怜，舶来品源源而入，这个倒不必说，还要破坏、毁灭！在八年抗战之中，已经大伤元气，如何还能再这样互相残杀，消耗精力！这样一而再的损伤，因此弄得百物腾贵，民不聊生。这样的不争气，实在是黄帝的不孝子孙。最最可怜的，是一般弱小同胞，受了鬼子的残杀之余，又要遭到自己人的打击杀戮，这是多么的痛恨！天若有知，恐怕也要痛哭流涕了呢。"

"娟妹，你这话说得真不错。贪污、舞弊，满报纸都塞满了，有才学的人弄得一口苦饭也没有吃，一字不识的奸商却进出汽车，花

206

天酒地，这确实是太以痛心的了。"

　　两人感慨地发了一回牢骚，因为时候不早，月娟遂匆匆地到舞厅来了。九点钟的时候，小王走到月娟旁边，低低地说了一声，"有人叫你台子"。月娟遂站起身子，跟了小王到一个桌子旁来。见那边沙发椅子上坐了一个很胖很丑的男子，当他们两人见面的时候，月娟暗想，这人好生面熟的。但那个大胖子"啊"了一声，惊奇地叫起来了。

七　神飘魂摇　痴心守财奴

当时屠许明见到月娟之后，不由惊喜交集，伸手把她紧紧地握住了。一面请她坐下，一面嘻嘻地笑着，色眯眯地说道：

"你……不是宓小姐吗？你……为什么竟在这儿做舞女了呢？"

"不！不！你这位先生贵姓？我并不姓宓。你……恐怕认错人了吧！"

月娟芳心别别乱跳，她虽然认得这个丑大胖子，就是曾经向自己求过婚的屠许明。但是怕他会向宓志万去报告，那么自己不是要被义父找寻到了吗？所以她连连地摇头，显出莫名其妙的样子，向他一本正经地否认。屠许明听了倒有些难为情起来，两颊热烘烘的，慌忙放下她的手，将她呆呆地打量了一会儿，暗暗想道："难道她果然不是宓小姐吗？只怪我和她只有见过一面，所以糊里糊涂的倒也有些难以肯定起来。"遂赔了笑脸，低低地说道：

"我姓屠，名叫许明，那么你这位小姐贵姓呢？"

"哦，原来是屠先生！我……我……我姓张的，名字叫菊红。"

原来月娟在舞厅里的名字，确系改作了张菊红，所以她镇静了态度，但还是有些口吃的成分告诉着。屠许明目不转睛地盯住了月娟的粉脸，一面叫声张小姐，一面笑嘻嘻地说道：

"张小姐，你多大年纪了？"

"我……哎！屠先生，你倒不妨猜一猜。"

208

月娟恐怕从实告诉了年纪，使他又要疑心到我就是宓志万的女儿，所以故意笑了一笑，俏皮地说。

屠许明趁此机会，又把她望了一个够，如醉如痴地暗想："看她的脸儿，实在就是月娟小姐，但她为什么只管否认呢？"于是笑着说道：

"我看你最多也不过十八岁罢了。"

"猜错了，我已经有二十岁了。"

月娟听他一猜便猜中了，可见他一心把自己认作月娟看待，心头不免有些惊慌，遂故意摇摇头，平静了脸色，低低地回答。屠许明听她说二十岁了，不免又想："我难道真的认错人了？因为月娟姑娘的年纪，据牛依仁告诉我，她确实还只有十八岁哩。"于是又问道：

"张小姐，你府上还有些什么人呀？"

"我家里的人可不少，爸爸、妈妈、哥哥、弟弟、姊姊、妹妹，一共有十多个人哩！"

"啊呀，这么许多人吗？但是他们难道都不会赚钱的吗？"

"我爸爸和哥哥都失了业，弟弟妹妹年纪又小，因此这一份家庭的负担，就压在我一个人的身上了。"

月娟说了一大篇的谎话，摇摇头儿，满面显出悲哀的样子，还微微地叹了一口气。屠许明觉得，一个娇弱的女子，竟负了这一副千斤重担，一时感到同情得可怜，皱眉了两道浓眉，低低地说道：

"张小姐，你这样恶劣的环境，真可说是貌艳如花，命薄如纸，我觉得非常地可怜你。那么你在这儿做舞女，有多少日子呢？"

"已经一年多了。哎，我们这种女子，真是太苦命了！"

屠许明听了也叹了一口气，呆呆地望着她，出了一会子神，觉得这位张小姐和月娟姑娘的脸儿，实在很像。月娟姑娘我不能得她为妻，那么我何不向这位张小姐追求一下子呢？于是温情地说道：

"张小姐，你不要伤心，我看你将来一定有好日子过，因为照你面相看来，你实在是个有福气之人呀。"

"像我这样做舞女的人，哪里还谈得到什么'福气'两字呢？"

月娟笑了一笑，低声儿回答。屠许明却连连点头，遂说了两声"一定！一定"！他似乎有些痴然的样子，望着月娟出神。月娟被他看得倒有些难为情起来，遂一撩眼皮，低低说道：

"屠先生，你干什么痴望着我呢？"

"因为……因为……你像一个人，这个人又是我最最心爱的人，所以我心中真的感到很奇怪哩。"

"屠先生，你这人真不老实，故意讨我的便宜吗？"

"不！不！孙子王八蛋才讨你便宜哩。真的，你太像宓小姐了。哎，说起来真是伤心，宓小姐本来是我的未婚妻，可是现在呢，她……她……竟跟人家逃走了。"

屠许明一本正经地辩解着说，他似乎非常伤心，大有落下泪水儿的样子。月娟听了他的话，又见了他的神情，芳心在暗暗好笑之余，倒也很感觉他痴心得可怜，遂笑着说道：

"你这话一定胡说八道，既然是你的未婚妻，她怎么会逃走？况且，你也可以向她家长办交涉的呀。"

"这……因为我们将要订婚，而还没有订过婚哩。假使我把聘礼聘金都已送过去了，那我自然可以向他父母办交涉，现在叫我怎么说得出呢？"

"原来没有订过婚，那就根本不能算是你的未婚妻，我以为你也未免太自作多情了。"

"可是……可是，我是深深地爱上了她。我为了她，曾经生过病；我为了她，也曾经流过泪。唉，我为她几乎要发痴了。"

月娟听他这样说，眼泪真的滚落下来。一时望着他有趣的脸儿，倒忍不住扑哧一声笑了出来，秋波斜乜了他一眼，说道：

"那你就未免自寻烦恼了。你爱她，她不爱你，这也是枉然啊！男女的爱情，是不能有一丝一毫勉强的，你不懂得爱的原理，你真是傻瓜哩！"

"奇怪，她为什么不肯爱我呢？老实说，我的家产不算少，我的地位也相当高，她做了我的太太，难道还会委屈了她吗？"

"这你就得问宓小姐去，问我，我怎么知道呢？"

月娟见他痴头怪脑的神情，心中益发感到好笑起来，所以用了怪俏皮的话，低低地回答。屠许明倒是被问住了，暗想：我这人真有趣！怎么去问她呢？于是呆了一呆，望着她说道：

"张小姐，我觉得你这人和宓小姐一样的美丽，你这人和宓小姐一样的可爱，虽然你是一个舞女，但我心里也非常羡慕你，敬爱你。我想跟你交一个朋友，不知道你肯答应我吗？"

"屠先生，你要和一个舞女做朋友，那你在跟我开玩笑么？"

"不！不！我绝对不跟你开玩笑，假使我说的不是真心话，那我就是孙子王八蛋，不是人养出来的！"

"屠先生，你怎么这样爱做孙子王八蛋呀？我好像听你说第二次了。"

屠许明被月娟这么一取笑，他真是难为情得两颊绯红起来，口吃着语气，低低地说道：

"张……小姐，我……我并不是爱做孙子王八蛋，我无非表示真心的意思才这么说的呀。张小姐，请你相信我，我对你并没有一句虚言。"

"其实对一个初见的舞女，何必这么认乎其真呢？屠先生，我们还是跳舞去吧！"

"不！惭愧得很，我不会跳舞。"

月娟因为他啰哩啰嗦的话太多了，感到很讨厌，所以站起身子来，叫他一同去跳舞。可是万万也料不到屠许明红了两颊会说出这两句话来，一时愣住了一会儿。遂又坐了下来，稀奇地问道：

"怎么？你不会跳舞吗？"

"是的，我一些儿也不会。"

"你不会跳舞，你到舞厅里来干什么呀？花了挺贵的钱，就这么的坐一会儿，我觉得你真有些硬伤哩！"

屠许明觉得她这几句话多少包含了一些讥讽的成分，因此脸儿更涨得像血喷猪头那么的通红。呆住了一会儿之后，方才说道：

"张小姐，你不知道，我从前是不玩舞厅的，因为宓小姐跟人逃走了之后，我心里受了很大的刺激，所以便天天到舞厅里来游玩了。"

"可是，你既不会跳舞，又有什么好玩呢？"

"我到舞厅来的目的，并不是为了跳舞。"

"那你是为了什么呢？"

"我想在舞女当中找一个像宓小姐一样美丽、年轻、温文的姑娘，这也是我一片痴心，无非慰情聊胜于无的一种办法。但天可怜我，今日终于给我碰见了理想中的姑娘了，啊，这我是多么的兴奋和快乐呢！"

月娟听他这样说，两眼还笑成了一条线，这副嘴脸真叫人有些讨厌，遂冷冷地一笑，却并不作答。忽然转念一想，这种色眯眯的屈死，我何必同他翻脸？还是将计就计的，灌他一些迷汤，骗他一些瘟生钱，这不是很有意思吗？遂打定主意，立刻含了一副媚人的笑脸，还偎过身子去，表示亲热的神气，低地问道：

"屠先生，你今天碰见了谁呀？谁是你理想中的姑娘呢？"

"张……小姐，我……这可不好意思说出来。"

"你只管说出来好了，没有关系。老大个子儿，你难道还怕难为情吗？"

月娟见他支支吾吾地回答，那副态度真是有些说不出的尴尬，这就益发感到好笑，遂故意戏弄他一下，伸手抬了他一记下巴，娇媚地说。屠许明被她偎了身子，已经有些昏陶陶，此刻怎么能经得住她把自己下巴一抬。他的神魂也有些飘荡起来，不免受宠若惊，慌得手足无措，吓斯斯地说道：

"张……小姐，那么我大胆地说出来了，我心里所希望的，就是能够碰见像你这么一个美丽的姑娘呀！张小姐，我很放肆地跟你说，我爱你！我……我到死都爱你！"

屠许明越说越气喘，越说越脸红，他那颗心儿的紧张几乎要炸裂起来。月娟纤手按着他的肩胛，还故意笑盈盈地问道：

"屠先生，你这话可是真的吗？"

"孙子王八蛋说一句假话。"

"又做了一次孙子王八蛋了，嘻嘻。"

"不，不，我是真心的话，那我就不是孙子王八蛋。张小姐，我……我可以完全告诉你，我今日得见小姐，真是三生有幸。我在故乡有良田一千多亩；在上海，我还有好几十幢的房子；而且，而且我在银行里还有现款。哎！哎！至少也有好几十亿。我……还是一个参议员。最最要紧的我告诉你，我实实在在还没有娶妻子呢。"

屠许明忽然触动了灵机，把上次牛依仁教他向月娟求婚的话，此刻又重复地说了一遍。他非常满意，因为自己记忆力不算错，虽然是已经说得满头大汗，但到底一句也不漏地都说了出来。不过，在月娟耳朵里听来，只觉得此公寿得可怜，呆得有趣，遂扑哧地一笑，故意逗他一句，说道：

"你没有娶过妻子，那么你莫非要看中我了吗？"

"啊，张小姐，你这句话就说到我的心眼儿上去了，你真是我的心眼一样。我……说不出，形容不出，是多么多么地爱你啊！"

月娟这样问他，屠许明不免有些惊喜欲狂，他这回鼓足了勇气，猛可握住了月娟的手，说得口沫横飞的样子。月娟真是又好气又好笑，遂逗给他一个妩媚的娇嗔，笑道：

"你虽然看中了我，但是我家里的人可不少，这一笔生活的负担，你可吃得消吗？"

"当然吃得消，我有这么多的钱，不要说你家里只有十几个人，就是有四五十个人，我也不怕呢！你放心，只要你肯嫁给我，一切生活费用，都由我负担好了，毫无问题！"

屠许明说到了末了一句，还伸手拍拍胸部，表示绝对有把握的样子。月娟却噘了噘小嘴儿，瞟了他一眼，说道：

"口说无凭，我可有些儿不相信！"

"你不相信吗？那么我把这枚钻戒脱给你戴好吗？足足有三克拉大，光头好，镶工又精致，完全是火油钻。你快戴上了，算我们定情戒子好不好？"

这枚钻戒，本来是送给牛依仁太太的，后来因为婚事不成功，所以屠许明讨了回来，就戴在自己手指上。此刻，他听月娟不相信自己的话，遂立刻很慷慨地脱下钻戒，亲自给月娟戴上了，还非常认真地说。月娟因为存心骗骗他瘟生，所以并不客气地接受下来。她把嘴儿凑过去，吻了屠许明一个面孔，笑盈盈地说道：

"屠先生，你太好了，我一定答应嫁给你，你心里欢喜么？"

"喔！我怎么不欢喜呢？天哪，我真是欢喜得有些过分了呢！张小姐，不，大令，那么我们马上结婚吧！"

屠许明居然也学会了一句外国语。他被月娟这一吻，他真是有些坐不稳，若不是沙发椅子有靠背，他真会跌到地上去了呢！月娟笑道：

"马上结婚？你预备开特别快车吗？"

"我说马上并不是说现在就结婚，我的意思，应该立刻预备起来。比方说，假座什么礼厅，请谁证婚，办些什么用品，不是马上就得开始进行起来吗？"

"你这话很有道理！第一要紧，我做新娘的时候，没有好的衣服，所以非赶快剪料子不可。"

"那没有问题，我明天剪十件衣料来给你好吗？"

"我的意思，你给我钞票，我自己去剪，因为别人拣的花样，终叫人有些不大称心的。"

"那也好，但我此刻现钞带得不多，还是开张支票给你，明天早晨你到中国银行去领取现钞好了。但不知道你要多少数目呢？"

屠许明听了，连连点头。他伸手在袋内摸出支票簿来，又取了自来水钢笔，望着月娟粉脸，低低地问。月娟憨然地笑了一会儿，秋波斜乜了他一眼，说道：

"那怎么能叫我说数目呢？你愿意开多少数目就开多少好了，反正我做了你妻子以后，我有很多的衣服可以掉换着穿，这也是你做丈夫的面子呀！"

"不错！不错！屠许明的太太，是应该穿得漂亮的。那么，我就开一张三千万元的支票给你，你喜欢买什么，就什么，好吗？"

"三千万元，不会太多吗？我想你一定会肉痛的。"

月娟一听这个数目，不免喜上眉梢，遂满脸堆了春风得意的媚笑，不过口里还故意这么的逗着他说。屠许明听了，连说"哪里！哪里"！一面拿钢笔在支票上簌簌地写了"三千万元整"几个字，一面交到月娟手里，笑嘻嘻地说道：

"你以为三千万元的数目多吗？然而在我眼睛里看来，却觉得微乎其微呢！明儿，我们结了婚，我所有一切的家产，都交给你保管。你看了这一笔财产数目的时候，你才会感到惊人哩！"

"那么照你说来，这三千万元钱，在你好比是牯牛身上拔一根毛似的，根本算不得什么稀奇，对不对？"

屠许明哈哈地笑着，连说了两声"对"，月娟遂把支票藏入提包内，向他含笑道了一声谢。屠许明握住她软绵绵的纤手，说道：

"我们既成了夫妻，何必还说谢谢的话呢？张小姐，不！我这人真糊涂，常常要叫错的，我该叫你一声妹妹好吗？"

"好的，那么我就叫你一声许明哥哥。"

月娟温情地点点头，笑着回答。屠许明听到她这一声哥哥的叫喊，他的骨头顿时轻松得没有四两重起来，混淘淘的样子，几乎要跌下地去了。过了一会儿，才低低地说道：

"妹，你明天什么时候去买衣料？我到你府上来陪你一同去买好吗？"

"我家里地方又小又脏，实在见不得贵人的。我的意思，你明天下午三点钟，在新新公司二楼绸缎部来找我，我在那边等着你怎么样？"

"已经变成自己人了，你何必还客套呢？"

"不是这么说，我爸妈是老派的人，他们一定会这样说，女婿是娇客，岂可以随随便便地到来呢？至少给我们把地方收拾收拾清洁，然后备一席鱼翅酒筵，请你吃饭，这才是正经的道理呢！"

屠许明听她这样说，又觉得非常有道理，遂点了点头，说准定明天大家在新新公司二楼碰面好了。月娟见自己计划成功，心里乐得什么似的，遂故作万分热情的表示，和屠许明七搭八搭地说着笑话。直到舞厅散场的时间，两人才握握手，欢欢喜喜地各自回家去了。

月娟到了家里，见宗林还没有睡去，等着自己回家。一时坐到床边，抱着宗林哈哈地笑起来了。胡宗林见他这样高兴模样，倒是奇怪得有些莫名其妙，遂急急地问道：

"娟妹，什么事情呀？你竟快乐得这个样子呀？"

"林哥，你瞧，这一张支票和这一枚钻戒。"

月娟听问，方才把那张支票和那枚钻戒从皮包里取出来，低低地说。宗林见了，眨了眨眼睛，还是弄不懂这到底是怎一回事情，遂急问这两样东西是哪里来的。月娟于是把舞厅里遇见屠许明的经过情形一五一十地向宗林告诉。宗林听到这话后，又见支票上的圆章和签字确实是"屠许明"三个字，方才完全地相信。但却又焦急地说道：

"娟妹，你这行为不是会弄假成真吗？万一他用武力来强迫你，你那时候怎么办呢？"

"林哥，你放心，我已想得很周到了。明天一清早我到中国银行去取了钞票之后，我便不再上舞厅跳舞去了。他又不知道我住在什么地方，他如何能找得到我呢？"

"那么在小王先生面前怎么交代？他不是说跟你约定要做一个月之后才能不做吗？"

"林哥，你这话真也太傻了！天下世界，只要有了钱，哪里还有这一种规矩呢？小王先生面前我送他两三百万元钱，他就保险没有什么话再说了。"

宗林听月娟这么安慰自己，遂也放心了不少。他沉吟了一会儿之后，忽然立刻又忧愁起来，皱了眉尖，望着月娟粉脸，说道：

"娟妹，你不是说当初是小王先生给你介绍屠许明的吗？那么他一定会向小王先生追究的。假使小王先生知道你骗了屠许明的钻戒和三千万元钱，他恐怕也会眼热的。万一他把你的住址告诉了姓屠的，这件事情不是又弄糟了吗？所以我细细想来，你这种行为到底是太冒险的事。"

"……我有办法对付小王先生，你不要着急。"

"你有什么办法对付他呢？"

"我想屠许明和小王并不是很熟悉的，老实说，舞厅里客人多，在小王心中哪里记得清楚那许多。至于屠许明呢，曲头曲脑的人，他知道什么叫做舞女大班。而且在霓虹灯光之下，根本认不清楚谁是小王，谁是小张？让我猜想，绝对没有问题。虽然我这行为，近乎卑鄙，但我心中恨的就是这个曲死。我们今天受苦，还不是他向我求婚，以致害了我吗？况且，这种守财奴，嗜钱如命，我骗他一些用用，也没有什么丧天害理哩！"

月娟恨恨地说了这一篇话，宗林也就无话可说了。夫妇两人，便熄灯安寝。第二天早晨，月娟到中国银行取了钞票回家，她拿了五百万元钱送给王太太，说自己买了一张奖券，中了头奖，所以不预备做舞女了，这些钱送给小王先生，请他帮忙。王太太见钱眼开，一面向她道贺，一面拍胸答应下来，说绝对没有问题。在三天之内，月娟和宗林是怀了鬼胎，恐怕小王追究此事。但三天五天过去，却并无一些事情发生。月娟、宗林这才完全放心。这时宗林病体也完全复原，他有了钱后就不再到马路上摆书摊，坐在家中开始他的写作工作，卖到书间印刷单行本，居然一纸风行，大有销路。因此，宗林感到兴趣，继续写作。

光阴匆匆，这已经是初秋天气了。月娟这天在南京路买物，忽然被人一把抓住，说声"找得我好苦！"月娟一吃惊，非同小可，她那颗心儿就像小鹿似的乱撞起来了。

八　恩断义绝　风流贵族女

诸位读者一定以为这拉住月娟的人便是屠许明了。谁知却是宓志万呢！说起志万这人，真也可怜。他最近受了一个很重大的刺激，他到底受了什么刺激呢？待作书的从头细细地说出来吧！

锦花自从宗林带着月娟出走之后，她对于宗林由心爱而变成痛恨起来，觉得两性的恋爱，一厢情愿的到底难以如愿以偿。于是她不得不想着了任学海的可爱，觉得学海实在是最了解最懂得自己的一个知心人，我绝不能冷淡他，而抛弃他。因为自己这样一个富于引诱男子的女人，在胡宗林面前居然也会失败，可见女人要爱上一个男子，也不是一件容易的事。锦花在这样思忖之下，她便在第二天打电话给任学海，约他在高士满舞厅里碰面。学海自然连声地答应，他们在约定的时间内，大家都准时而到了。

两人紧紧地握了一阵手，一同在桌子旁坐下。学海一面递过烟卷，一面给她燃了火柴，望了她粉脸，微微地笑道：

"一日不见，如隔三秋，何况我们三日不见，真是好像隔别了九秋哩！锦花，我真想念你，你这几天中一定很不快乐，听说月娟这孩子，跟着胡先生逃走了，是不是真的呀？"

"这消息，你怎么知道的？"

"是宓老伯告诉我的。"

"既然是志万告诉你的，那还有不真吗？你还来问我，那是什么的意思?"

锦花一面吸烟,一面把秋波逗了他一瞥白眼,大有嗔恨的意思。学海这就被她问住了,倒是呆了一呆,慌忙赔了笑脸,说道:

"没有什么意思,你又生气了?我想胡先生这么一个老实的青年,居然也会做出这种事情来,所以我真有些不相信呢。古人有句话,知人知面不知心,这就真是不错的了。"

学海的话,似乎包含了一些作用,这个作用至少是向锦花在说,你爱他,他不爱你,又有什么办法呢?锦花是个聪明的女子,她当然也很明白学海的意思,所以一颗芳心,颇觉难受,低了头儿,却默然没有做声。良久之后,方才抬头瞟了他一眼,低低地说道:

"学海,你真是我的良伴,我到此才相信你的话,新的终是不如旧的好,学海,你是我唯一的安慰者,过去我对你的不忠实,你能原谅我的,不是吗?"

"锦花,你别那么说,我承蒙你看得起,给我种种的好处,我已经是很感激你了,我怎么还会见怪你呢?"

学海听到锦花要自己饶恕她过错的话,心里是多么的得意,遂握着她的纤手,故意越显得温柔的模样,低低地说。锦花听了,非常感动,遂情不自禁地倒在学海怀里,两人脸儿紧紧地偎贴住了。过了一会儿,锦花拉了他的手,便到舞池里跳舞去了。

两人跳完茶舞出来,在外面吃了夜饭。饭毕,时已八点半了,学海望了锦花一眼,笑嘻嘻地问道:

"今天志万在外面有宴会吗?"

"不管他,我们管我们的余兴。学海,你的意思,预备上什么地方去呢?"

锦花眼儿水汪汪的,粉脸上浮现了红晕的春情,低低地回答。学海明白她心中的意思,遂附了她耳朵,轻轻地说了一阵。锦花嫣然地一笑，在这一笑之后，他们以后的发展，又是多么神秘的一幕啊！

匆匆的，又过了一星期。这晚志万、锦花都没有出去，夫妇两人，睡在床上，大家说着闲话。志万突然想起了一件事，便对锦花说道：

"我们这一科里有一个女科员，姓李名志芬，今年二十六岁了，容貌倒还生得美丽，却还没有结过婚。"

"怎么啦？你要娶她做小老婆吗？"

锦花听他无端地提起了女科员，心中便有些酸溜溜，遂故意逗了他一句，含笑回答。志万慌忙笑道：

"哪里哪里，你又多心了！我因为见她人品很好，所以我想给她做媒哩！"

"你预备给她配什么人呢？"

"还不是这个任学海吗？他的年纪不算小了，已经是三十岁出关了，假使再不结婚，难道到四五十岁才娶妻子吗？"

志万这话听到锦花的耳朵里，芳心倒是别别地乱跳，暗想："学海若结了婚，我不是完了吗？"因此很怨恨地冷笑了一声，说道：

"这真是皇帝不急，急煞太监，他自己没有想到'结婚'两字，要你瞎起劲儿做什么呀？"

"太太，你不知道，学海的父亲和我是知己好朋友，他临终的时候，曾经把学海托付给我，所以他就等于我的子侄辈一样，我对他不得不负起一些责任，那么才对得住我老朋友在天之灵呢！"

"那么你和学海说过了没有？"

锦花听他这么解释的回答，一时倒也弄得哑口无言。过了一会儿，才抬头瞟了他一眼，低低地问。志万说道：

"我今天早晨跟他说过了，他听了，却并没有发表什么意见。"

"是不是答应了呢？"

"也许是的，一个三十多岁的男子，谁不想早些娶一房妻子呀？我猜他心中也很着急的，现在我肯给他做媒，他还有不喜欢的道理吗？"

"嗯……"

锦花的心头，仿佛有针在刺一般疼痛，她的怨恨，几乎要流下泪来。但理智告诉她，这是绝对不能够的事。因此，极力熬住悲痛的发展，转了一个身子，"嗯"了一声，没有说话。

志万很奇怪地扳着她的肩胛，低低问道：

"怎么？你不高兴我管这种事情吗？"

"常言道，管闲事，淘闲气。学海这人很不好弄，管得好，他也不会见你情；管得不好，也许还要怨恨你。再说，现在结婚这事，这笔费用也很可观。你既然当他做子侄辈看待，我知道你一定会贴钱给他花的。"

志万听了，以为女人家气量狭窄，所以阻拦自己别管闲事，遂笑了一笑，搂着她腰肢儿，说道：

"你放心，学海现在坐的这个位置，很不错，除了薪水之外，还有外快进益可不少。我知道他有能力结婚，决不会要我贴他一个钱的。"

"好吧，那么你就给他做媒吧。时候不早，我要睡了！"

锦花没有什么理由再可以去阻止他做媒了，于是恨恨地说。她闭了眼睛表示要入睡的样子，志万于是也不再说什么，就沉沉地睡着了。可是锦花这一晚，却无论如何睡不着，翻来覆去想了一夜心事，直到子夜三点敲过，方才闭眼而睡。等次日醒来，志万已留了字条办公去了。锦花把纸条恨恨地捏成一团，很快地掷到痰盂里去。一面匆匆起身，打个电话给学海，叫他下午五点钟在大东旅社三楼

222

来会面，门口有"锦记"两字的房间就是。学海听了，当下答应。他坐在办公室内，由不得暗暗思忖了一会儿，觉得锦花今天叫我前去会晤，一定是为了志万给我做媒的事情，回头见面不知怎么回答她才好。胡思乱想地直到落了办公室，遂坐了车子急急来到大东旅社三楼。一问堂口，知道"锦记"是开在三百二十六号房间，于是推门而入。只见锦花躺在床上，身上盖着一条薄薄的线毯。因为自己进去，她并没有发觉，可见她是睡着了的缘故。于是悄悄地走到床边坐下，伸手预备去推她腰肢的时候，忽然锦花"哎"了一声，把两条玉臂横了出来，那盖着的线毯，就褪落到胸部。只见她穿着一件月白绸纺的衬衫，是因为鸡心领的缘故，所以露出雪白的酥胸。学海不免有些神魂飘飞，遂把那线毯完全揭去，见她下面只穿一条三角短裤，胯间绷紧了凸着高高的一堆，这更叫学海有些情不自禁起来。他很快地脱去了长衫，回身丢到沙发上去。不料这时，锦花从床上坐起，原来她是假装睡着，冷笑了一声，娇叱道：

"学海，你……好，你……这样地对待我，我问你良心在什么地方？"

"啊？原来你没有睡着！"

学海叫了一声"啊"，忍不住笑了起来。一面说一面坐到床边，把锦花拥在怀里，发狂似的，和她紧紧地吻了一会儿，方才接着说道：

"锦花，你这是什么话呀？我哪一处地方对不住你，你要这么怨恨我呢？"

"哼！你还装什么死腔？你不是答应志万给你做媒了吗？"

锦花恨恨地推开他，惨白了脸色，大有凄然欲泪的样子。学海想到过去锦花曾经说的几句话，便也微微地一笑，说道：

"锦花，你忘记你自己说的话了吗？"

"我说了什么话呀？"

"你说我不能为了你而丧失我结婚的幸福，以及绝了任家的香烟；你又说我是一个年轻的人，叫我不要恋恋你一个有夫之妇——这些不都是你跟我说的吗？"

"是的，曾经这么说过……"

学海提起了从前这几句话，锦花是没有什么话再可以怨恨他了。她只恨自己当初为什么要爱宗林而想抛弃学海，现在被他塞住了嘴，她心中非常痛苦，这就承认了回答。她颓然倒在床上，忍不住呜咽地哭泣起来了。学海被她一哭，又见她几乎裸露全身的肉体，一时倒又迷醉起来，遂把她抱住了，低低地说道：

"锦花，你不要哭呀！我现在问你，你到底有没有真心爱我呢？假使你真心爱我，我可以拒绝结婚。"

"我恨不得挖出心来给你看，我更恨不得做你任家的人。"

锦花听学海这样说，知道他也是报复的意思，也许他也舍不得放弃我，一时停了哭泣，泪眼盈盈地瞟着他，哀怨地回答。学海见她楚楚可怜的意态，忍不住伸手把她玩弄了一会儿，笑道：

"你这话可是真的？"

"说半句假话，绝没好死！"

"那么我问你，你有胆量吗？"

"我的胆量最大，你要我做什么事情么？"

"没有别的，我要你做我任家的媳妇。"

"我心里绝对愿意，但我怎么还能够嫁给你呢？"

"只要你愿意，事情哪会没有办法？"

"你说，怎么办？"

"一不做，二不休！我们两人卷了志万一票钱财，逍遥自在地到外埠去做对长久夫妻，那不是比偷偷摸摸要好得多了吗？"

学海这负恩忘义的奴才，他把志万这个恩人当做仇人看待，竟然丧失心肝地对锦花说出这几句话来。锦花听了，由不得沉吟了一会儿。她的胸部感到痒丝丝的，觉得这样动作，志万是不会做的。学海在自己身上的功夫很不错，我实在忘不了他，事到如今，也顾不得夫妻情义了，她就毅然地说道：

"学海，好吧！我……就决心跟你走！"

"锦花，我太爱你了！"

学海一听她答应跟自己走，心里一快乐，便把锦花掀倒床上，吻住她的小嘴儿，啧啧有声，表示快乐得疯狂起来的样子。两人热吻了一会儿，学海问道：

"你知道志万条子共有几根？"

"一共有八十多根，五十根在银行保管箱，三十根原藏在家里的。"

"美钞呢？"

"也许有好几万元，但藏在家里却只有一万两千元。"

"我们良心放得平一些，把他家里这些条子美钞拿走了好不好？"

"好的，其实我们拿了他也不罪过。他由重庆到上海的时候，这些东西也不是东接收西接收地接收来的吗？学海，事情是决定了，你可不要悔约。"

学海听了，暗暗想道："人财两得，这还有悔约的道理吗？这可成了傻子了！"但口里却没有这么说，遂含笑连连地答应。当下两人商讨了一会儿，决定明天下午四点钟在车站相会，两人远走高飞，离开这个上海了。

在锦花出走之前，她留了一封信给志万，里面说得非常坦白。老实告诉他，拿了美钞、条子，和学海一同出走了，并且希望志万顾全自己的地位和名誉，请他不要追究，这便是大家的幸福。可怜志万在看到这封信之后，他心痛若割，几乎昏厥了过去。幸而他是个有涵养的人，还不至于刺激得疯狂起来。当时他才恍然有悟，觉得月娟的出走信中，曾经有这两句，她说"宗林是个好人，他救了一个人的贞节，他救了一个人的声誉"。现在细细地想来，莫非锦花这贱人也曾经勾引过宗林吗？对了，她一面把月娟逼嫁出去，一面追求宗林。这两个碧血儿女，不肯堕她的圈套，所以抛家出走了。他们走了，绝对没有拿我贵重的什物，他们是正大光明的。锦花和学海，这两个狗东西，他们卷逃了我一票财产。唉！这真是一个梦，一个痛心的恶梦啊！

家丑不能外扬，志万虽然是感到很心痛，但是他并没有追究的举动。可怜他终日有些痴痴呆呆的样子，把外面的应酬一概谢绝。这时能安慰他的人，就只有白可卿一个人了。

光阴匆匆，已是初秋的天气了。这日真正凑巧，想不到在南京路上，会给志万发现了月娟这个姑娘。当时便走上前去，将她一把拉住了，口里还说了一句"找得我好苦呀！"月娟是担了虚心，还以为是屠许明，心里唬得乱跳。虽然她发觉的人并不是屠许明，但一见到了志万，也同样地感到无限的惊骇，通红了脸，呆若木鸡般地竟一句话也说不出来了。志万叹了一口气，显现得十分慈祥的表情，低低说道：

"月娟，你不要害怕！你们的苦衷，我已经明白了。这次你们出走，我原谅你们，我同情你们。从今天起，你还是我的好女儿。"

"爸爸！"

月娟听他这样说，心中的感动，真是难以形容。她也说不出什么话来，叫了一声"爸爸"，眼泪便像雨点一般的滚落下来了。志万明白她是感激自己的意思，他倒反而含着笑容，说道：

"好孩子，不要难过，爸爸宽恕你们的。你们住在什么地方？快领我去坐坐吧！"

"爸爸，你真的饶恕我们？"

"当然真的，我需要见见我这位好女婿。月娟，我老实告诉你，你这个不要脸的妈，她跟了学海这个畜生卷逃了。"

月娟听到这惊人的消息，不由"啊"了一声叫起来。她方才知道志万是真心地饶恕他们，这就大了胆子，把志万领到了家里。这时宗林坐在桌旁，正在埋首写作。一见了志万不由脸如死灰，急得满头大汗。月娟见了，慌忙笑盈盈地告诉了爸爸宽恕他们的话，并说妈已经跟了学海逃走了。宗林听了，方使惊魂稍定。于是向志万恭恭敬敬地鞠了一躬，叫了一声"爸爸"。志万欢喜十分，拍拍他肩胛，说道：

"对于你们出走的原因，月娟刚才在路上都已告诉了我，我很感激你。虽然这贱人还是不改秉性地跟人卷逃，但你却可以有资格做我的好女婿。而且你这样埋头苦干，和这恶劣的环境奋斗，我也很敬佩你。不过，从今以后，你可以不必在这亭子间里辛苦了，你们跟我回家去，我们快快乐乐去过光阴吧！"

"爸爸！"

"爸爸！"

宗林、月娟不约而同地跪了下去，还异口同声地叫着"爸爸"。可乐得志万眉飞色舞，他把锦花卷逃的痛苦，完全忘记了。一时挽起了这一对儿婿，忍不住哈哈地笑起来了。

附　　录

从鸳鸯蝴蝶派谈到冯玉奇小说

裴效维

《民国通俗小说典藏文库·冯玉奇卷》将收录冯玉奇的百余种小说作品，此举极其不易。现在，我愿以这篇文章给出版者呐喊助威。尽管我人微言轻，但我毕竟是一个中国文学的研究者，为鸳鸯蝴蝶派说些公道话是我的责任。

冯玉奇是一位鸳鸯蝴蝶派作家，因此我们要想了解冯玉奇，必须首先厘清有关鸳鸯蝴蝶派的一些问题。

一、何谓鸳鸯蝴蝶派

鸳鸯蝴蝶派作家平襟亚在《关于鸳鸯蝴蝶派》（署名宁远）一文中对鸳鸯蝴蝶派的来历说得很清楚：

> 鸳鸯蝴蝶派的名称是由群众起出来的，因为那些作品中常写爱情故事，离不开"卅六鸳鸯同命鸟，一双蝴蝶可怜虫"的范围，因而公赠了这个佳名。

> ——载香港《大公报》1960 年 7 月 20 日

可见鸳鸯蝴蝶派并不是一个有组织有宗旨的小说流派，而是因为当时流行的言情小说多写一对对恋人或夫妻如同鸳鸯蝴蝶般相亲相爱，形影不离，因而民间用鸳鸯蝴蝶小说来比喻这种言情小说，那么这种言情小说的作家群当然也就是鸳鸯蝴蝶派了。这种说法应该是可信的，因为民间常用鸳鸯和蝴蝶来比喻恋人或夫妻，很多民间文学作品中不乏其例。这一比喻非常形象生动，但并无褒贬之意，因此不胫而走。

传到新文学家那里，便加以利用，并赋予贬义，作为贬低对手的武器。但新文学家对鸳鸯蝴蝶派的界定并不一致，大致有两种看法。

一种看法认同民间的比喻说法，即将鸳鸯蝴蝶派小说局限为通俗小说中的言情小说，将鸳鸯蝴蝶派局限为言情小说作家群。鲁迅是这种看法的代表，他在1922年所写的《所谓"国学"》一文中说："洋场上的文豪又作了几篇鸳鸯蝴蝶派体小说出版"，其内容无非是"'卿卿我我''蝴蝶鸳鸯'"（载《晨报副刊》1922年10月4日）。又于1931年8月12日在社会科学研究会做了《上海文艺之一瞥》的长篇演讲，其中对鸳鸯蝴蝶派小说更做了形象而精辟的概括：

> 这时新的才子＋佳人小说便又流行起来，但佳人已是良家女子了，和才子相悦相恋，分拆不开，柳阴花下，像一对蝴蝶、一双鸳鸯一样。

——连载于《文艺新闻》第20、21期

此外，周作人、钱玄同也持这种看法。周作人于1918年4月19日在北京大学文科研究所小说研究会做《日本近三十年小说之发达》

的演讲中，就说现代中国小说"还有《玉梨魂》派的鸳鸯蝴蝶体"（载《新青年》第5卷第1号）。次年2月，周作人又发表《中国小说里的男女问题》（署名仲密）一文，认为"近时流行的《玉梨魂》，虽文章很是肉麻，（却）为鸳鸯蝴蝶派小说的鼻祖"（载《每周评论》第5卷第7号）。与周作人差不多同时，钱玄同在1919年1月9日所写的《"黑幕"书》一文中也说："人人皆知'黑幕'书为一种不正当之书籍，其实与'黑幕'同类之书籍正复不少，如《艳情尺牍》《香闺韵语》及'鸳鸯蝴蝶派小说'等等皆是。"（载《新青年》第6卷第1号）这种看法后来被人称之为"狭义的鸳鸯蝴蝶派"看法。

另一种看法却将鸳鸯蝴蝶派无限扩大，认为民国年间新文学派之外的所有通俗小说作家都是鸳鸯蝴蝶派，他们的所有通俗小说都是鸳鸯蝴蝶派小说。这种看法的代表人物是瞿秋白和茅盾。瞿秋白从小说的内容方面来扩大鸳鸯蝴蝶派小说的范围，他在《财神还是反财神》一文中说，"什么武侠，什么神怪，什么侦探，什么言情，什么历史，什么家庭"小说，都是鸳鸯蝴蝶派小说（见人民文学出版社1953年10月版《瞿秋白文集》）。茅盾则从小说的形式方面来扩大鸳鸯蝴蝶派小说的范围，他在《自然主义与中国现代小说》一文中认定鸳鸯蝴蝶派小说包括"旧式章回体的长篇小说""不分章回的旧式小说""中西合璧的旧式小说""文言白话都有"的短篇小说（载1922年7月《小说月报》第13卷第7号）。这种看法后来被人称之为"广义的鸳鸯蝴蝶派"看法，而且逐渐成为主流看法，以致后来的文学研究者都接受了这种看法。

新文学家不仅在鸳鸯蝴蝶派的界定问题上分成了两派，而且在鸳鸯蝴蝶派的名称上也花样百出。如罗家伦因为徐枕亚等人好用四六句的文言写小说，便称其为"滥调四六派"（见署名志希的《今日中国之小说界》，载 1919 年《新潮》第 1 卷第 1 号），但无人响应。郑振铎因为《礼拜六》杂志为鸳鸯蝴蝶派的主要刊物之一，便称其为"礼拜六派"（见署名西谛的《新文学观的建设》一文，载1922 年 5 月 21 日《文学旬刊》第 38 号）。这一说法得到了周作人、茅盾、瞿秋白、朱自清、阿英、冯至、楼适夷等人的响应，纷纷采用，以致使用频率越来越高，知名度越来越大，终于成为鸳鸯蝴蝶派的别称了。于是"鸳鸯蝴蝶派"和"礼拜六派"两个名称便被新文学家所滥用。如郑振铎在《新文学观的建设》一文中称"礼拜六派"，而在《〈文学论争集〉导言》一文中却称"鸳鸯蝴蝶派"（见上海良友图书公司 1935 年 10 月出版的《新文学大系·文学论争集》卷首）。还有人在同一篇文章里既称鸳鸯蝴蝶派，又称礼拜六派。如阿英在 1932 年所写的《上海事变与鸳鸯蝴蝶派文艺》一文中说：张恨水的所谓"国难小说"，与"礼拜六派的作品一样，是鸳鸯蝴蝶派的一体"，"充分地说明了鸳鸯蝴蝶派的作家的本色而已"（见上海合众书店 1933 年 6 月出版的《现代中国文学论》）。

　　茅盾在 20 世纪 70 年代觉得统称鸳鸯蝴蝶派或礼拜六派都不合适，于是提出了一个折中的看法，他在《紧张而复杂的生活、学习与斗争（上）——回忆录（四）》中说：

　　　　我以为在"五四"以前，"鸳鸯蝴蝶派"这名称对这一派人是适用的。……但在"五四"以后，这一派中有不少人也来"赶潮流"了，他们不再老是某生某女，而居然写家庭冲突，甚至写劳动人民的悲惨生活了，因此，如果用他们那一派最老的刊物《礼拜六》来称呼他们，较为合式。

　　　　　　　　　　　　——载 1979 年 8 月《新文学史料》第 4 辑

事实是该派在"五四"前后没有根本变化，都是既写言情小说，又写其他小说，将其人为地腰斩为两段，既显得武断，又无法掩盖当时的混乱看法。

这些混乱的看法导致后来的文学研究者无所适从：或沿用"鸳鸯蝴蝶派"的说法（如北大本《中国文学史》和《中国小说史稿》、复旦本《中国文学史》和《中国近代文学史稿》等）；或沿用"礼拜六派"的说法（如山东师院本《中国现代文学史》等）；或干脆别出心裁地称之为"鸳鸯蝴蝶—礼拜六派"（见汤哲声《鸳鸯蝴蝶—礼拜六小说观念的价值取向及其评价》，载《苏州大学学报》1992年第2期）。这可真算是中国小说史上的一出有趣的滑稽戏了。

二、如何评价鸳鸯蝴蝶派

鸳鸯蝴蝶派的开山作品是1900年陈蝶仙的言情小说《泪珠缘》，因此鸳鸯蝴蝶派应该是指言情小说派，这也就是后来的所谓"狭义的鸳鸯蝴蝶派"，但被新文学家扩大为"广义的鸳鸯蝴蝶派"，实际上也就是民国通俗小说派。

鸳鸯蝴蝶派与同时期的"南社"不同，既没有组织，也没有纲领，而是一个在思想倾向和艺术风格上大体相同或相近的小说流派，连"鸳鸯蝴蝶派"这一招牌也是别人强加给它的。然而客观地说，鸳鸯蝴蝶派确实是一个产生过巨大影响的小说流派。在"五四"以前的近二十年间，它几乎独占了中国文坛；在"五四"以后的三十年间，虽然产生了新文学，但新文学只是表面上风光，而鸳鸯蝴蝶派却一派兴旺发达景象。我对"广义的鸳鸯蝴蝶派"做过不完全的统计：该派作家达数百人，较著名者有一百余人，所办刊物、小报和大报副刊仅在上海就有三百四十种，所著中长篇小说两千多种，至于短篇小说、笔记等更难以计数。在此前的中国文学史上，还没有哪个文学流派有过如此宏大的规模，产生过如此巨大的影响。

鸳鸯蝴蝶派由于规模宏大，又处在历史的一个巨变时期，其成员的确鱼龙混杂，其作品也良莠不齐，但总体来说，它形象地记录了中国二十世纪前五十年的历史，为中国读者提供了丰富的精神食粮，对中国小说的传承起过积极作用，因此应该给予充分的肯定。

鸳鸯蝴蝶派小说已经不是中国传统通俗小说的复制，而是一种改良的通俗小说。在形式方面，它既采用章回体，也采用非章回体，甚至采用了西洋小说的日记体、书信体等，至于侦探小说则更是完全模仿自西洋小说。在艺术手法方面，受西洋小说的影响非常明显，如增加了人物形象和景物描写，结构与叙事方式也趋于多样化，单线和复线结构并用，第三人称和第一人称叙述法兼施，还采用了倒叙法和补叙法。在内容方面，鸳鸯蝴蝶派小说已经扩大了描写范围，反映了当时社会生活的各个方面，甚至已经紧跟时事，及时反映当前的社会现实，被称为"时事小说"。如李涵秋的《广陵潮》描写辛亥革命，而他的《战地莺花录》则描写五四运动，这种及时反映当时发生的重大政治事件的小说，与多写历史故事的古代小说完全不同，显然是一大进步。鸳鸯蝴蝶派的言情小说，也不同于古代的才子佳人小说，而是一种新才子佳人小说。古代的才子佳人小说因面对森严的封建礼教，只能写才子与佳人偶尔一见钟情，以眉目传情或诗书传情的方式进行交流，最后皆是有情人终成眷属的大团圆结局。而这种大团圆结局完全是人为的：或出于巧合，或由于才子金榜题名，皇帝御赐完婚，这就完全回避了封建包办婚姻的问题。而民国年间的封建礼教已经在一定程度上松绑，尤其像上海、北京等大城市得风气之先，恋爱自由和婚姻自主思想已经渐入人心。因此有些鸳鸯蝴蝶派的言情小说也突破了古代才子佳人小说的窠臼，才子佳人已经敢于"相悦相恋，分拆不开，柳阴花下，像一对蝴蝶、一双鸳鸯一样"。其结局也不再全是有情人终成眷属的大团圆，而是"有时因为严亲，或者因为薄命，也竟至于偶见悲剧的结局……这实在不能不说是一个大进步"（鲁迅《上海文艺之一瞥》，连载于1931年7月27日、8月3日《文艺新闻》第20、21期）。言情小说由大团圆结局到悲剧结局的确是一个大进步，因为前者是回避封建包办婚姻礼制，而后者是控诉封建包办婚姻礼制。而这一进步的开创者是曹雪芹和高鹗，他们在《红楼梦》里所写的婚姻差不多都是悲剧。因此胡适称赞《红楼梦》不仅把一个个人物"都写作悲剧的下场"，而且最后"作一个大悲剧的结束，打破了中国小说的团圆迷信"（《〈红楼梦〉考证》，见1923年亚东图书馆版《胡适文存》）。可见鸳鸯蝴蝶派的言情小说在一定程度上继承了《红楼梦》开创的爱情婚姻悲剧模式，因而具有相当的反封建意义。我们可以徐枕亚的《玉梨魂》为例加以说明，因为该小说被新文学家指为鸳鸯蝴蝶派的代表性作品。

《玉梨魂》的故事很简单——清末宣统年间，小学教员何梦霞与年轻寡妇白梨影相爱，但两人均认为他们的这种行为是不道德的。为了得到感情的解脱，白梨影想出个"移花接木"的办法，即撮合何梦霞与自己的小姑崔筠倩订了婚。然而何梦霞既不能移情于崔筠倩，白梨影也无法忘情于何梦霞，结果造成了一连串的悲剧——白梨影在爱情与道德的激烈冲突下郁郁而死；崔筠倩因得不到何梦霞之爱而离开了人世；白梨影的公公因感伤女儿、儿媳之死而一病身亡；白梨影的十岁儿子鹏郎成了孤儿。何梦霞为排遣苦闷，先赴日本留学，继又回国参加了辛亥武昌起义（即辛亥革命），壮烈牺牲。

《玉梨魂》不仅描写了一个爱情婚姻悲剧，而且不同于一般的爱情婚姻悲剧。一般的爱情婚姻悲剧都是由封建势力造成的，即由包办婚姻造成的；而《玉梨魂》所写的爱情婚姻悲剧，其原因却是何梦霞和白梨影自身的封建道德。他们既渴望获得恋爱自由和婚姻自主的权利，又不能摆脱封建道德和封建礼教的束缚，两者激烈冲突，造成三死一孤的惨剧。从而揭露了封建道德和封建礼教的影响力是多么巨大，它已深入人们的骨髓，使其不能自拔。因此，它的反封建意义比一般的爱情婚姻悲剧更为深刻。

其实，新文学阵营也不是铁板一块，虽然大多数新文学家对鸳鸯蝴蝶派全盘否定，但也有少数新文学家态度比较客观，他们对鸳鸯蝴蝶派也给予一定的肯定。鲁迅是其中最突出的一位，他不仅认为某些鸳鸯蝴蝶派的悲剧言情小说是"一大进步"，而且不同意某些新文学家对鸳鸯蝴蝶派消极影响的夸大其词。他说：

> 至于说他流毒中国的青年，那似乎是过虑。倘有人能为这类小说所害，则即使没有这类东西也还是废物，无从挽救的。与社会，尤其不相干，气类相同的鼓词和唱本，国内非常多，品格也相像，所以这些作品也再不能"火上添油"，使中国人堕落得更厉害了。

> ——《关于〈小说世界〉》，载《晨报副刊》
> 1923 年 1 月 15 日

这种客观的观点与前述周作人无限夸大鸳鸯蝴蝶派作品能使国民生活陷入"完全动物的状态"乃至"非动物的状态"的观点形成了鲜明对比。当抗日战争爆发后，鲁迅更提倡文学界的抗日统一战线，主张团结鸳鸯蝴蝶派一起抗日。他说：

我以为文艺家在抗日问题上的联合是无条件的，只要他不是汉奸，愿意或赞成抗日，则不论叫哥哥妹妹，之乎者也，或鸳鸯蝴蝶都无妨。但在文学问题上我们仍可以互相批判。

——《答徐懋庸并关于抗日统一战线问题》，

载《作家》月刊第 1 卷第 5 期

　　鲁迅不仅提倡团结鸳鸯蝴蝶派一起抗日，而且主张新文学派与鸳鸯蝴蝶派在文学问题上"互相批判"，这种平等对待鸳鸯蝴蝶派的度量，也与那些视鸳鸯蝴蝶派如寇仇，必欲置诸死地而后快的新文学家形成了鲜明对比。

　　对鸳鸯蝴蝶派给予肯定的不只鲁迅，还有朱自清和茅盾。朱自清认为供人娱乐是中国传统小说的特点，因此不赞成将"消遣"作为罪状来批判鸳鸯蝴蝶派小说。他说：

　　在中国文学的传统里，小说……更是小道中的小道，就因为是消遣的，不严肃。不严肃也就是不正经，小说通常称为"闲书"，不是正经书。……鸳鸯蝴蝶派的小说意在供人们茶余酒后的消遣，倒是中国小说的正宗。

——《论严肃》，载《中国作家》创刊号

　　茅盾也承认鸳鸯蝴蝶派小说也"写家庭冲突，甚至写劳动人民的悲惨生活"。他还从艺术性方面对鸳鸯蝴蝶派小说给予一定肯定。

他认为鸳鸯蝴蝶派的有些长篇小说"采用西洋小说的布局法"，如倒叙法、补叙法，以及人物出场免去套语、故事叙述"戛然收住"等等，这一切是对"旧章回体小说布局法的革命"。还认为鸳鸯蝴蝶派的有些短篇小说学习了西洋短篇小说"截取一段人生来描写，而人生的全体因之以见"的方法："叙述一段人事，可以无头无尾；出场一个人物，可以不细叙家世；书中人物可以只有一人；书中情节可以简至只是一段回忆。……能够学到这一层的，比起一头死钻在旧章回体小说的圈子里的人，自然要高出几倍。"（《自然主义与中国现代小说》，载1922年7月10日《小说月报》第13卷第7号）

鲁迅、朱自清、茅盾毕竟属于新文学派，因此他们对鸳鸯蝴蝶派的肯定是有限的。我们应该摆脱成见与束缚，从中国文学史的角度，对鸳鸯蝴蝶派做出客观公正的评价。

三、如何看待冯玉奇的小说

我们澄清了以上有关鸳鸯蝴蝶派的三个问题，等于为介绍冯玉奇的小说提供了一个坐标，也等于为读者提供了一把参照标尺。读者用这把标尺，就可自行评判冯玉奇的小说了。

冯玉奇于1918年左右生于浙江慈溪，笔名左明生、海上先觉楼、先觉楼，曾署名慈水冯玉奇、四明冯玉奇、海上冯玉奇。据说他毕业于浙江大学（一说复旦大学）。1937年九一八事变后寄居上海，感山河破碎，国事蜩螗，开始写作小说以抒怀。其处女作为《解语花》，由上海春明书店出版。出版后旋即由东方书场改编为同名话剧，演出后轰动一时。那时他才十九岁。由此一发而不可收，至1949年7月《花落谁家》出版，在短短十来年时间里，他创作的小说竟达一百九十多种，平均每年近二十种，总篇幅应该不少于三千万字，只能用"神速"来形容。这时他只有三十一岁。近现代文学史料专家魏绍昌先生（已去世）所编《鸳鸯蝴蝶派研究资料（史料部分）》（上海文艺出版社 1962 年 10 月出版）开列的《冯玉奇作品》目录只有一百七十二种，也有遗珠之憾。不过我们从这一目录中仍可确定冯玉奇是一位以写言情小说为主的通俗小说作家，因为在一百七十二种小说中，言情小说占有一百二十二种，其他小说只有五十种：社会小说三十四种、武侠小说十四种、侦探小说两种。

冯玉奇不仅是一位写作神速且极为多产的通俗小说作家，还是一位热心的剧作家和剧务工作者。早在他二十六岁（1944 年）时，就担任了越剧名伶袁雪芬的雪声剧团的剧务，并为之创作了《雁南归》《红粉金戈》《太平天国》《有情人》《孝女复仇》五大剧本，演出效果全都甚佳。在他二十七到二十八岁（1945～1946）时，又与他人合作，前后为全香剧团和天红剧团编导了《小妹妹》《遗产恨》《飘零泪》《义薄云天》《流亡曲》等二十多个剧本，演出效果同样甚佳。可见冯玉奇至少写过十几个剧本。

冯玉奇一生所写的小说和剧本总计不下两百五十种，总篇幅可能达到四千万字以上，是名副其实的"著作等身"，是当之无愧的中国最多产的作家，号称多产的同派小说家张恨水也难望其项背。当时的文学作品已是一种特殊商品，冯玉奇的小说如此畅销，其剧本演出又如此轰动，这足可以证明其受人欢迎，这就是读者和观众对冯玉奇的评价，它比专家的评价更为准确，也更为重要。遗憾的是，我们无法看到他的剧作和三十岁以后的作品，也不知其晚景如何，卒于何年。

从冯玉奇的生活年代和创作时段来看，他显然是鸳鸯蝴蝶派的后起之秀，所以尽管他作品如此之多，影响如此之大，而同派的老前辈却很少提到他，这也是"文人相轻"的表现之一。

按说要介绍冯玉奇的小说，应该将其全部小说阅读一遍，但我没有这么多时间，也没有这么大精力，因而只向中国文史出版社借阅了《舞宫春艳》《小红楼》《百合花开》三种，全都是言情小说。因此我只能以这三种言情小说为例加以介绍，这可能会犯以偏概全的错误，因此只能供读者参考。

《舞宫春艳》写了两个纠缠在一起的爱情婚姻悲剧故事：苏州富家子秦可玉自幼与邻居豆腐坊之女李慧娟相恋，由于门第悬殊，秦可玉被其父禁锢，二人难圆成婚之梦。不幸李慧娟生下了一个私生女鹃儿，只好遗弃，自己则郁郁而死。鹃儿被无赖李三子收养，长大后卖到上海做伴舞女郎，改名卷耳。中学生唐小棣先是爱上了姑夫秦可玉家的婢女叶小红，不料叶小红失踪，于是移情于卷耳，但无钱为卷耳赎身，两人感到婚姻无望，于是双双吞鸦片自尽。

《小红楼》的故事紧接《舞宫春艳》：曾经被唐小棣爱过的叶小红的失踪，原来也是被无赖李三子拐卖为伴舞女郎，小棣、卷耳自杀后，小红才被救了回来，并被秦可玉认为义女。经苏雨田介绍，与辛石秋相识相恋而订婚。同时石秋的姨表妹巢爱吾也爱石秋，但石秋既与小红订婚在先，便毅然与小红结婚。爱吾为了摆脱难堪的地位，离家出走，下落不明。石秋奉父命赴北平探望二哥雁秋，在火车站被人诬陷私带军火，被军人押到司令部。可巧爱吾此时已成为张司令的干女儿兼秘书，便设法救了石秋一命。但张司令强迫石秋与爱吾结婚，二人既不敢违命，又固守道德，便以假夫妻应付。后来石秋回到家里，终于与小红团聚。

《百合花开》写了两个紧密相关的爱情婚姻故事：二十岁的寡妇花如兰同时被四十二岁的教育家盖季常和十八岁的革命青年盖雨龙叔侄俩所爱，而盖季常的十六岁侄女盖云仙又同时被三十六岁的银行家杨如仁和十九岁的革命青年杨梦花父子俩所爱。经过许多曲折后，终于两位长辈让步，盖雨龙与花如兰、杨梦花与盖云仙同场结婚。

由以上简单介绍可知，冯玉奇的这三种小说共写了五个爱情婚姻故事，其中两个是悲剧结局，三个是有情人终成眷属。这正如鲁迅所说："有时因为严亲，或者因为薄命，也竟至于偶见悲剧的结局……这实在不能不说是一个大进步。"其次，这三种小说的五个爱情婚姻故事，倒有四个是三角爱情婚姻故事，但它们的情况并不雷同。唐小棣、叶小红、卷耳的三角恋是一男爱二女，辛石秋、叶小红、巢爱吾的三角恋是两女爱一男，而盖季常、盖雨龙、花如兰和杨如仁、杨梦花、盖云仙的三角恋更为异想天开，竟然都是两辈嫡亲男人（叔侄、父子）同爱一个女子。可见冯玉奇极有编故事的才能，从而使作品更具吸引力和娱乐性。又次，这三种言情小说的描写极为干净，没有任何色情描写。除了秦可玉与李慧娟有私生女外，其他人都非礼勿言，非礼勿行。如辛石秋与叶小红因婚礼当天石秋之母去世，为了守孝，新婚夫妻在百日之内没有圆房。而辛石秋与姨表妹巢爱吾为了对得起叶小红，虽被张司令强迫成亲，却只做了几天假夫妻。

从表现形式和艺术手法来看，我觉得冯玉奇的小说与当时新文学的新小说都受了西洋小说的影响，基本相同。譬如：两者都突破了传统小说书名的套路，不拘一格，尤其采用了一字书名和二字书名，如冯玉奇有《罪》《孽》《恨》《血》和《歧途》《逃婚》《情奔》等；而巴金有《家》《春》《秋》，茅盾有《幻灭》《动摇》《追求》。两者的对话方式也突破了传统小说的套路，灵活自如：对话既可置于说话者之后，也可置于说话者之前，还可将说话者夹在两句或两段话之间。至于小说的结构法、叙述法与描写法，更是差不多的。譬如人物描写不再是"沉鱼落雁""闭月羞花""倾国倾城"之类的千人一面，景物描写也不再是"落红满地""绿柳成荫""玉兔东升"之类的千篇一律，而加以具体描绘。这里随便举一个例子：

> 小红坐在窗旁，手托香腮，望着窗外院子里放有一缸残荷，风吹枯叶，瑟瑟作响。墙角旁几株梧桐，巍然而立。下面花坞上满种着秋海棠，正在发花，绿叶红筋，临风生姿，可惜艳而无香，但点缀秋色，也颇令人爱而忘倦。

这是《小红楼》对莲花庵一角的景物描绘，虽然算不上十分精彩，但作者通过小红的眼睛描绘了院中的三样东西——风吹作响的"枯荷"、巍然挺立的"梧桐"、正在开花的"海棠"，从而衬托出莲花庵幽静的环境，曲折地表明了时在秋季。频繁使用巧合手法是冯玉奇小说的显著特点，可以说把所谓"无巧不成书"用到了极致。巧合手法有助于编织故事，缩短篇幅，增加作品的吸引力等，但使用过多则时有破绽，有损于作品的真实性。冯玉奇的某些小说也采用了章回体，但只是标题用"第×回"和对偶句，"却说""且听下回分解"之类的套语已不再经常出现，因此并非章回体的完全照搬。况且章回体并非劣等小说的标志，它在我国小说史上发挥过巨大作用，产生过杰出的四大古典小说。因此用章回体来贬低冯玉奇的小说，也是毫无道理的。

冯玉奇的小说也有明显的缺点。它们与其他鸳鸯蝴蝶派小说一样，主要注重小说的娱乐性，而忽视小说的社会性和艺术性，因此没有产生杰出的作品。他是南方人而小说采用北方话，加之写作速度太快，无暇深思熟虑，导致语言不够流畅，用词不够准确，还有许多错别字和语病。还有使用"巧合"法太多，有时破绽明显，这里不再举例。

总而言之，冯玉奇既不是"黄色"和"反动"小说家，也不是杰出小说家，而是一位勤奋多产、有益无害的通俗小说家，他应在中国小说史尤其是中国现代小说中占有一席之地。

　　　　　　　　　　　　　　　　2017 年 6 月 4 日于北京蜗居